小镇麒麟

卫鸦 /著

重庆出版集团 重庆出版社

图书在版编目(CIP)数据

小镇麒麟 / 卫鸦著. —重庆:重庆出版社, 2023.11
ISBN 978-7-229-17614-3

Ⅰ.①小… Ⅱ.①卫… Ⅲ.①中篇小说—小说集—中国—当代 ②短篇小说—小说集—中国—当代 Ⅳ.①I247.7

中国国家版本馆CIP数据核字(2023)第078381号

小镇麒麟
XIAOZHEN QILIN

卫鸦 著

责任编辑:陶志宏 阚天阔
责任校对:刘小燕
装帧设计:刘沂鑫

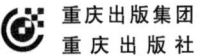

重庆出版集团
重庆出版社 出版

重庆市南岸区南滨路162号1幢 邮编:400061 http://www.cqph.com
重庆出版社艺术设计有限公司制版
重庆市国丰印务有限责任公司印刷
重庆出版集团图书发行有限公司发行
E-MAIL:fxchu@cqph.com 邮购电话:023-61520646
全国新华书店经销

开本:880mm×1230mm 1/32 印张:9.5 字数:230千
2023年11月第1版 2023年11月第1次印刷
ISBN 978-7-229-17614-3
定价:56.00元

如有印装质量问题,请向本集团图书发行有限公司调换:023-61520678

版权所有 侵权必究

目录 | Contents

小镇舞者 /1

小镇拳师 /19

小镇球王 /37

小镇水师 /79

小镇麒麟 /147

小镇画师 /207

小镇宅居人 /263

1

小镇舞者

不管怎样，舞台终于是搭起来了。宋一北忙了好几天，先是在屋前的空地上平整出四四方方的一块地方，按九宫格的原理，用红砖和水泥砌了整齐的九个墩子，墩子上是碗口粗的木头搭成的架，厚实的木板一块块钉上去，再铺上一层地毯，一个一百多平方米的舞台就这样突兀地从地上冒了出来。还是有点粗陋，宋一北想了想，在舞台的四个角上，又立了四根柱子，柱子顶端用绳子拉成一张网。下午的时候，他从灯具城买回几十条彩灯挂上去，通上电，一串串彩色灯泡就像葡萄似的结在了舞台顶端，风吹过来，五色的灯光在风中闪烁，这样一来，舞台就有了点张灯结彩的意思。

只能这样了，毕竟时间仓促。宋一北拍掉手里的灰，坐下来看天。这是湘中的十月，蓝色的苍穹下，黄金般的梯田沿着起伏的丘陵层次分明地披挂下来，像一层层金色的涟漪荡漾在小镇上。梯田后面是座山，山后面是另一座山。资江就在那里。隔着两座山，依然可听到从那边传来的隐隐水声，像是从地底深处发出。那是条很大的河，湖南四水之一。顺着资江往前追溯，宋一北脑子里出现了一条船。十多年前的事了，那时的资江很繁忙，白天运沙船和运煤船来来往往，晚上渔船悠闲地铺满半边江面。在点点渔火的包围中，可以看到江心有艘带舱的老式渡轮，船上彩灯闪烁，青春和欢乐从灯光里漫出来。这就是宋一北脑子里的船。有人在这艘老船上开了个歌舞厅，那时流行交谊舞，县城大大小小的歌舞厅里，男男女女抱成一团，挤得水泄不通。船上的这个歌舞厅不一样，漂在江面，随水流起伏，一般人想在上面站稳都不容易，更别说跳舞了。这个歌舞厅是专为他们这样的学生提供的，那时宋一北在职高上学，跳舞不是目的，图的是个释放。船上还卖烟和酒，在学校里不敢明目张胆地抽烟，就在远离岸边的地方，吞云吐雾过上一把走上社会的瘾。那几年，他们的青春，带着一种愉快的旋转，在船上的歌舞中飞快地闪过去。

现在，那条船早已经不见了，宋一北去那里看过几次，资江仍在欢快地奔淌，涛声回旋于两岸之间，只是辽阔的水面一片空荡，水运衰落之后，百舸争流的时代一去不返，如今的资江已成为一条没有船只的河流。但那条船的样子一直留在宋一北脑子里。记忆最深的是船上的舞台，五光十色的灯火亮起来，舞曲悠扬婉转，在清晰明快的节奏中，船上散发着一种在十七八岁年纪才能读懂的欢乐。现在宋一北把那个舞台照原样搬到家门口来了，除了不在船上，构造和大小基本一致。宋一北又打量了一遍，有条彩灯掉下来落在台面，他弯腰捡起，踮着脚尖将它又挂了上去。

今天是个秋高气爽的日子，父母找人看过皇历，宜婚嫁，不宜远行。远行已经回避过去了，他前不久才从外面归来。从广东到这座小镇，放在以前，是很漫长的一个时间与空间上的概念，火车摇晃着，把他困在一条遥遥无期的路上，每次在他几近绝望的时候，目的地也就到了。通了高铁之后，这段路程只需要五个小时，这种高效的交通工具真是神奇，把游子与家的距离拉近了许多，也让他迅速靠近了这场婚姻。

新娘子是隔壁村的，只见过一面，就草草把事情定了下来。宋一北还没来得及记住她的模样，当然，长什么样对他来说已经没那么重要。老大不小了，结婚的意义，无非就是为了让父母踏踏实实地安度晚年。但无论如何，一生就这么一次。得风风光光地把喜事办好，宋一南说，你又不缺钱。

宋一南是他哥，兄弟俩是双胞胎，出生时宋一南跑得快一点，从娘肚子里早半个小时爬出来，这半个小时，换来的是一辈子的操心。除了这个舞台的搭建，里里外外的事，都是宋一南在操办，比当年他自己结婚还要尽心尽力。

为了增添喜庆气氛，宋一南请了镇上最好的鼓乐队和竹子戏表演队，这些都不需要舞台，站在那里，吹吹打打就把红包赚到手了。舞台是给丁小影一个人搭的。很显然，这不在宋一南的考虑范围之内。搭这东西干什么？宋一南当时很惊愕。

你不懂，宋一北说，听过伯牙和子期的故事吗？

没听过，宋一南说，书上读来的？给我讲讲。

宋一南来了兴趣。但宋一北没有跟他讲。讲了也白讲，这个把日子过得像针脚一样绵密扎实的男人，脑袋里装得下的就只有蔬菜和粮食。

宋一南确实不懂，谁叫他是哥？先出来半个小时，命运却大不相同，这半个小时给他戴上了一顶哥的帽子，放到他们的成长中，就是一份沉甸甸的责任，在宋一北面前，他活得就像个父亲，他懂的，只是怎样在这座小镇上规规矩矩地生活下去。宋一北不一样，老幺的身份使他从小就集父母宠爱于一身，不想读书，硬逼着他读，普高考不上就读职高，职高读了三年，宋一北没考上大学，父母又送他去学木匠。对这一行他实在没什么兴趣，但当时农村青年的路，都是这么规范着往下走的，先是努力读书，考大学跳农门，跳不出去，就退而求其次，学门手艺保证有口饭吃。所以宋一北最终还是去了，跟的是小镇上赫赫有名的师傅，方圆几十里内的家具，他和一伙徒弟全包了。宋一北在那里学了不到两年，家具的制作就开始机械化了，他一件正儿八经的家具也没打过，木匠这个行当就从人们生活中凄凉地消失了。后来他去了广东，先是在工地上装模，这时才知道艺多不压身，有过木匠基础，装模也装得比别人要好，凭着良好的表现，没多久就成了包工头。南方的节奏快得像个赛马场，将他的一生似乎也拉短了许多，十多年一晃就过了。现在，宋一北在一家建材城租了两个门面，卖装饰材料，过着一种在小镇上看起来很体面，在南方那座城市里却是辛酸的生活。也就那样了，十几年中，他所有的锐气都被磨掉。好在当年从师傅那里学到的手艺还没有丢，不像书本上的东西，出了校门就忘得一干二净，在记忆这一点上，手比脑袋要好使。他搭建的这个舞台，基本上体现了一名木匠的技艺。宋一北做梦都没有想过，在有生之年，还能为丁小影搭建这么一座舞台。

　　新娘子早就过来了，正坐在客厅里，由双方的家人和亲戚陪着聊天，她们谈话的内容里，其乐融融地展示着一种让宋一北难以接受却不得不去接受的生活。宋一北没进去看过新娘子一眼，这几天的时间，他全神贯注扎在这个舞台上。就好像他这次回来，就是为了搭建这么一座舞台似的，结婚反倒成了件次要的事。忙完了他也不想进屋里去看一眼。只要一想起过不了多久，他会和这个陌生的姑娘睡在一张床上，宋一北心中就充满了一种对未来生活的惶恐。不可否认的是，在很大程度上，这种惶恐来自于丁小影。在这十几年中，丁小影就像她的名字一样，成为匍匐在宋一北生活中的一个影子。他理想中的伴侣，与这个影子应该是吻合的。新娘子显然不是。他之前在南方那座城市里交往过的那些女孩，更不是。

还在想着她？宋一南问，丢过来一支烟。明知故问，宋一北没说话。双胞胎之间，确实是有些微妙的心灵感应的，就像两根琴弦间的共鸣，这很奇怪。他接住烟，点着火往天上看。太阳正在往山尖掉落，黄昏带着半边山的影子，缓缓铺到了这座小镇上，天空被夕阳染成酡红的颜色。天上有风，在流动，把云搅成不同的形状，他想象着丁小影舞动成一只蝴蝶的样子，那种行云流水的动作，与这些仪态万方的云彩是有着共同之处的。

他和丁小影是同学，从小学到初中再到职高，一直在同一个班上，这段漫长的同窗生涯，用缘分已经不足以解释。进了职高后，他们读的是文艺特长班。他学拉丁舞，丁小影学民族舞。但艺术这东西显然是触类旁通的，丁小影的拉丁舞也跳得相当好，民族舞的舞姿加上拉丁舞的律动，在她身上得到了完美的结合。在船上的那家歌舞厅里，宋一北和丁小影总是很自然地跳到一起，同学们也都保持着默契，没人去拆开他们。无论外形还是舞姿，他和丁小影都是很般配的一对，就仿佛一个人就是为另一个人而生，这也许就是作为一对舞伴的最高境界。

毕业前的那天晚上,他们班把那条船包了下来,一伙同学在船上闹了大半夜。唱歌,跳舞,他们让资江也跟着一片沸腾。无数的啤酒瓶子被喝空了扔在水中,顺着那条悲壮的河流向远方漂去。那天晚上,他们用一种近乎宣泄的方式,缓解着毕业到来的躁动和茫然。后来丁小影喝多了,宋一北将她扶进船舱,拍她的背,让她对着资江把胃里的酒精吐出来。他当时没想过要发生什么,可是丁小影转过身来抱住了他。

吻我,她说。

宋一北愣了愣,一张柔软的嘴巴已经堵了上来,酒味中带着一种腥甜的气息。那是他的第一次接吻,来得这么突然,他机械地迎合着,两条舌头慌乱地纠缠在一起,彼此生涩地从对方嘴里寻找那种让人眩晕的幸福。吻着吻着就乱了,两颗心像两把杂草。后来丁小影的思维从这把杂草中突围出来。

脱,丁小影说,脱了我就是你的。丁小影捉住他的两只手,按在胸前。宋一北低头看了一眼,瞥到她衣服上面的两个扣子已经绷开,底下是坚实饱满的两只乳房,一股蓬勃的力量在里面跳荡。宋一北脑子里就像被掏了一把,突然就空了。他自然没敢脱,手僵在那里,整个人也僵在那里,像根木头。

真他妈没用,丁小影失望地说,整整衣服,把扣子扣上了。酒意退去之后,她和同学们下了船。宋一北一个人坐在船舱里,吹了很久的风,资江在他眼前流动,将他的目光送到远处那些群山四合的地方。那时他相信,过了那片群山,就是人们所说的远方。但是不久之后他就发现,真正的远方,比山后面的那个世界要远多了,那是一种存在于时空之外的，让人穷尽一生也无法抵达的距离。等他回到学校，他和丁小影作为同学的生涯已经结束了，接下来就是各奔东西。

此后宋一北多次追忆，却再也走不进那个关于初吻的片段。但丁小影说的那个脱字却很清晰，就像颗尖锐的钉子，牢牢揳在他的记忆之中。他常常会想，当年要是脱了，他和丁小影会是什么结果？但是人生没有如果，只有避之不及的现实。宋一北没敢脱下来的衣服，后来有人脱了，是个副校长，那位五十多岁的老头手里握着一个极其珍贵的保送名额。脱了之后，丁小影被保送上了艺专，成为一名在小镇上屈指可数的大学生。宋一北当然没有考上，那时的大学就是座独木桥，狭窄得近似一条天路，莘莘学子跃跃欲试，堵在桥头，最终能通过的人凤毛麟角。奇怪的是，越是狭路，就越多人去挤，就仿佛过了桥就能成为上帝手里的宠儿。

现在回想起来，那座独木桥未必就是条通天大道。宋一北没从独木桥上通过，转过身来，脚底下反倒有很多条路可走。相比之下，丁小影被那条独木桥约束着，一条路走到了底。艺专毕业后，她进了县里的文工团。小地方的舞台，连接着地气和人间烟火，大学里学到的东西自然没有用武之地。民族舞她根本跳不了，只能专门陪一些领导跳交谊舞。凭着良好的舞技，那几年倒也名噪一时。但交谊舞在小城里也是种夕阳运动，流行了十年八年之后，就渐渐从那个越来越趋向于浮躁的时代里消失了。后来文工团改制，丁小影和一些同事一夜之间就成为了第一批下岗工人。再后来，小城里有许多KTV冒了出来，她别无所长，只能去KTV陪舞，但这时的陪舞，已经不仅是跳舞那么简单，有时候，还得陪睡。这是个敏感话题，小镇上的人对此保持着一种善良的沉默，再说，谁也不知道她到底陪过没有。但无论如何，在KTV里陪舞，靠的是身材和脸，这毕竟是碗青春饭，吃不了几年。所以丁小影又回到小镇上来了。

回来干什么呢？小镇上的女人议论纷纷。她一回来，让整座小镇的男人都蠢蠢欲动。丁小影算不上多漂亮，但举手投足之间，保持着一名舞者的风情和仪态，这是让很多男人都免不了心摇神荡的，尤其是她练功的时候，腿一抬就到了头上，和另一条腿笔直地展开成一个迷人的"一"字。妈的，到床上要是来这么一下子，那得多丝丝入扣啊，小镇上的男人都吞着口水这么想。但也只是想想而已。他们发现，这个女人并非想象中的那样水性杨花，她就像活在一张孤傲清冷的画中，与这座小镇保持着一种格格不入的距离，仿佛不食人间烟火。唯一能显示出烟火气的，是回到小镇之后，她开了个舞蹈培训班，每年教一批学生，勉强维持生活，她毕竟得吃饭。大学并轨之后，考生录取的门槛降了很多，那条独木桥也就拓宽了，变成一条阳关大道。唱歌跳舞，在小镇上的人看来，毕竟是三教九流，能不学就不学。父母有几个钱，文化成绩差得一塌糊涂的学生，才会送到丁小影那里。毕竟是科班出身，丁小影的舞蹈教得不错，学生中艺考很少有不过关的。因此，她的舞蹈培训班生意不算好，但也不至于饿死。

这几年，小镇上流行起广场舞，四十岁以上的群体几乎全被吸引进去了。刚开始，来找丁小影学广场舞的人很多，丁小影不屑于教，这哪能叫舞，就是中老年广播体操。但是她的不屑并不能阻止这种全民运动在小镇蔓延，这种不需要基本功的大众舞蹈，只要买张碟回来，对着电视就学会了。不可否认的是，在这座小镇上，广场舞确实具有一种巨大的能量,就像春风吹开一块冬季的荒原,让这个沉默的小镇瞬间复苏,变成一个疯狂的大舞场。早上《最炫民族风》,晚上《小苹果》,小镇的每一个角落里,都见缝插针地分布着一些在音乐中摆手踢腿的人。丁小影大概是小镇上唯一不跳广场舞的,她只跳自己的舞。在广场舞的对比下,丁小影的舞蹈显得越来越孤寂,就像一朵雪莲,清冷地开在小镇上,只能孤芳自赏。当然,也不完全是自赏,欣赏她的人还有宋一北。每次从广东回来,宋一北都要去丁小影的舞蹈室里看看。有时候,两人会来一段拉丁舞。丁小影依然保持着船上时的良好状态,干净利索地甩头,轻盈地旋转,像只蝴蝶,宋一北已经力不从心了,腰和腿无法精确地去配合他的大脑。有一次,丁小影半开玩笑半认真地说,你喜欢我吗?

宋一北说,当然。

丁小影,那你敢娶我吗?

不敢,他明确地说。

丁小影的脸就暗下来了。那时他说的是真心话,他就是个小包工头,每天待在远离地面的高空工作,命悬一线。他亲眼见过身边有个工友,干累了坐下来抽烟,点火的时候一阵风吹过来,把烟盒带走了,他伸手去抓,脚一滑就从几十米的高空落下去,好端端的人变成一张摊开的饼,说没就没了。那样的事故,工地上每年都会有好几桩。后来,宋一北在建材城开了店,情况慢慢好起来,他有能力让丁小影过好了。可是,丁小影却再也没提过那件事。为什么不提呢?他想,她只要提起,他就会毫不犹豫地把她从小镇上带走。这些年,他确实在等她,就好像是他心中的那个影子,一直在等待着与这个现实中的人物完成一种完美的契合。要不是父母急出了病,这桩婚事他是不会答应的。可是，他为什么从来都没主动提过要娶她呢？

幸好没娶，说句不好听的，就是只破鞋，宋一南说。

你懂个屁，宋一北说，脸一下子黑下来。他发现他的心思又被这个双胞胎哥哥感应到了。这种现象既诡异又有趣，很多时候，他也能清晰地感应到宋一南心里在想些什么。每当出现这种感应，他就觉得这世上还有另外一个自己在活着。

伯牙和子期我不懂，宋一南说，但破鞋我懂。

开口破鞋闭口破鞋，宋一北说，你中午吃粪了啊，嘴这么臭。宋一北被激怒了，攥紧拳头站起来。

他娘的中邪了，宋一南说。见宋一北黑着脸，他赶紧走到一边，去招呼酒席上陆续到来的客人。

宋一北又看了看天，太阳已经被山尖吞掉，余光从山的另一面反照到天上，将小镇染上一层沉重的灰色。风从山上下来，掠过丘陵和梯田，把秋天的凉意送到小镇上。他知道夜晚马上就要来了。小镇背阳的一面，已经亮起了稀疏的灯火，一些人正披着昏沉的灯光往这里赶，另一些人，大概还在镇上的那家工厂里。从这个舞台望过去，是条清澈的小河，从两座山的夹缝间奔流出来，经过小镇时流速变缓，河面像扇子一样平坦地打开，出了小镇又被两边的河岸束紧，带着一股从山里养出来的野性奔入资江。小河将小镇一分为二，一边是密密麻麻的民房，另一边弥漫着一股工业气息。前几年，有位台商来到镇上，在河那边开了家电子厂，机器隆隆运转起来，半座小镇的人都成了上班一族。如今，要想把一场酒席的人等齐，不再像以前那么随心所欲。宋一南把喜酒安排在晚上，就是这个原因。在这一点上,他确实是个心思缜密的男人。

宋一北整了整身上的西装,天变得更暗了,冰凉的夜色像水一样从山那边漫过来,在小镇上流淌。这套衣服是他把舞台搭好后,宋一南逼着他换上的,里面的白衬衫很僵硬,一条红色领带束着他的脖子,规规矩矩地挂在胸前。他不习惯这样严肃的穿着,胳膊和腿都被束缚住了。有那么一刻,他想换了这身呆板的衣服,走到丁小影那里去看看。宋一南走过来一把将他按住了。

扯什么卵淡,那地方沾晦气,都什么时候了,宋一南说,指指门口。宋一北就打消了这个念头。客人正在陆续到来,一拨接着一拨聚集到了门口,酒席势在必行。门口贴着囍字的大红灯笼已经亮起,将屋外照得一片通红。新娘子从屋里走了出来,身前身后是双方父母,再往后是比较重要的亲戚,脸上无一例外地挂着一种来自于这桩婚事的幸福。一个摄像师举着机器,正在把这幕场景拍下来,那只带着冷光的镜头转过来时,宋一北把脸侧向一边避开了。很奇怪,这场婚宴,所有的人都乐在其中,只有他好像是个局外人。新娘穿着白色婚纱,下摆太长,她不得不小心翼翼地用两只手拎住。这下宋一北把她看清楚了。新娘子脸上扑了不少粉,鼻子上的几颗雀斑还是没能掩饰住。他尽可能地去发现她的好,但一脸的浓妆,使她整个人看上去都很僵硬。宋一北想,这身婚纱要是穿在丁小影身上,会像水一样流动起来的。

酒席开始了,所有人都进到屋里。楼上楼下摆了二十几张桌子,客人们像支训练有素的队伍,瞬间就把桌子占满。菜一轮轮端到桌上。鸡鱼丸子肉,海带蛋花汤,多少年了,吃来吃去,小镇上的红白喜事都是这约定俗成的八大碗，没变过。宋一北在新娘子旁边坐下来，再次近距离看了她一眼，她的侧面倒是不错，比整张脸要好看些。空气中弥漫着浓重的油腥味，吃吃喝喝的声音凌乱地混成一团，很多只酒碗举过头顶。他们说，喝，就热烈地喝起来了。酒精让气氛变得欢快，所有人都活跃起来。只有宋一北没有。在这群欢乐的酒客中，他觉得自己就是个孤单的影子。丁小影没在，他心里有一大块地方像荒野一样杂乱地空着。她是吃素的，这点宋一北在很多年前就知道了，作为舞者，她一直以这种对自己严苛的方式来保持体形。

酒席称得上混乱，所有人都放开了喝。这座小镇就是个大酒缸，男女老少都喜欢泡在酒里，男人们喝酒从来都是大碗，有绿林好汉之风，也不知道他们到底能喝多少。宋一北不行，在南方生活，酒量早退化了，如此狂放的豪饮场面，已经让他很难想象。好在宋一南在旁边兜住。但他还是喝了不少，眼前慢慢打起了转，他觉得自己快要醉了。没想到有个人比他还要先醉，摇晃着在他面前趴下来，酒碗仍攥在手里，喝，他含含糊糊地说。宋一北看了一眼，这张脸既熟悉又陌生，他又看了看所有人，似乎都是这样的脸。十几年的时光，将他与这座小镇拉开了一些距离。

等这群人酒足饭饱之后，鞭炮声响起来。散席了，宋一南说，站起来看看手表。客人们各自从狼藉的桌前离开，聚集到了屋外。又是一阵更密集的鞭炮炸开，吹吹打打的声音从人群里升起，鼓乐队开始了表演，十几个人把长号短号叼在嘴里，鼓着两腮，吹出一种参差不齐的声音，带头的中年妇女擂着一面大鼓，想用鼓点镇住这支队伍的凌乱，但无论她怎么努力，出来的都是些生涩的曲子，可是小镇上的人能接受,这就足够了。

宋一北站在人群里,目光越过这支鼓乐队往远处看。夜幕下的小镇变得模糊不清,灯光照到的地方不多,大半座小镇笼罩在朦胧的夜色里。他不知道丁小影会从哪个方向走来。他让自己的目光一直抵达这座小镇的边缘。那里是座山,山顶有清幽的雾气在弥漫。过了山,就是另一座小镇的地界。在雾气笼罩中,这座山和隔壁的小镇显得十分遥远。新娘子又进到屋里去了,他还是不想进去看她。

轮到竹子戏表演了,其实就是木偶的一种,以竹子为支架来操控角色,消失了好多年,最近几年又冒了出来,虽然没有几个观众,但比起丁小影的民族舞来,在这个小镇上还是要受欢迎多了。这门传统的民间艺术,在小镇上的红白喜事中,多少还起着点类似于某种仪式的作用。但确实没几个人看。演的是《董仲舒回营》,一块红布后面,藏着十几个人。配音的、吹拉弹唱的、木偶操作的,他们忙忙碌碌,将一个远古的故事庄重地展示在红布上。没有几个人看得懂,都过去几千年的人和事了,离这座小镇太遥远。演出不到五分钟,客人们带着酒兴逐渐散去。宋一南忙前忙后,将所有人彬彬有礼地送走,然后把手一挥,这场戏也就草草散场了。一伙人收拾好道具,开着一辆面包车离开。这是个家族,这种古老的民间艺术,也只有靠着家族的约束,才能代代传承下来。

戏班子一走,屋外瞬间一片空荡,《小苹果》的舞曲在夜色中响了起来,小镇又陷入了广场舞的狂热气氛中。宋一北走到舞台边坐下来,四周没有一个人,空荡的舞台显得荒凉和落寞。月光斜落在他背上,将一个沉默的背影渲染得十分孤寂和苍凉,就像个扎在旷野中的稻草人。他一动不动地坐着,差点就睡着了。后来,他真的就把头埋在膝盖上睡着了。恍惚中他听到了宋一南的声音,像束光一样,从黑暗中清晰而明亮地穿过来。

老二,老二,宋一南嗷嗷叫着,他说,这个狗日的老二,两碗马尿就成这样了。

宋一北不想醒。他没有醒。就在这时,他看到丁小影来了。他就知道她会来。丁小影的脚步看上去十分地虚幻,就像走在一朵云上。她从山那边款款而来,穿过层层夜色,悄无声息地到了舞台旁边。

来了,他说。

丁小影没说话,伸出手,让他托住。他一使劲,没使上,丁小影像张纸一样轻盈地飘到了舞台上。没有舞曲。她不需要舞曲。水袖一甩,一只曼妙的孔雀在他眼前像幅画一样徐徐展开,这空荡荡的舞台瞬间就被她的身影铺满了。死气沉沉的舞台活了过来,他耳边响起一阵从资江传来的滔滔水声。他又想起了那只船,船上的那个舞台被他照原样搬到这里来了。这座舞台,从搭建的那一天起,他就知道它是死的,但一个舞者是会让舞台活过来的。现在,丁小影让它活过来了。

好,宋一北说,真好。

一曲跳完,舞台又恢复了沉寂。丁小影没有接着再跳。但这已经足够了,在宋一北眼里,这支舞比他的一生还要漫长、还要耐人寻味。丁小影走到舞台边上,伸出手。宋一北一把抓住这只手,就像抓住一把冬天的水,冰凉透骨。他想将她托下舞台,但还是没能够使上劲,丁小影轻得就像个灵魂。

敢娶我吗?她说。她看着他,两只眼睛异常明亮。在晦暗的夜色中，她整个人似乎都是明亮的，就像块玲珑剔透的水晶，让宋一北一眼就洞穿她的躯壳，窥见到了她心底的那个世界。在那里他看到了自己。他只看到了自己。就像个孱弱的婴儿，蜷缩着，目光里充满怯懦和脆弱。

但是这一次，宋一北没有犹豫，他拦腰抱起这个女人，坚定地往小镇外面走去。他说过，只要丁小影敢提出来，他就要带着她离开这座小镇。宋一北一直往前走，小镇不断后退，密密麻麻的往事像场细雨一样扑面而来。怀里的丁小影柔软、冰凉、没有一丝重量，就像一片转瞬即逝的雪花。

老二，你他妈疯了，宋一南叫了两声，没叫住，跺跺脚追了上去。他跟着宋一北，一前一后往小镇外面走。兄弟俩身高和面孔都差不多，在朦胧的夜色下，就好像一个是另一个的影子。

他们一直走到那座山前。宋一南停下来不走了，他仰头往山上看。山顶的雾气已经散开，沉甸甸的夜色从空中压下来，将整座山勾勒成一块黛色的阴影，像张水墨画似的挂在这座小镇边缘。半山腰里有片坟场，一大片月光从山顶滑下来铺在那里，许多个小包幽静地隆起，显得遥远而悲凉。他知道宋一北会往那片月光里走。一年前，因抑郁症自杀的丁小影就葬在那里。

1

小镇拳师

那天早上，很大的雾。一声蛙鸣从窗外传来时，我分辨出来，是马一鸣的暗号。那时冬季才来不久，春天在后面远远地候着，哪来的青蛙？我穿好衣服起床，从床底下翻出一把砍刀，用报纸卷好，笼在衣袖里，提着两只鞋，蹑手蹑脚穿过客厅，出了门才敢把鞋穿上。我怕惊动父亲。

马一鸣蹲在路边，头发上挂着水珠。天是那种刺骨的冷，阴沉着，将小镇上的人封在屋子里。小镇是静止的，只有风在动，一阵一阵，不时搅动雾气，送过来一些细碎的声音。见我出来，马一鸣站起身，跺跺脚，把脚边的一颗石子踢飞。他说：好了？

我点点头，说：好了，你呢？

嗯，他说，早好了。他拍拍后腰，一把砍刀斜插在那里，将衣服挑起一角。说话时，杀气从嘴巴里穿出来，冷峻地挂在脸上。

那走吧，我说。

马一鸣点了支烟，深吸一口，暗红的火光亮起来，在晨雾里闪烁。他抖动着背和肩膀，吐出烟雾和含含糊糊的咳嗽声。我也点了支烟，叼在嘴上，狠狠地吸着。我们一前一后，往河边走去。那里有人在等着我们，两个，也许是三个，或者更多。这个未知的数目让我七上八下，一种不安的情绪生出来，缠绕着我，就像弥漫在我心里的另一场大雾。说实话，我有点怕。

马一鸣说：怕他个鸟，来一个打一个，来两个打一双。

我说：要是来一伙呢？

马一鸣作了个抹脖子的手势，说：多少都一样，全部灭掉。

他毫无惧意，轻快地吹着口哨。那天他穿着一双黑色马靴，筒很长，两条腿被吞掉大半截，看上去，就像被一双手拎在空中。马一鸣没我高，但每次打架，他都冲在前面。走路也是这样，他喜欢走前面，让我在后面跟着，因为这样的话，我看起来就像是他雇来的一个保镖。他很享受这样的感觉。

我和马一鸣是同学，那年我们读初三，马一鸣十六，我十五。我们不喜欢上学，打算混完初中，就去闯世界。我去深圳，他去北京。后来他认为北京太冷，又把计划更改为去深圳，如此一来，在那些尚未到来的时间里，我们又混到了一块。

这让我很高兴。我和马一鸣是邻居，从小就玩在一起，形影不离。初三时，到了一个班。我们经常逃课，泡在镇上的一家网吧里。那几年，小镇上流行一款叫传奇的游戏。我和马一鸣也玩。我们在游戏里打怪、升级、和别的玩家PK、互相漫骂，结下种种仇恨。后来，仇恨从游戏里漫延出来，到了现实中。对方是另外一个镇上的玩家，在游戏里，他们无论PK或者骂架都不是马一鸣的对手，就说要来小镇找马一鸣，把他打残。他们问马一鸣敢不敢应战。马一鸣说，你们要是不来，就他妈是我孙子。马一鸣与他们约好，像男人那样痛痛快快地干一场。

小镇上有条河，从山里流出来，拐个弯，像把尖刀将小镇刺开。河流拐弯的地方是片河滩，叫磨石湾，以前出产磨刀石。后来刮起淘金潮，整座小镇的人都疯了，这条河被掘得遍体鳞伤，河流改向，那地方渐渐被杂草占据，成为一处荒滩。镇上有个派出所，建在地势很高的地方，值勤室里有位民警举着一架望远镜，像个侦察兵似的四处巡望，那两个装着镜片的圆筒能把整座小镇都装下来，但装不下磨石湾。在那块偏离警察视线的地方，我和马一鸣喝酒、抽烟、跟女孩子约会、接吻，当然，最主要的还是，我们经常在那里打架。当时唯一存在于我们心中的真理是——用嘴巴解决不了的事情，就得靠拳头。

我们走过一座桥，下到河边，再顺着河堤往前走，两岸青山的倒影跌进河面时，再拐个弯，磨石湾也就到了。我们在河堤上站定。雾很大，裹着啸啸风声。不时有活跃于冬季的鸟类，在浓雾里穿出穿进。寒冬时节的河流薄如蝉翼，在卵石上滑出清脆的声音。马一鸣把手拢在耳边，往雾里听了听，说：他们已经来了。

我看了看，浓雾满天，遮住大半个磨石湾。前方的雾气里，晃动着一些影子。隐隐有火光闪烁，他们在抽烟。他们说话的声音游丝一般，浮在雾气中。我知道，他们在商量打斗的计划，但我听不清楚。我猜他们和我一样，也带上了刀。

马一鸣说：你真怕？

我点点头，说：有点。

话一说完，我便感觉到了冷。小镇上的冬天荒凉，干燥，北风顺着清浅的河床掠来，把我们身边的浓雾搅动。我紧了紧身上的外套，让胸口及周边的部位暖和起来，但还是忍不住哆嗦。我咬紧牙关，竭力不让牙齿在嘴里敲击的声响暴露出来。但马一鸣还是听到了。

马一鸣说：看你这点出息，你父亲不是拳师吗？

我呸了一口，说：你父亲才是拳师，你们全家都是拳师。

马一鸣笑了起来，前俯后仰，差点掉下河堤。在马一鸣的嘲笑声里，我摸了摸笼在袖中的砍刀。刀身泛着森冷的寒气，直逼肌肤，使我克制不住身体和内心的颤抖。我不确定，一会走到那伙人面前时，是否有足够的胆量，将这个武器从袖中拿出来。这需要很大勇气。我没法跟马一鸣比，我得承认，我是个软弱的人。我和马一鸣站在雾中，他镇定自若，我却不停地抖。他们也站在雾中。在漫天晨雾的笼罩之下，我嗅出了来自对面的杀气。双方都没有动，谁都不肯轻易向前。我们在等浓雾散开。

我们这座小镇叫炉观，改革开放前，尚武成风。我爷爷是名拳师，据说能飞檐走壁，隔空取物，除此之外，还会点穴、气功、药功、神打一类的奇功异术。遗憾的是，我一样都没见过。我出生时，爷爷已经去世，死因众说纷纭。有人说他被人寻仇打死，也有人说死于旧伤复发，最离谱的，说他在练一种龟息功，之所以长眠于地下，是为了避免被人打扰，百年之后他将重出江湖。

这些都是猜测，我知道。我还知道，经过许多张嘴巴的传递之后，那个真实的爷爷已经被篡改。唯一可以确定的是，他确实是名拳师。爷爷收过很多徒弟，去世之后，他葬在小镇边缘的一座山上，站在那里，可以俯瞰方圆十几里的范围。每年清明节，他的徒弟会从各地赶来，给他上坟，尽管阴阳两隔，爷爷的那些徒弟，仍然恭谨地对着一块墓碑行以师徒之礼。这种画面让人感动。就仿佛爷爷从来都没有死去，他只是搬了个地方，住到了坟墓里。

作为拳师之子，父亲也是拳师。他自小习武。我家祖屋后面曾经有棵大树，是父亲出生那年种下的。父亲七岁开始练习站桩，扎马步，屁股底下点炷香，爷爷在旁边看着，腿不能抖，腰不能动，稍有差错，就从后面踹一脚。那炷香什么时候烧完，父亲什么时候起身。稍事歇息之后，接着再站，如此反复。马步扎到十岁，下盘差不多就算练稳了，那棵树也长到了碗口粗。父亲开始练习拳头。梅山地区有句俗话：手是两扇门，全靠脚踢人。意思就是说，拳头练好了，才能练腿。父亲一拳一拳往树上打。这是梅山武术里的硬功夫，没有招式，没有窍门，一身的本领，就是那样日积月累地打出来的。说来令人难以置信，据说父亲的那棵树，日夜苦练之下，被他拳头击打的地方后来穿了个洞。此事是否属实，我无法确定。这些事情来自旁人之口，父亲本人只字未提，难辨真假。那棵树我并没见过。爷爷去世之后，镇上建农机厂，几位县里的干部坐在办公室里，用红笔在地图上画了个圈，把半座小镇都圈了进去。我家祖屋和那棵树一起，被推土机夷为平地。此后不久，父亲经人介绍，与母亲结了婚。农机厂建好后，母亲生下了我。与我一起来到这座小镇上的，是厂里的安置政策。很人性化，两种方式任选，要么进厂就业，要么拿笔安置费。为求安稳，父亲选择了就业，被安排在门卫室里，成为一名捧着铁饭碗的工人。他每天的工作是开门、锁门、整理报纸、分发信件、对每一个进出厂门的员工点头致意。他脸上挂着卑谦的笑容，一副尽忠职守的样子，毫无半点拳师之风。下班后，父亲蹬着一辆自行车回到家里，进门就把手套摘下来，从墙上取条围裙挂在胸前，围着锅灶转半天，给一家人烧饭做菜。吃过晚饭，他开始摆弄阳台上的花草，或者散步、看电视，有时，他也看书。父亲就这么简单地活着，安于平庸，与世无争。

说实话，作为拳师，我希望父亲能展示点什么，来体现他的与众不同。但是很遗憾，我一次也没见过。他的生活过得比我母亲还要琐碎。他用这种琐碎的日子，埋葬着作为一名拳师的光环。

小学五年级那年，我爱上了武侠小说。马一鸣也跟着我一起，走进了金庸和古龙的世界，书里的众多侠客，是我们在那时一个永恒的话题，也成为此后我们共有的记忆。从那时开始，我有了学武的兴趣。但是父亲不肯教我。父亲说：乱世学武，盛世修文，你好好读书，比什么都强。

可是我不喜欢读书，我只想练武。马一鸣比我聪明。从武侠小说中，我读出来的是江湖，是快意恩仇，他却领悟到了多门神功，并打算练习。他的计划鼓励了我。我不是想学武么？父亲不肯教，那我就自己来。书中那些武功高强的侠客，哪一个不是无师自通？

我和马一鸣决定自学成才，我们先练轻功，因为在当时看来，没有什么比飞来飞去更让人幸福的事了。不过马一鸣说，得由他来先练，等他练好了，再教我。我心里很不愿意，但也只能被迫接受这样的结果。我对轻功一无所知，而他那副胸有成竹的样子，让我觉得他明显已洞悉了所有的窍门。

马一鸣缝制了两个重达十几斤的沙袋，绑在腿上，每天早晨，围着学校操场气喘吁吁地跑步，平时也不肯解下。如此一来，他走路的样子就显得相当奇怪，摇摇晃晃，就像被人抱住了脚。这样绑了半个月，卸下沙袋后，马一鸣感到全身轻飘飘的。他很有把握地对我说，毫无疑问，他已经练成了。他迫不及待地想展示一番。

我们满怀激动，走到学校后面。那里有堵围墙，周围长着杂草，要是晚上去，会碰到早恋的学生，在草丛里搂搂抱抱。围墙高达两米，用于展示轻功，再适合不过。我在围墙边蹲下来，马一鸣踩着我的肩膀，爬了上去。他先做了几次深呼吸，气沉丹田，准备就绪之后，纵身一跳，双臂展开，在空中做了一个非常潇洒的姿势。可是他并没有飞起来，而是像块石头那样，"砰"的一声，沉重地掉在了地上。紧接着是"喀嚓"一响，他还没来得及总结点什么，就晕了过去。他的腿摔折了。

马一鸣进了医院，在病床上躺了两个多月，并因此留了一级，与我成为同班同学。但他从来都不是个容易气馁的人，出院之后，腿还瘸着，就拄根拐杖来家里找我了。他亢奋地告诉我，在住院期间，他总结出了失败的原因，是练习的方法不对，他只练跑，没有练跳。

我想了想，确实有道理。既然是轻功，当然得跳。我们为这种全新的领悟欢欣鼓舞，并重新陷入对武功的痴迷之中。

马一鸣腿脚不方便，那就只能由我来练了。他十分大方地将沙袋借给了我。于是我开始绑着那两只沙袋，在学校的操场里蹦蹦跳跳。那感觉相当好。我相信如此下去，过不了多久，我就可以飞起来。可是我没跳上几天，父亲突然出现了，他把我堵在操场上，拎着胳膊将我抓了回去。

回到家里，父亲关上门，用一种庄重的语气问我：你真想练武？

我说：当然想。

父亲说：跟我来。

我跟在父亲身后，走进卧室。父亲拿出一本日历，挂在墙上。我心里一阵狂喜，以为他要向我传授武功。可结果却让我非常失望，父亲根本就没有向我传授什么武功，他只是让我对着那本日历打，打烂一页，就把那页撕掉。他说我哪天把整本日历打完了，他哪天开始教我。

我对着日历，打了半天，手指关节处很快肿了起来，日历却丝毫无损。我提着两只红肿的拳头，对父亲表示不满，认为他故意给我设置障碍。父亲没说什么，往日历上打了一拳。跟我一样，没什么反应，可是过了一会，几页纸飘了下来。我把日历揭开一看，墙上的涂料掉了一块。我站在那里，揣摩了半天，发现力透纸背不仅仅是指书法。我问父亲：这叫什么功夫？

父亲说：千日功。顾名思义，要想练好，必须这样持续不断地打三年，这还只是小成。练到大成，得一辈子。武功的"功"字怎么写的？一个工，一个力，加在一起，就是时间和苦力。练武也是种修行，跟世上所有的修炼一样，没有捷径可走。父亲一边解释，一边拿来自泡的药酒，用棉签搽在我手上的红肿之处。一丝凉意渗入关节，立马将疼痛镇住。他说：还疼吗？

我说：不疼了。

父亲说：不疼就接着再打。

我低着头对父亲说：我还是好好读书算了。

自此之后，我不再提学武的事。但我对父亲的拳师身份，仍抱以极大的兴趣。有时我会问他，爷爷的武功是否真如别人所说的那样神乎其神。父亲总是避开这个话题，要么沉默，要么跟我聊其他的事。只要提起爷爷，父亲就变得沉默寡言。那时我就隐隐觉得，父亲心中，似乎隐藏着一个什么秘密，关乎爷爷，也关乎他自己，就像个肿瘤，盘踞在他体内，忌讳跟任何人提起。

对于此事，马一鸣的看法是，我父亲很有可能是位绝顶高手，因为身怀绝技的人，都是些神秘莫测的家伙。于是我们商议，要想个办法，来试试父亲的武功。当然，办法很快就有了，是马一鸣想出来的。我说过，他比我聪明。他说像父亲那样的高手，是可以听风辨位的，只要我们从后面偷袭，就可以试出他武功的深浅。我认为马一鸣说得很有道理。他的话总是很有道理。

那天傍晚，我提着一根棍子出门。侦察好地形之后，我和马一鸣埋伏在马路边的一个草垛后面。那是父亲上下班的必经之路。除星期天之外，他每天都会在那条路上往返，精确得像个钟表。那时的风很大，远远地，父亲踩着自行车过来了，他的头发不时被吹到眼前。父亲用一只手扶着龙头，另一只手腾出来，对付着风和头发。自行车吱嘎响着，到了我们跟前。我从草垛后面闪出来，举起棍子，准确地敲在父亲后脑勺上。由于用力过猛，棍子砸中父亲脑袋后，从我手中被震飞，掉进路边的田里。自行车一晃，猛地停下。父亲用脚踩着地，回过头，愣愣地盯住我，一动不动。我既惊讶又兴奋，以为这一棍之力，被父亲用金钟罩之类的武功扛住了。马一鸣也从草垛后面走了出来，拍着手掌称赞道：这样都能不倒，看来真是高手。

就在我和马一鸣对父亲五体投地时，父亲摇晃一下，连人带自行车摔在地上,脑袋后面淌出一摊湿乎乎的东西。马一鸣走过去,摸了摸,摸到一手的红色,脸瞬间苍白,连忙找个借口,慌里慌张地溜走了。我像截木头,愣在那里。倒不是被吓住,其实父亲给我的失望,远大于惊恐。对我而言,那一刻倒下的不是父亲,而是我寄托在父亲身上的某种希望,就像堵墙一样,哗啦一声,坍塌了。

后来母亲叫了两个人,将父亲架着,送到镇上的小诊所里,麻药也没打,缝了六针。挂半天吊针之后,父亲才醒转过来。这还有天理,儿子打老子。母亲异常愤怒,把我拖回家里,关上门,用棍子狠狠抽打,差点把我打死。皮开肉绽之后,她仍不解恨,找来一根绳子,五花大绑将我捆起来,让我像个粽子似的吊在了门梁上。那种滋味,我一生都记得,我从来没想到过,一个人双脚离地时,内心会是那么地无助和惶恐。绳子越勒越紧,母亲在一旁看着,我渐渐地透不过气来。就在我担心这样下去会被吊死时,父亲从诊所里回来了,脑袋上缠着纱布,脚底下仍有点飘。天黑着,父亲把灯打开,脸上的表情暴露在灯光里。他一点生气的意思也没有,只是有些惊讶。在他印象中,母亲从未有过这样粗暴的举动。他赶紧替我求情,把我从门梁上救了下来。

母亲说不吊也行,但我得跪下来,向父亲道歉。

我终于放心了,感觉捡回条命。跪一跪没什么,比吊在门梁上好多了。我双膝一弯,就要下跪。父亲伸过一只手来将我托住。他笑了笑,说:男儿膝下有黄金,别动不动就下跪,也不是什么大事,谁还没个过失?

在父亲那里,这事就算过去了。父亲总是这样,就像个无所不容的器皿,草率地接纳着发生在他身上的一切幸运或是不幸的事情。

可是在我心里,这件事一直过不去。倒不是因为愧疚,而是自此之后,父亲的拳师身份,在马一鸣嘴里成了一个荒诞的笑话。很自然地,我也跟着父亲一起,成了马一鸣嘴里的笑话。这让我觉得羞耻。要知道,有些东西跟血缘一样,是一脉相承的。父亲是个可笑的人,我也是。

我从小胆子就小,镇上的人说我没长卵子,我马上就会低下头,到裤裆里去寻找,以确定那东西完好无缺地待在那里。我知道他们在开玩笑,但这句话像阴影一样,贯穿了我漫长的童年和少年两个时期。

初三那年,我开始学习生理卫生,对身体结构有了完整的了解之后,我才恍然明白,没长卵子的意思,就是说我不是个男人。我顿时感觉到一种巨大的耻辱,并很快找到了对抗耻辱的方式,就是让自己强悍起来。我变成一个叛逆少年,跟着马一鸣逃课、泡网吧、打架,惹下了不少的祸。

那段时间我突然发现,父亲的命运,与我捆绑得如此之紧。在我逃课打架的同时,父亲也被老师通知着,一趟又一趟地往学校里跑。到了学校之后,他不问对错,劈头盖脸就骂我一顿,就好像道理是镜子里的脸,永远站在与我对立的那面。骂完之后,父亲一副卑躬屈膝的样子,向老师和那些被我打过的同学道歉,然后,该看医生的看医生,该赔偿的赔偿。处理完毕,他踩着自行车回家。

但是不知为何,父亲从不动手打我。这让我觉得,我在学校里打架,父亲表面反对,内心其实是认可的。他毕竟是个拳师。因此,我越来越无所顾忌。奇怪的是,我打架的次数越多,内心就越胆怯。

每次把人打伤,或者被人打伤,都会让我惶恐好一阵子。我并没有因此而变得胆大起来。软弱这个词,就像施在我身上的一道魔咒,让我难以摆脱。我很难成为一个男人。马一鸣说,你要是敢动刀,就是个男人了。我二话不说,买了把砍刀。对我来说,当个男人太重要了。

砍刀买来之后,我把它藏在床底下,一直也没用过。我没机会将它拿出来。在学校里打架,马一鸣一个人就摆平了。他总是冲在前面,凶狠地把对手放倒,我跟在他后面,大多数情况下只是装装样子,最多补上两脚,根本用不着动刀。当然,即使用得着,我也未必敢拿出来。我说过,我从小胆子就小。那天马一鸣去磨石湾打架之前,郑重地叮嘱我,这次必须得带刀。我才把砍刀翻出来,藏在袖管里。这让我十分忐忑。我感觉揣着的不是刀,而是一颗心脏,它在慌乱地跳动。

现在该来说说那天的事了。那天早晨,浓雾慢慢散尽,太阳升了起来,将磨石湾照成满地的金色。我和马一鸣走下河堤。他们站在那里,歪着脑袋看我们。滩上长满杂草,有半个人高,被冬季的风吹枯了。他们踩踏过的地方,草向一边歪着。只有两个人。一个光头,一个长发,并肩站在一起,对比鲜明。光头个子很高,手插在裤兜里。长发拿了条棍子,在手掌上敲来敲去。他们没有带刀。这让我稍稍镇定了些。

马一鸣把烟头吐在地上,问:就你俩?

光头说:嫌少?

马一鸣说:少废话,单挑,还是一起上?

我把手缩进袖管,碰了碰刀,感觉就像碰到一团火,整条手臂火辣辣的不舒服。我在想着要不要把刀拿出来时,马一鸣已经扑了上去。光头明显练过,马一鸣刚近身,他打出一记直拳,正中马一鸣的脸。马一鸣往后一仰,像被扔出去似的摔在了地上。他反手去拔插在腰间的刀,可是插得太紧,他拔不出来。长发走过来,用一只脚踩住了他的脑袋。马一鸣再也没法动弹。他转过脸,焦灼地冲着我吼道:还愣着干什么,快上。

我冲了上去,还没看清,脸上就中了一拳。还是光头,出手极快。紧接着一只脚踢在我肚子上。我后退几步,坐在地上。袖子里的刀掉了出来。光头说,还他妈动刀啊。他把刀捡起来,抖掉报纸,一道冷光闪出来,照在我脸上。我就像个被针扎的气球,瞬间丧失了所有的勇气。光头手腕一抖,将刀插在地上。

很明显,我们完败。光头要我们跪下来,对着他磕三个头,叫三声爷爷,就放过我们。我有点犹豫,扭头看着马一鸣。他想也没想,双膝一屈就跪下了。他对我说:好汉不吃眼前亏。他一边说,一边磕起了头。

我只好也跟着往下跪。膝盖快要着地时,一只脚从我身后伸过来,将我架住,脚尖一挑,我的身体腾起来,稳稳地落在地上。回头一看,是父亲,不知什么时候跟来的。他袖着双手,背微驼着,站在那里,一副出来散步的样子。他看了看我的脸,伸手抹掉我嘴角边的一丝血迹,问我:有事吗?

我说:没事。

没事就好,父亲说。然后抬手就打了我一记耳光。我眼前闪现出许多星星。那一瞬间,我感觉到的不是疼,而是诧异。我从父亲目光里,看到了一种巨大的失望,就如同在此之前,我对他的失望一样。

父亲说：回家吧。

说完牵着我，往河堤上走。

光头叫住我们，说：给老子站住。

父亲停下来，转过身，说：你多大了，开口闭口称老子。

光头不说话，紧跑几步，逼近父亲身边。对着父亲的脸，举拳就打。还是一记直拳。父亲面色一凛，突然间就像变了个人。他侧过身，让拳头从耳边过去，同时单手抓出，将光头的手腕准确地抓在手里。父亲手上一紧，光头哎哟一声叫了出来，脸都歪了。父亲往前一送，光头摔了出去。

光头说：老家伙，有两下子啊。

他爬起来，拔起插在地上的砍刀。长发也加入进来。一根棍子和一把刀，挥舞着罩向父亲。父亲左闪右躲，从容不迫地避开。招式看起来非常简单，毫无出奇之处，甚至显得有些笨拙。可是在父亲的手下，这两个人就像喝醉了似的，自己就乱了。光头的刀砍中长发的肩膀，而长发的棍子，打在一颗光亮的脑袋上。父亲拍掉他们手中的棍子和刀，顺势抓住两只手腕，绕了半圈，两个人就像打结似的绞在了一起。这下光头终于认输了，说：算你狠，不打了。

父亲松开他们。两个人踉跄着后退几步，坐在地上。光头爬起来，抚摸着手腕。马一鸣说：你说不打就不打，你爸爸是联合国主席啊，这事不算完。他摸起一块石头，冲上去就要砸。父亲将他拉住了。父亲说：算了吧，得饶人处且饶人。马一鸣扔下石头，拍掉手里的灰，说：叔，听你的。

就在这时，光头从裤兜里掏出一样东西。我一看，是把钢珠枪。

以前我见过。有一年我去小姨家玩，她住在另一个县，坐车要两个小时，汽车在国道旁边停下来时，有人走上车，向司机神神秘秘地兜售这种东西。光头不知从哪里弄了一把。他举着枪，对准父亲，扣动了扳机。啪的一声枪响。我和马一鸣，以及站光头身边的长发，都吓了一跳。马一鸣抱着头，飞快地趴到了地上。只有父亲毫无惧意，枪响之后，他伸手在空中一抓，好像把一个什么东西抓在了手里。他攥着拳头，一动不动地站在那里，就好像在等着子弹从对面再次射来。光头愣了片刻，说：日他妈刀枪不入啊。说完扔下钢珠枪，拔腿就跑了。父亲站在那里，没有追赶。那一刻，我觉得父亲非常地伟岸。马一鸣从地上爬起来，拍拍身上的沙子，说：牛逼啊，叔，徒手抓子弹。

父亲说：这你也信？

父亲把手摊开，给我们看，掌心里空空如也，只有一手湿淋淋的汗水。我一低头，发现父亲裤子上穿了个洞，血沿着那个洞，正往四周散开，把裤子洇湿了好大一块。马一鸣也看到了，他惊呼一声：叔，你中枪了啊！

我赶紧扶住父亲。

父亲说：小事，皮肉伤，没碰着骨头。

他看了看我的脸，问：刚才那一巴掌，没打疼吧？

我说：有点。

他说：以后别给人下跪了。

我说：嗯。

我们离开了磨石湾。

回到家里，父亲找出一把镊子，一瓶红星二锅头。他把裤管卷起来，露出被血染红的半截大腿。子弹打得不深，从创口处，可以看到钢珠。父亲分别往伤口和镊子上倒了些白酒，把镊子伸进皮肉里，眉头也没皱一下，就将那颗沾着血丝的钢珠拔了出来，扔在垃圾桶里。血还在流，他往创口上撒了些黄色粉末，这是他自制的外伤药，撒上去，立竿见影，血马上就止住了。父亲踢了踢腿，不碍事，就从碗柜里拿了两只杯子，将那瓶二锅头倒了两杯，说：喝点？我说：好。

在此之前，父亲很久没喝过酒了，而我，是第一次跟他喝酒。二锅头很烈，像刀子扎进胃里。半杯之后，我就只敢一丝丝抿了。父亲一杯接一杯地喝着，似乎有意把自己喝醉。后来他真的就醉了，说了很多的话。说话时，他的舌头就像打了个结。他喝断片了，从他嘴里出来的话，也是一些断片。我把这些断片拼凑起来，使之连贯成线，这时我感觉一束火光从父亲心里穿出来，照亮了一个我之前未曾到过，并且此后也不可能抵达的世界。我终于洞悉了那个在父亲心中埋藏了多年的秘密：我爷爷死于一次比武，而失手把爷爷打死的那个人，就是父亲。

1

小镇球王

1

　　台球来到小镇那年，我十六岁。如果我没记错，那是夏天，一个和往常一样的清晨。小镇上下过一场雨，泥土的湿腥气息与水汽交杂着，弥漫在小镇上空，几条杂乱的街道被雨水冲洗过后，显得更加杂乱了。马路两边的门陆续打开，在湿漉漉的清晨里，小镇人开始了一天的生活。这是小镇初醒时的模样。

　　我坐在门口，等母亲回家。她是小镇上最好的裁缝，每隔一段时间，就会去省城里进批布料。我心里想着，母亲也许该到了。几声嘈杂的喇叭声过后，母亲果然就到了。一辆东风汽车拐个弯，颠簸着从小镇的南边过来。不用看我也知道，那是母亲常坐的顺风车。司机把车开到我家门口，熄火，让汽车安静下来。他斜着身子，两只脚架到方向盘上，脑袋伸到车窗外抽烟。

　　母亲挎着个包，从副驾驶室跳下来，拢拢头发，绕到车尾，踩着挡板爬上了车厢。我站起身，走过去问母亲要不要帮忙。她已经卷起袖子，利落地将两张台球桌卸了下来。接着她跳下车厢，向司机道谢，递上车钱。司机接过去，顺手扔在挡风玻璃前，猛吸口烟，两只脚从方向盘上撤下来，脑袋缩回驾驶室里，发动车子，油门一踩，货车怕冷似的抖两下，拖着黑烟绝尘而去。

　　母亲松了口气，拍去手上的尘土，从门口拖过一张凳子，一屁股坐下来。她满脸是汗，胸脯快速起伏着。经过这一路奔波，她已经很累了，疲惫和汗水一起，胡乱地挂在脸上。我心里又想，这时该起点风。风果然也来了，就像块看不见的抹布，将汽车留在空气中的灰尘和尾气一点点擦掉。我们这座小镇背山临河，山风顺着山势斜转，落入河道，再随水流一起徐徐来到小镇上，十分舒适宜人。

　　待气息喘平之后，母亲脸上的汗珠也被微风抚干了，额头和两个鬓角处，结出一层细密的白色盐晶。母亲用衣袖擦了把脸，问我：高松呢？死哪去了？

　　我知道，母亲又得忙上一会了。一般来说，也只有在这种情况下，她才会想到高松。我指着八万家里，说：在下棋。

　　母亲转过脸，对着八万家大喊一声：高松。她的声音就像只手，将一条矮小的人影从八万家里拽了出来。高松一路跑着，朝我们飞奔过来，气喘吁吁地停在母亲面前，站住不动。母亲从门后拿了把铁铲，扔给他，让他把门前的地面铲平。高松接过铁铲，一声不哼就忙上了。高松年纪不大，但干起活来，已经和母亲一样利索，两个小时不到，我家门前的那块地面就被整理出来了。紧接着，他又从家里拿了把扫帚，将这二十几平方米的地方，细细扫了好几遍。

　　下午的时候，做门窗生意的师傅来了，两个人操着工具，叮叮当当敲打一阵子之后，就像变魔术一样，让这块空地上支起了一张天蓝色的雨棚。母亲搬来一架梯子，架在雨棚底下，又从隔壁五金店买来两根灯管，让高松挂上去。高松拎着灯管，踩着梯子爬上顶端，两手高举着灯管往上挂，但是没能挂上，他太矮了，两只手够不着。母亲叹了口气，让高松下来，自己拎着灯管，爬上梯子，轻松地挂了上去。母亲从梯子上下来，瞟了高松一眼，说：饭没少吃，都用来长脑壳了。

高松低着头，手垂在身体两边，像个囚犯似的，以一副恭谨谦卑的态度，聆听母亲的训斥。汗水从他额头滚下来，落进眼里，也不敢伸手去擦一下，只是用力眨着眼睛，似乎想把那种刺痒的感觉挤出来。我觉得母亲对高松过于严厉了，他还只是个少年。况且，他已经忙了大半天，满身尘土，就像个刚从洞穴里爬出来的矿工。但母亲对他的工作仍不满意，说他干活马虎，就像那个短命鬼一样。

母亲这话一石二鸟，短命鬼指的是我父亲。事实上，父亲已从我们生活中消失多年，可母亲却让他无处不在，只要心情不好，就会把这个劣迹斑斑的男人搬出来，跟高松密切地联系在一起。

高松一声不哼，又扫上了。等扫帚声停下时，小镇已进入黄昏，一层淡蓝色的薄雾从大地上升起来，像层细纱，笼罩着小镇以及远处转为深黛色的山峦。

母亲把灯打开，雨棚下霎时一片通明，她让高松帮着将两张球桌架好，然后拿出一只方形盒子，撕开包装，哗啦一声，一盘台球散落在了深绿色的台面上。母亲将球一颗颗拢到一起，用一个三角形的框固定住，反复查看了几遍，确认没有摆错，就把框拿起来。灯光下，十五颗颜色各异的球子突显出来，呈三角形，规规矩矩地排列在台球桌上,闪着洁净而艳丽的光泽。

随后母亲又让高松回屋,搬了几张塑料椅子出来,摆在球桌旁边。她是位强迫症患者,家里的家具,隔几天就要挪一下位置,就好像天天都在搬新家。对待这几张椅子,也是如此,她看了又看,指使着高松挪来挪去,不断调整着摆放位置,直至完全符合她的心意,高松的工作才算彻底结束。

就这样,一个简易的台球厅在小镇上诞生了。母亲满足地打量着,就像看到了一条光明之路。这也确实是条路,是母亲为我铺下的。那年中考,七门课程,我没有一门及格。如此糟糕的成绩,书自然是读不下去了。留在我面前的出路,只有两条:要么出去打工,要么学门手艺,在小镇上讨口饭吃。我当然想留在小镇上,外面的世界再怎么好,那也是别人的地方,只要一想起那种遥远的距离,我就会觉得,远方跟小镇不在同一个地球上。还好,在小镇上,可学的手艺很多,理发、装修、家电修理、摩托车修理等等。学好了,哪一行都可以混口饭吃。遗憾的是,这些我都不感兴趣。我感兴趣的是开车,我喜欢握住方向盘,在路上飞奔的感觉。可我刚将这想法说出来,就被母亲强硬地否决了。她说我学什么都行,想开车,门都没有。

我当然知道,母亲担心我。司机能赚钱,但也是门高危职业。小镇上有种说法,开车的人,一脚踏油门,一脚踏牢门。这是一碗路上的饭,并不好吃,脑袋别在方向盘上过日子,方向盘要是失控,脑袋也就没有了。再加上父亲在她心里留下的阴影,母亲对司机这份职业的成见极深。可除此之外,我对其他手艺没什么兴趣。母亲也不想我出去打工,便给我找了第三条路,在小镇上做点小本生意,不指望赚多少钱，有件事情捆绑着，我就不至于跟小镇上那些无业青年一样，整天无所事事，游手好闲。所以她买了两张台球桌回来，给我铺了这条路。

这个露天的台球厅虽然简陋，但母亲信心满满。在她眼里，这两张球桌，将会像她在省城里看到的一样，成为两棵摇钱树。我看了看天，夜晚已经到来了。从天象来看，明天应该是个好日子，小镇隐入纯净的夜色中，天上布满星火，这是雨后放晴的迹象。灯光下，两张台球桌安静地摆在那里，桌面上的那层绒布绿得耀眼，对衬着小镇上纯净的黑夜。高松站在球桌旁边，头仍然低着，就仿佛被一股无形的力量压住了，他的人也愈发地显得瘦小，只有两只眼睛，格外地明亮。

2

高松是我弟弟。母亲讨厌他，这事在小镇上众所周知，母亲自己也从不否认。从他出生那天起，这种讨厌就已经存在了。怀胎十月，他吸收的营养都长在脑袋上，全身都瘦小，脑袋却格外大，分娩那天，被盆腔骨卡住，没法顺利出来，在母亲肚子里多待了十几个小时，确切一点地讲，是难产。母亲躺在床上，被持续的剧痛折磨着，差点没挺过来。危急之中，我父亲表现出了难得一见的理智。他开着一辆货车，将母亲送到了县人民医院。在我们对父亲的记忆里，这大概是他干过的唯一一件值得称道的事。他的当机立断，将母亲和高松从鬼门关捞了出来。

然而，两条命是保住了，但也留下了后遗症——母亲腹部剖了一刀，留下一条蜈蚣状的疤痕。这道疤痕，在母亲心理上永远也愈合不了。母亲总觉得，有了这条疤痕，她整个人生都失去了完整性。而造成这一切的罪魁祸首，无疑就是高松。每每忆及此事，母亲便难掩愤恨之情。她叫高松时，从来都是直呼其名，并且往往包含着强硬的指令：高松，快去把碗洗了；高松，把垃圾倒掉；高松，……这还算温和的，遇到母亲心情不好，恶语相向也是常有的事。

有时我想，若是父亲在家，情况也许会好点。当然，这只是假设。生活中没有假设。父亲在我们很小的时候就离家了。他曾经是名司机，这也是母亲不肯让我学开车的原因。但是，我不得不坦白地说，在我们这座小镇上，司机算是一份不错的职业。父亲年轻时，也有过风光。那时小镇上让人羡慕的男人有两种，一是穿军装的，二是摸方向盘的。这两样父亲都占据了，可谓得天独厚。他进过部队，当了几年汽车兵，退伍之后，买了辆解放牌货车，成为小镇上第一名跑货运的司机，省内省外地跑，见多识广。当年相亲时，母亲一眼就相中他了。

刚结婚的那几年，父亲也确实不错，能吃苦，能赚钱，跟母亲相处也十分融洽。可是有了高松之后，他们的关系便急转直下。我不知这种转变，是否跟母亲肚子上的那一道刀疤相关。总之，对父亲来说，高松的出生是条分水岭，这条分水岭的一边，是一个忠于家庭，严于律己的男人，另一边，则是一个放浪形骸的赌棍。父亲常常夜不归宿，据说是在外面找了女人。再后来，他又慢慢喜欢上了赌博，让自己成为一个嫖赌齐全的男人。说实话，那些女人对我们并未造成什么影响，毕竟谁也没有见过，但是赌博这件事，却让我们全家深受其害。小镇上有句俗话：十赌九输。这句话简直就是为我父亲量身定做，自从染上赌瘾之后，他开车赚到的钱，就从来没在口袋里停留过了，往往是钱一到手，还没来得及焐热，就从牌桌上进了别人的口袋。

这样的男人，母亲自然是无法容忍的。从我记事开始，父母之间就很少说话了，他们唯一的沟通方式，就是吵架。如果吵架解决不了问题，就开始动手。父亲虽然五大三粗，但吵架与打架，都不是母亲的对手。每次都被母亲指着鼻子，骂得哑口无言。他却涨红着脸，站在那里，半天才憋出一句话：你再骂，老子揍死你。他两手攥成拳头，一副随时要把母亲打翻在地的样子。可我却从未见他真正动过手，每次的结果是，他还没来得及动手，母亲已经扑了上去，又抓又咬，跟他激烈地缠斗在一起。等两团人影分开时，母亲安然无恙，父亲脸上却伤痕累累。

在母亲面前，父亲的弱势一览无遗。他的口头禅是：惹不起，我躲不起吗？因此，每次吵完架，父亲都会从家里消失几天，跑到外面去喝酒、赌钱，等身上的钱输得精光之后，再两手空空回到家里。他不回家还好，在外面的那几天，至少可以让家里保持短暂的平静，他一回来，母亲的怒火转眼间又重燃起来。于是两人又接着吵，吵着吵着再动手，如此反复，就像一个永远也没有终点的死循环。

有一天，父亲跟母亲大吵一架，带着一脸抓痕，开着货车就出去了。车子发动时，他望了我一眼，说：以后有谁欺负你，打得过就打，打不过就跑。那时我根本想象不到，在父亲这句类似于遗言的叮嘱后面，竟是永别。等我明白了这句话的含义以及父亲当初看我的眼神时，我已经有八年没见过他。父亲此后再也没有回来，就像个谜，毫无预兆地，就从我们生活中消失了。

后来有人告诉我们，那天出去之后，父亲看到有人在开牌九，立马将车停在路边，参与进去，他输光了身上所有的钱之后，孤注一掷，赌了辆车，然后跑路了。

母亲的愤恨可想而知。不久之后，她把父亲留在家中的衣物，以及生活用具，全部翻找出来，卷成一团，扔进一只盆里，倒上汽油。母亲一边痛骂，一边划燃一根火柴，投入盆中。转眼之间，火光升腾起来，青烟缭绕中，父亲留在家中的一切，转眼间化为一堆灰烬。母亲坐在火光中，脸色沉郁，就仿佛被她付之一炬的，不是衣物，而是那个活生生的男人。

烧完之后，母亲仍不解恨，从那张全家福上，用剪刀将父亲裁掉了。此后的父亲，便成为一个空洞的轮廓，在相框里面，荒凉地注视着我们。当我们慢慢长大时，父亲也跟着这张全家福一起掉色，他在我们记忆里，一点点失去印象，渐渐淡化成一个模糊的影子。

高松也是个影子，他是父亲的影子。父亲沉默寡言，高松也沉默寡言，父亲怕母亲，高松也怕母亲。有很多次，他受到母亲的责骂之后，我问他：为什么不顶嘴？他微微一笑说：顶什么嘴，她是我妈。我记得父亲当年被母亲打骂时，旁人也常怂恿他，说他真是白长了条鸡巴，一个娘们，怕她做什么，动手揍她就是了。父亲的回答和高松如出一辙：我跟她计较什么，她是我老婆。

高松太像父亲了，除了身高矮一截，其他方面都很像——五官像、神态像、走路像、说话像，就连吃饭时握筷子的姿势，都是那么惊人地相似。有时我看着高松，会觉得自己是看到了一个站在远处、被视线缩小之后的父亲。我想，也许这才是母亲讨厌高松的真实原因。

父亲离家之后，母亲自然难以适应。没有了那个吵架的对象，她的生活中也出现了一块空白。而高松就像个补丁，及时补了上去，成为母亲发泄的对象。只要母亲心情不顺畅，就会对他加以责骂。高松身上背着的，不仅是让母亲耿耿于怀的那道疤痕，还背负着母亲对父亲的怨恨。

似乎是顺应了母亲的厌憎，高松的发育不是很顺利，个子长到一米四左右，整个人就跟石化了似的，果断地停止了生长。母亲常说，他浪费这个姓了。在母亲眼里，姓高的人，似乎都应该长得牛高马大。这话听上去毫无道理，但她完全有理由这么认为，因为我爷爷、伯伯、父亲、叔叔、堂哥、堂弟，包括我，个个身材高大，就像一棵棵树，挺拔地长在小镇上。唯有高松是个例外，从家族特性中偏离出来，长成了灌木。

高松只比我小一岁，然而我们并肩站在一起时，就像是一位父亲带着儿子。他太矮了，看上去，只比侏儒好一点点。可这么多年以来，小镇上从未有过侏儒，因此，人们看他的眼光，跟看一个侏儒实际上是没什么分别的。他也确实长得滑稽，小孩的身体上，支着一颗比成年人还要大的脑袋，显得十分地怪异。那副头重脚轻的样子，让人时刻担忧，他的脖子会被脑袋压断。从小到大，他走到哪里，都是众人取笑的对象。他就像个笑话一样，在小镇人的歧视里荒凉地活着。

从情理上来讲，高松需要更多的呵护。可事实上，母亲却对他保持着一贯的冷漠。母亲和这个儿子之间，似乎只是一种主从关系，看不到多少血缘。

3

对于小镇来说,台球是样新奇事物,很夺人眼球。第二天一早,小镇上的一群青少年,被吸引到了我家门前,他们聚拢在两张球桌旁边,驻足围观,七嘴八舌地议论着,就像看着一样天外来物。

如我所料,这天是个好日子。太阳升起来了,阳光毫不吝啬地洒下来,将小镇铺上一层明媚的金色。远处是连绵不绝的雪峰山脉,横跨小镇,往辽阔的天边延展,满山的绿色抖动着,向小镇上输送着舒适的凉风。

母亲的笑容也像阳光一样,灿烂明媚。为了让生意顺利开张,她以前所未有地友善,对待着这群小镇上的青少年。她将球杆递过去,笑眯眯地说:来,试一试,新开张,头几天免费。

这样的邀请似乎让人很难拒绝。要知道,我母亲并不是个平易近人的人,十步之外,便能让人觉察到她身上的锐气。当这个暴躁的女人一改常态,变得和蔼可亲时,这群青少年难免有点受宠若惊。

可是,母亲盛情邀请了一圈,也没一个人敢伸手接她的球杆。小镇上的人就是这样,对陌生事物充满兴趣,但同时也保持着敬畏。他们只敢站在一边,保持观望。这样的结果,大概是母亲没有预料到的。她有些尴尬,沉默着站了一会,看了看我,把球杆按在了我手里,说:你来试试。

她希望我做个示范,以起到抛砖引玉的效果。但我让她失望了。台球这东西,我连见都没见过,又哪里会打?面对着那些五颜六色的球子,我手足无措,就跟一个白痴没什么两样。我拿起球杆,随意击了一下,十几颗球子骨碌碌地响着,在那层绿色绒布上四散开来，毫无规则地滚动。我硬着头皮打了一会，球杆又沉又滑，不听使唤，很难击中白球，就算是偶尔打中了，滚出去的球也是歪歪斜斜，无法按着我的意愿行进，将另外的彩球撞入洞中。我觉得索然无味，就把球杆放下了。

如此一来，围观的人也失去了兴趣，热闹的场面迅速冷了下来。这时高松不知从哪里闪了出来，就像根刺，蓦然扎进一堆目光里。他从墙边拿起一根球杆，说：这叫台球，不是这么打的，我来教你。他的话没说完，四下已是一片哄笑。他的样子的确相当滑稽，双手拿着球杆，站在那里，一颗硕大的脑袋被纤细的脖子顶着，从球桌的边缘冒出来。他看上去比球桌高不了多少。

母亲瞪他一眼，粗暴地制止了他：你教什么教？人还没桌子高，碗洗好了吗？

高松浑身一颤，赶紧把球杆放在一边，战战兢兢地从球桌前退开了。他缩着脖子，进了屋。过了一会，厨房里传来哗哗水声。我心想，母亲未免也太武断了，既然高松说会打，也许他真的就会打。事实上，他能把好些事情干得相当不错，比如下棋，他就比小镇上所有人都下得好，让我半边棋子，我也下不过他。可母亲从不给他展示的机会。在母亲眼里，这个形似侏儒的人，在任何方面的能力，都只能匹配他的身高。

台球厅开张不利，母亲的计划落了空。小镇人的好奇心过后，这两张球桌自然也受到了冷落。接下来的好些天，都没有人来玩，连看都没人看。我对这两张球桌的兴趣也降至了冰点。没人来玩，我索性不管不顾，就让它们空荡荡地摆在那里，台面落了灰尘，也懒得动手去擦一下。

母亲倒是不着急,她说这东西在省城里能火,在小镇上照样也能火起来,迟早的事。她让我不要气馁,万里长城也不是一天修起来的,任何事情都有个过程。

话虽这么说,可母亲从来都不是个很有耐心的人。台球桌空置了两个星期之后,她就按捺不住了,开始四处托人,联系买家,打算将两张球桌以半价转让的方式处理掉。钱花出去了,能挽回一点是一点。那个雨棚自然也得拆掉,退回给做门窗的师傅。母亲让高松去门窗店一趟,把门窗师傅找来。

高松出去了半天,门窗师傅没带回来,只带回了八万。看这名字,不用我介绍,相信你们已经猜到了。是的,他是个牌鬼,小镇上曾经的赌王,以打麻将为生,听牌时,喜欢听八万。每次他手腕一抖,从袖子里将一张八万带出来拍在桌上,牌就和了。慢慢地,小镇人都知道他出老千,没人再跟他打。他就打到邻镇,再打到县城,就像一个江湖游侠,辗转于各地的牌局之间。有次他出老千,被人发觉了,几个人把牌一扔,越过桌子来堵他。他不慌不忙地把钱揣好,从袖里抽出一把水果刀,对着一个肚子就捅了进去。冲在最前面的那个人应声倒下,后面的人也被镇住了。八万扔下刀子,拔腿就跑。可是,天网恢恢,他又能跑到哪里去?在火车上就被逮住了,两名警察把他按在卫生间里,从他袖子里搜出十几张八万,还以为他是个魔术师。还好,那一刀没捅中要害,没出人命,判了个故意伤害罪,被送进去关了几年,也不知什么时候放出来的。出来以后,与之前的那个八万判若两人。这个脾气暴躁的男人,被改造得老实巴交,连跟人说句话,都不敢大声。老实也没人理他,小镇上的人,可以接纳一个赌鬼、一个老千,甚至是种种品行不端的人,但是对待牢改犯,却是敬而远之。小镇有小镇的底线,小镇的底线就是你可以犯浑,但不能犯法。八万犯过法,所以他被小镇边缘化了,成了孤家寡人,就像团空气,悲凉地活在小镇上。高松也是个孤独的人。这两个孤独的人走到一起,就像一面镜子遇见了另一面镜子,从对方身上照出了彼此的不幸。他们很快就成为忘年交,有点相依为命的意思。高松经常去八万家里,聊天,下象棋。母亲对此倒也还算宽容,在她眼里,高松与八万本来就是同类,换句话说,就是小镇上的废人,无可救药。

就是这么个劣迹斑斑的人,居然会打台球。他对母亲说,这东西他打过,他以前待过的那座监狱里有。说着他开始做起了示范。他拿过一根球杆,弯下腰去,伏在球桌上,让自己变成一张弓。他左手张开,四指撑住台面,大拇指翘起来,架住球杆顶端。右手持住球杆末端,瞄准眼前的白球,球杆从腰后往前一送。叮当一声,白球蹿出去,将一颗彩球准确地击入了洞中。

母亲的眼睛马上亮了起来。从动作来看,八万确实会打。他出杆的力度,击球的声音,以及球在台面上行进的轨迹,都可圈可点。球杆在他手里,稳稳当当,不像个生手。他让这两张冷落多时的球桌顿时生色,那些球子也变得生动起来。

母亲立马对他刮目相看了,热情地将他请进了家里。这个在母亲眼里臭名昭著,甚至与父亲沦为同类的男人,因为会打台球,摇身一变,成为母亲的座上贵客。那天下午,他堂而皇之地坐上了我家的饭桌。我记得那顿饭格外丰盛,母亲买了条鱼,杀了只鸡,就连为过年准备的腊肉,也摆上了桌。

这顿饭吃过之后,那个风风光光的八万,仿佛又复活了。他成为小镇上第一个会打台球的人，带着台球赋予的光环，从牢改犯的阴影中，走到了阳光下面。与此同时，他的牢狱经历也开始闪闪发光。他在里面学过的技能、做过的体操、穿过的衣服、交过的朋友，甚至连吃喝拉撒，都成为我们愿意倾听的内容，就好像我们这座小镇上的生活，远远没有那座监狱里的丰富多彩。

4

那天以后，八万天天来我家玩，教人打台球，有时还帮着高松干点活，当然，也会跟着我们吃饭。他似乎成为了我们家中的一员。但是，这些都不重要。重要的是，在那个简陋的台球厅里，他教会了我们打球。准确地说，是教给了我们一套打台球的规则——两人对战，从1号球开始，按着顺序，打到15号。球的号码代表着分数，打完之后，将双方各自击入洞中的球子相加，谁的总分数多，谁就赢。

这套规则十分简单，每个人一听就明白。然而，虽然简单，对我们来说，却有着极为重要的意义，它的出现，让这项竞技运动有章可循，同时也有了区分胜负的依据。

其实，只要稍一琢磨就能发现，这套规则，存在着严重的不合理性——一十五颗球子，打进的难度是一样的，分值却不一样，如此一来，前面的小球，就成了鸡肋。一局球要想获胜，除技术之外，还得凭运气，因为哪怕有一方在前面打进了十颗球，也仍旧胜负未分，只要落后一方将后面的五颗大球打进，就可以反败为胜。很明显，这套不合理的规则，让这项竞技失去了公平性，变成了一项实力加运气的运动。奇怪的是，尽管我们心里清楚，但八万所教的这套规则却保留下来，一直被沿用，无人更改。小镇就是这样，某种规则一旦形成，便焊死在我们生活里了。并不是我们缺乏推陈出新的勇气，而是小镇上的人更乐意于依赖既有的经验活着。那样的话，日子会过得轻松些。这是小镇人的生活逻辑。所以，无论如何，我们都很佩服八万。

有了规则，就像一层神秘的外衣被揭掉，小镇上的人对台球不再敬畏。雨棚下的那两张台球桌，再度成为小镇人的焦点。有人开始玩球了，先是一两个人，再是三五个人，最后扩展到一群人，就像病毒传染。那一年，在小镇上，台球就这样流行开了。如母亲所愿，生意的确很好。这也证明了，在生意上，母亲有着准确的预判。那时小镇上的娱乐十分匮乏，劳作之余，小镇人的休闲无非就是喝喝酒，打打牌。每天都是如此。如果你也生活在我们那座小镇上，你一定会发现，那是一个让你觉得安稳，但同时也会让你产生绝望的地方，因为从一天的生活里，你就可以把自己在小镇上的一生都看到了。小镇生活就是如此，单调乏味，缺少变化。台球的出现，为小镇注入了全新的内容，想不火都不行。那群被生活闷得发霉的青少年，很难不爱上这项没有门槛的新鲜娱乐活动。每天从早到晚，我家门庭若市。玩台球的人、排队等候的人以及围观的人，把雨棚里里外外都挤满了。台球的影响，就像当年的麻将一样，在小镇上迅速蔓延，成为人们生活中不可缺少的一部分。

不久之后，两张球桌已满足不了小镇人的需求。母亲又去了趟省城，买了两张球桌回来。门前地方不够，她就侵占了马路的一部分，把台球厅扩大一倍。好在小镇上车辆稀少，母亲私自占道的行为，让左邻右舍心里很不舒服，却并未影响到交通。那时的小镇上没有交警，也不需要交警。小镇的交通秩序，自有一套约定俗成的规则来维持，虽然十分随意，却又恰如其分——有车过来了，玩球的人就停下来，拄着球杆闪到一边，手捂嘴巴，遮挡车轮扬起的尘土，等车子过去了，尘土还未落尽，他们又持着球杆，迫不及待地弓下腰来开始击球了。

母亲是个精明的人，不会放过任何赚钱的机会。扩张了台球厅之后，她又腾出半间堂屋，用一块布帘隔开，后面依旧摆着缝纫机，当裁缝铺，前面则摆上了冰柜和一个货架，用于出售冷饮、啤酒、香烟、方便面、零食等杂货。如此一来，我家门前就成了比小镇录像厅还要热闹的地方，台球的生意越来越火。

这个室外台球厅，让家里的经济状况得到了改观，与此同时，高松在家中的处境也得到了改观。打台球的人越来越多，我忙不过来，需要帮手，便向母亲提议，让高松帮着我看看桌子。母亲答应了。也许是念在他找来八万，挽救了这庄濒临破产的生意，母亲对他的态度似乎好了许多，责骂少了，使唤他的频率也低了。这个像影子一样的人，总算从父亲留在母亲心中的那块阴影里移了出来，有了自己的一小片空间。

5

作为一门生意，台球跟所有行当一样，刮风减半，下雨全无。遇到天气不好，玩球的人会大幅减少。雨天的小镇十分安静、慵懒，就像被扔进了一段电影的慢镜头中。台球厅里没有人来，冷冷清清，只有雨点的声音，清晰而凌乱地敲击在雨棚上。这时我就把球摆好，一个人随意打上一阵子，练练手，借此打发无聊的时光。我打台球的技术，就是那样零碎积累起来的。

在台球上面，我确实是有些天赋，球技进步之快，超出了很多人的想象。在台球流行初期，我们视八万为老师，因为是他的那套规则，让台球留在了小镇上。从客观来说，他的球也确实打得好，凭着在监狱里积累的球技，在小镇上一骑绝尘，与人对战，从未输过，很长一段时间，小镇上都没有能与之匹敌的对手。他是小镇上当之无愧的第一杆。可是有一次，他出乎意料地输给了我。当时他十分震惊，我将台面上最后一颗球轻松推入中洞之后，他似乎还没反应过来。他数了数自己的球，一脸疑虑地望着我，说：碰鬼了，你运气怎么这么好？我们再来一局。

接下来，他和我又打了一局，这次更让他意外，他以大比分告败。他脸上的表情一下子凝重了，赶紧找了块布，蘸上粉，将球杆从头到尾细致地擦拭了一遍，然后像个木匠一样，将球杆平举到眼前，目测了一下球杆是否足够直。他说：再来。

他把球又摆上了。我们又接着打。这一局他打得十分专注，伏在桌上，就像个狙击手，小心翼翼地判断，瞄准，出杆，似乎全身所有的力量，都集聚到了眼睛和两只手上。可是，不管他怎样努力，在我面前，他就像撞邪了一样，怎么也发挥不出来。我越打越顺，球一颗接着一颗，被收入了洞中。

这局打完，我一身轻松，八万却像刚卸下一副重担似的，满头大汗。他沮丧地站在一旁，那张脸看上去十分地疲惫和虚弱。他靠在桌边，歇了一会，哆嗦着摸出打火机，点了支烟，深吸一口，懊恼地将球杆扔在桌上，说：丢人啊，后生可畏，我以后再也不打这玩意了。

说完就从球厅里离开了。此后他真的就再也没有摸过球杆。这个带着一身传奇色彩的男人，曾经得意过，也失意过，但无论处境如何，他身上的那种骄傲始终像血液一样，保持在骨子里。作为小镇上的赌王，他曾经跟我们说过，他可以输得起自己的命，但是输不起一场牌。因此，他同样也输不起一局球。

打败八万之后，我有了些名声，取八万而代之，成为小镇上的第一杆。开始有人叫我球王，虽然有些夸张，但还是让我感到高兴。作为在小镇上生长的人，在我们的成长中，最缺乏的，也许就是赞美。因此，我非常乐意接受这样的虚荣。这个称号通过传递，逐渐扩散到了小镇之外。不久之后，就有些台球爱好者，从邻近的县里，或者更远的地方赶来，跟我切磋球技。

我十分乐意跟他们交手。通过与他们的切磋，我才知道，我们这座小镇就是口井，而我们则是井底之蛙。就拿台球来说，在小镇之外，强手如云。八万与他们相比，充其量只是初级水平。我自然也是输多赢少。但我不在乎胜败。我在意的是，与他们切磋时，能否从中领悟到点什么。

通过不断的交流，我的球技突飞猛进，球越打越好。那根球杆，就像一个朋友，相处的时间越长，就越熟知它的秉性。与球技一道成长的，是我对台球的认知。接触台球的时间越长，我就越发现，这是一项具有美感的竞技运动，每打出一杆，看似稀松平常，实则包含着力度、角度、侧旋、上下旋等无穷无尽的变化。在那张绿色绒布上，击球声、撞球声、台球滚动的轨迹都有着妙不可言的节奏和韵律，台球的精妙之处，体现的不仅是一个"打"字，更是控制。当我明白了这些道理之后，与人交手，我就再也没有输过了。

6

　　高松也喜欢台球，可是没有打球的机会，母亲就像堵墙，将他与这项热门的娱乐活动隔离着。他每次只要拿起球杆，就会被母亲毫不客气地制止。因此，他只能站在一旁，看着别人在球桌边玩出一片欢乐声，眼里流露出痴迷之色。

　　虽不能打球，但高松也没有让自己闲着。碰到水平不对等的玩家对战时，比分差距拉得大了，他就站出来，指点落后的那个人两句，告诉别人怎么架杆，瞄准哪个点，该以多大的力度往前推送。他的指点有时准，但大多数时候不准。小镇上的人对他带有歧视，很少有人会相信，一个连球杆都没摸过的人，说出来的话能有多少可信度，更何况他还是个矮子。小镇上的人都这样说他：长得还没有三泡牛屎高，你能翻天？

　　然而，尽管没人信他，他却依旧乐在其中，就仿佛站在一旁，凭着一张嘴巴，就已经把球打了。

　　有天晚上，我半夜醒来，隐隐听到门外有击球声，像把刀子，将小镇寂静的夜晚划开一线。我爬起来，从窗口往外看。月亮很大，干干净净地挂在小镇上空，将雨棚照出一层幽冷的蓝色。一条瘦小的人影扑在桌边，是高松，像做贼似的，用极轻微的动作，小心翼翼地在打球。他盯着前方的一颗球，瞄准许久，才慢慢推出一杆。每打完一杆之后，立即警觉地扭头四顾，确认无人发觉，才再次瞄准。这副藏头缩尾的样子，看得我有点心酸。台球在小镇上流行起来之后，成为小镇人共有的欢乐，只有高松，就像棋局中的一颗弃子，被隔离在这份欢乐之外。

我决定陪他打打。我穿好衣服，走到门外。夜晚十分清凉，下半夜的小镇，正起着风。他太专注了，瘦小的身体被风吹着，像张纸一样，紧贴在球桌边。我站到他身后，他浑然不觉，专注地握住球杆，瞄准前方的白球。我拍拍他的肩膀。他吓了一跳，猛地转身，仰起脸来看着我，目光里有些诧异，但更多的是不安。他从球桌旁退开了，把球杆放在一边，两只手在裤腿上擦了擦，没说话。我把灯打开，拿根球杆，把球拢过来用三角框摆上。我说：我陪你打两局。

他慌乱地抬起一只手，遮挡在眼前。他显然是在黑暗中待了太久，突然而至的强光，让眼睛感到不适。他看看我，又惶恐不安地往屋子里看了一眼，不敢接受我的邀请。我知道他在担心什么。我说：她已经睡着了。

他又往屋子里看了一眼，目光里仍满是惧意。他确实很怕母亲，并且这种畏惧无时不在，即便是母亲已经睡着了，也像个幽灵一样，片刻不离地附在他身上。但他终究没能够抵挡住对台球的渴望。他犹豫了一阵子，拿起球杆，走到桌边。

我把球击散了。我们开始打。这是我第一次和高松对战。天黑着，小镇早已处于沉睡状态，唯有我家门前，醒着一块。在没有杂色的夜空下，雨棚中的灯光显得格外明亮，将他的滑稽十分清晰地放大出来。这项运动确实不适合他，他太矮了，球桌挡住了他三分之二的身体，只露出肩膀和一个头。他的姿势看上去十分地怪异——击球时，不得不吃力地跷起两只脚尖，就像是被球杆挑起来了似的。他的手也短，拳头瘦小，那杆球杆到他手中，瞬间被放大了，仿佛不是持着球杆，而是在吃力地抱着球杆。别人出杆击球，都是俯身趴在桌上,手握球杆末端,轻松地从腰间往前推送,他则只能横抓住球杆,侧身站着,将球杆从胸口平推出去。

令我惊讶的是,他的动作虽然笨拙,可一局球打下来,比分并不落后我多少。他的球风十分怪异,虽然动作极不规范,丑态百出,却总是不可思议地将球一颗颗击入洞中,让比分紧紧咬着,就仿佛有股诡异的力量,在暗中相助于他。直至最后一两球,他才出现失误,手腕一抖,将球击偏。由于他的动作极不协调,出现的一两次失误,看起来不像是失误,反倒像是他的真实水平。

我们又打了几局,每局都是如此。我一局接一局地赢着,奇怪的是,球杆在手中也一点点变得沉重起来,就仿佛无形之中,有种力量在压迫着我。我有些怀疑,他掩藏了自己的真实水平,故意让着我。我让他认真点打。他微微一笑,说:这就是我的真实水平。说着他把球杆放下了。紧接着,街上响起卷闸门被拉起的声音,黎明在小镇上缓缓升起来,小镇开始苏醒。这时我才发现,我们竟打了整整一个晚上。

此后的每个夜晚,我都能听到他打球,动作谨小慎微,那种稀疏的击球声,就像梦呓,飘游在小镇寂静的夜里。睡不着时,我也会爬起来,陪他打几局。他始终保持着让人难以捉摸的状态,不按常规地进球,紧咬住比分,却从不取胜,一次次站在胜利的边缘,看着我将最后一两颗球子收入洞中。他打球的状态,既像在球局之中,又仿佛在球局之外,看上去若即若离。

我始终摸不清他的真实水平。但我心里清楚,不动声色地输掉一盘球,比赢下一盘球的难度要大得多,这需要极强的控制能力,才能做到收放自如。当然,我不相信高松有这个能力。我像小镇上的所有人一样，难以消除对他的歧视。但无论如何，他是在我打败八万之后，小镇上唯一能让我有兴趣与之交手的对手。

高松打球的事，最终还是被母亲发现了。有天半夜里，我正陪他打着。母亲不知什么时候起了床，来到门外，头发蓬乱着，衣服披在肩上。她揉揉眼睛，看了高松一眼，咳嗽一声。高松怕冷似的抖了一下，回过头，撞到母亲的目光，就像撞到堵墙。他拿着球杆，从球桌边慌乱地跳开，缩进了屋檐下的一团黑暗中，就仿佛黑暗是层甲壳，披上之后，可以为他增加安全感。

让我们感到诧异的是，对于此事，母亲并未说什么，只是示意我们，动静小点，别吵着别人睡觉，说完便转身回了屋里，继续睡觉。对高松偷偷打球的行为，母亲竟然默许了。随着家里经济状况的好转，母亲的脾气也好了很多，这一点，从她对高松的态度上看得出来。

从那以后，高松白天帮我看球桌，晚上便一个人待在雨棚下，默默练球。他从来都只是晚上练，白天则恪守着那份来之不易的职责。他就像个荧光体，白天隐没于阳光之下，只有在孤寂的夜晚中，才散发着属于自己的那点微弱的幽光。他对台球的热爱，近乎成痴。与台球有关的一切，比如球桌，球杆，甚至是每一颗球子，都呵护备至。在他的打理下，球杆总是擦得干干净净，每一颗球子的颜色，都鲜艳如新，球桌上连一粒灰尘也没有，这个台球厅虽然简陋，却显得异常整洁。

我越来越觉得，母亲为我准备的这门生意，其实更适合高松。说实话，对母亲为我做的安排，我并不喜欢，作为一位立志于当司机跑遍天下的青年，我怎么可能愿意守着几张球桌，把最好的时光消耗掉？但命运就是这样，阴差阳错，我不喜欢的事情，母亲偏要强加给我，高松倒是喜欢，却没有这个机会。母亲常说，人各有命。也许，她说的是对的，至少在我们这座小镇上如此。如果不出意外，我将守着这个台球厅，即使没有台球厅，也会是守着一门别的什么生意，娶妻生子，把一生的时光消磨过去。这就是我的命，也是所有小镇青年的命。尽管我们也想着要改变，却无力改变。

7

小镇人好赌，劳作之余，都喜欢围在牌桌边，将那些缓慢到近乎静止的时间打发掉。在小镇人看来，赌是不会输钱的。今天你输给我，明天我再输给你，只不过是一碗米饭从锅里倒入碗里，再从碗里倒入锅里，输来输去，钱都在小镇上流动，长此以往，谁也不可能输给谁。这样的想法确实也合乎情理，小镇人活得简单，在他们眼里，所有的生活，都是一道简单的算术题。

在小镇上，赌的方式也是各式各样，就连吃个饭，也能赌上。母亲曾给我们讲过一个故事：在一场酒席上，有两个人，吃着吃着，酒喝到五分，赌兴也跟着上来了。两人指着一锅肉就开始赌，谁吃得多谁赢，赌注是输了的那个人得叫赢家一声爹。为了这声爹，这两个人坐在一口锅前，拼命往嘴巴里塞肉。结果赌赢的那人吃下去半锅，差点活活撑死。他在后半生里，见到肉就想吐。这赌打得很荒唐，却没人笑话他们，因为在小镇上，与之类似的荒诞赌局还有很多。

没办法，小镇人就是这样，世代相传的习性，撼动不了。任何一样东西，进入小镇之后，不带个赌字，是无法长久生存下去的，带了赌字,便能长盛不衰。比如麻将、字牌、纸牌、牌九这些,进入小镇之后,便稳稳地扎下了根。

台球也是如此,进入小镇初期,只是纯粹的娱乐。两人一桌,打着玩,输的一方出五毛钱开台费,玩者之间,笑脸相迎。可是时间一长,玩球的人天赋各异,球技也就慢慢有了高下,但谁也不肯服谁,于是就有人开始挂彩,也就是加上赌注。先是一瓶水、两包烟,慢慢地就变成了钱,十块二十块,大一点的,五十一百的也有。随着赌注的加入,这项原本轻松的娱乐活动,也变得沉重起来。玩家在对战中,就像怒目相向的拳击手,为了点鸡毛蒜皮的事,经常争得面红耳赤。赌注大时,气氛更为凝重,那一颗颗彩球,似乎变成了一些沉重的砝码,从那块绿色绒布上跳出来,压在对战者心上。当然,加入了赌注之后,小镇人玩球的热情也更高了,球技好的,一天能赢上几十上百块,这样的诱惑,足以让他们将台球当成生财之道。

说实话,我也有些心动,对自己的球技,我还是很自信的,小镇上没有人能打过我。但球技再好,我也只能忍住。这是母亲给我们立下的规矩,平时抽根烟,打个架什么的,她可以不管,但绝不能沾赌。在这方面,父亲是最有说服力的负面参照,母亲时不时将他赌成丧家之犬的形象搬出来,镇住我们,让我们不敢跨越雷池半步。

然而,母亲虽然很恨赌,但对于台球厅里的赌,却暗自欢喜。因为与赌博挂上钩之后,台球带来的收入明显提高了,赢了的一方会抽水,一块两块,聚少成多,加起来,竟比靠收开台费带来的收入还要多。那两年,因为这家台球厅,我家里的经济状况得到了很大改观。母亲将黑白电视机换成了彩电，此外还添置了洗衣机、冰箱，她甚至还买了辆交通工具——摩托车。尽管对于母亲来说，这些物件并无多大用处，买来之后，她依然保持着一贯的生活习性，衣服手洗，冰箱里很少存放东西，至于那辆摩托车，她更是从未骑过。但是，作为家里的摆设，在小镇上，这些东西就像面镜子，可以直观地反映出我们一家的经济状况。母亲要的，无非也就是这个。人活着就是为了张脸。

该有的都有了，我们这个简陋的家，慢慢变得殷实起来，生活展颜一笑，向我们一家人露出了温和的笑脸。我明显感觉到，小镇人看我们的目光变了，比之前和蔼了许多，也敬重了许多。就连高松，也得到了前所未有的尊重，小镇人对他不再取笑，即便是笑，也是善意的笑。那时我就明白了，钱这东西，除了解决一日三餐之外，还可以让人把腰杆挺起来。就像件华丽的外衣，穿上之后，让人变得体面的同时，也获得尊严。

可是，家境改观之后，母亲反倒比以往更加忧虑了。她时常提醒我们，人有旦夕祸福，做人要居安思危。她也确实是这么做的，在为人处事上，母亲比以往谨慎了许多，也圆润了许多，她身上的暴戾之气尽数褪去，变得越来越和颜悦色，就好像是，小镇给了她富足，她就必须以慈祥的面目来回馈小镇。

我们做梦也没有想到的是，尽管母亲如此地谨小慎微，噩运还是找上了她。她常挂在嘴边的那句话，很不幸地在她自己身上验证了。一场突如其来的变故，就如同一块石头，猛然砸进我们的生活，让我们这个家变得万分沉重起来，以至于那段短暂的富足，在我记忆中就像是一种错觉。

那天我们一家人正吃着饭。母亲夹了块肉送到嘴边，还未入口，筷子突然僵住，就像电影中的画面定格，她的脸被冻结住了，一种异常复杂的表情凝结在上面。饭桌上的气氛也随之凝固住。母亲微张着嘴巴，"啊呀"一声，筷子在半空悬停了片刻，便连同那块肉一起掉落到桌上。

我叫了声妈。母亲身子一歪，从桌边滚下去，摔在地上。我赶紧放下碗筷，跑过去将她扶起。高松也绕过饭桌跑过来，从另一侧将她托住。母亲的样子把我们吓坏了。她所有的表情都在面部肌肉里挣扎着，扭曲成一堆惊悚的问号。整个人僵硬地蜷成一团，无法展开，就好像全身的力气都被堵死在了骨头里。她身上所有的特质——坚忍，锐利，在这一刻消失殆尽。

我赶紧叫了辆车，将母亲架上去。邻居也赶来帮忙，其中有些是母亲的好友，也有些与母亲结过怨，素无往来，可是当母亲遭遇变故时，他们瞬间就放下了昔日的成见，化成一股让我们感到温暖的力量。这也是小镇人可爱的地方，虽然生活中斤斤计较，甚至钩心斗角，但他们会坚守着最后的善良。

邻居帮着我们，将母亲送到了县人民医院。医生根本来不及细诊，只翻开母亲的眼皮看了一下，便让人将她推进了急救室里。整整一个晚上，我和高松坐在过道上，被幽冷的灯光照着。那时虽是夏天，县城被层层热气包裹着，我却时不时打着冷战，心里异常地无助和慌乱。高松倒是十分镇定，蜷在一条长椅上，没多久就睡着了。我盯着急救室的门，一宿未能闭眼。

第二天一早，医生从急救室里出来，走到我们跟前。他脱去手套，拿张纸巾，擦干额头上的汗水，然后摘下口罩告诉我们，母亲得的是脑溢血,也就是俗话所说的中风,还算来得及时,命保住了。

我紧绷着的心稍稍松弛了些。可是他看了看我,紧接着又补充了一句:不过也跟死了差不多,如果不动手术,也就是个活死人。他整了整身上的白大褂,将口罩对折一下,放进右侧的口袋里。

我一下子如坠冰窖。这种状况我知道,医学上叫植物人,在电视里看到过,总以为那是为剧情设定的一种病,离我们很遥远,绝无可能跟母亲发生什么联系。可它却突如其来,就像一颗陨石,从天而降,出其不意地砸在了母亲身上。

我问医生:手术得多少钱?

医生把眼镜往鼻梁上推了推,目光从镜片后穿过来,从我脸上滑过,在我简陋的着装上略微停留了一会。他说:不低于二十万。说完他看了下表,将白大褂脱下来,卷成一团夹在腋下,匆匆闪进了楼道里。

我顿时绝望。二十万是什么概念?在小镇上,谁也没见过这么多的钱,甚至连听都没听说过。事实上,对于我们这样的家庭,当医生说出这个数目时,就相当于已经宣布了对母亲的判决——要想康复到以前的状态,那是绝无可能了。

俗话说,好人就怕病来磨。母亲多年来的坚忍,在这场疾病面前,实在是不堪一击。她很快便成为一个空壳,被一身病服空荡荡地罩住,看上去一阵风就能将她吹跑。她就像个纸人似的,成天躺在病床上,脸色苍白,手腕上插着一根管子,无法动弹,也无法言语,当吊瓶里的水源源不断地滴入血管里时,她体内的生机似乎也被一丝丝洗刷掉了。

与母亲一道消瘦下去的,是家里的经济状况,存折上的数字越变越小，不到半个月，母亲半生所攒积蓄，就已经花掉大半。医生建议我们，最好将母亲带回家里调养，这样可以节省住院费用。

我同意了。我有什么资格不同意？在贫穷面前，小镇人对待疾病的态度，向来消极，小病靠拖，大病等死。我草草收拾了一下，叫了辆车，将母亲带回了家里。

8

母亲中风之后，我们这个家也像是跟着中了风，每一天都过得磕磕绊绊，举步维艰。裁缝店停业了，生活的担子一下子从母亲肩上卸下来，落在了那几张台球桌上。每天几十百把块钱的收入，在母亲的医疗费用面前，简直就是杯水车薪，微小到让人绝望。这时我才体会到，在父亲离去的这些年里，母亲提供给我们的平静生活，是多么地来之不易。

我就是那时学会赌博的。倒不是因为失去了母亲的管束，事实上，她那副痴痴呆呆的模样，比一切责骂更加有效。只是在困境面前，我顾不了那么多。人穷志短，这句话大概就是这么来的。有人提出要跟我赌点钱时，我毫不犹豫地就赌上了。开始是三块五块，很小的赌注，我从未输过，艺高人胆大，赌注也就慢慢大了起来。这时我终于理解了父亲，当年他为何会沉迷于此道。赌博确实有着巨大的诱惑力。我很快就步入了父亲的后尘，成为一名狂热的赌徒，跟人打球，必定加码，并且希望赌注越大越好。我总想着能在一夜之间，将母亲的那笔手术费赢出来。我也知道，这种希望实在太过渺茫，因为在小镇上，绝无可能再找到一个像我父亲那样，能一下子赌辆车的人了。但是，有希望总比没希望好，更何况，在四面楚歌之际，这也是我所能抓住的唯一一根救命稻草。

除了赌球，我无心再干别的事情。大多数时间里，母亲由八万照顾着。逆境之中，方知人情冷暖。母亲一病不起之后，刚开始，还有些邻居帮着照应一下，可是时间一长，邻居也就不来了。家里的那些亲戚，更是避之不及。反倒是八万，这个被母亲歧视过的人，却成为我家最忠实的朋友，他所给予我们的帮助和温暖，远胜过母亲的那些亲朋好友。除八万之外，高松也让我刮目相看。在我心灰意冷之际，他成了家中的顶梁柱，兢兢业业地打理着台球厅。他的注意力，几乎全扑在了那几张台球桌上，对母亲的病，倒似乎并不怎么关心。虽然让人觉得有点冷血，但我可以理解，毕竟从小到大，他从母亲身上得到的亲情，也是十分地淡薄，淡薄到他无需回馈。

有一天，小镇上来了个广东人，据说是在那边犯了事，出来躲避的。说来有些奇怪，我们这座小镇，本地人之间，喜欢斤斤计较，往往为了极小的事，便争得面红耳赤，有时甚至不惜大打出手。可是对异乡人，却有着让人难以理解的宽容。也许是因为他们的外地口音，为小镇人提供了新奇和乐趣。他们一来到小镇，便被奉为贵客。尽管曾经出现过有外乡人骗走小镇姑娘的事，但也丝毫不影响小镇人对他们的偏爱。因此，不管广东人的背景如何，我们这座小镇都温和地接纳了他。

广东人也喜欢小镇。小镇的杂乱、随意以及慢悠悠的生活节奏，都让他觉得舒适。他是个十分随和的人，脸上始终带着笑意，说话时，声音在嘴巴里转着弯，听上去，比小镇上的方言还要文明和优雅。他就连打台球的态度，也是十分随和，你跟他打着玩，他就陪你打着玩，你若是想跟他赌，他也就陪着你赌，赌注的大小也随对手来定。他的球技并不好,从持杆的姿势和击球力度就可以看出来。与人打球,自然是输多赢少,可是无论输赢,他脸上总挂着温和的微笑。

每次来台球厅,广东人都会输点钱给大家,少则二三十块,多则百八十块,看起来不多,但在小镇上,这已经不算少了。对广东那个地方,我们曾经有过无限的想象,可是广东人来了之后,这种想象就变得十分单一了,那个地方在我们脑子里只剩下一个"钱"字。因此,我们一致认定,他是钱多人傻的那类人。

这样的财神爷,我自然不会放过。有一天,我找个机会,跟他赌上了。他问我,想打多大?我说,一百吧?他微微一笑,说,好。就俯下身去开球。这一局,我自然没费什么劲就赢了。以球技而论,他明显不是我的对手,我有以大欺小的嫌疑。但他毫不在意,我也就不去管是否胜之不武了。这个财大气粗的家伙,让我心中燃起一线希望,似乎有了他,母亲那笔手术费就不再遥远。赌博的魅力,就是让你觉得,在悬而未决的结局后面,有你想要的整个世界。

于是我慢慢加码,从一百到两百,到三百,然后是五百。无论我怎么往上加,他都保持着平静的表情。如此下来,不到半天时间,我已经赢了好几千块钱。厚厚的一沓钞票,在口袋里撑着,就像压在我胸口一样,让呼吸变得困难。旁边有人劝我:差不多了,见好就收吧。我也想过收手,可是作为赌徒,我的意志力根本控制不了自己的行为。我心想,大不了把赢到的钱输出去。于是我一咬牙,把赌注加到了一千。

这时,广东人脸上的表情才凝重起来,不再那么随意。他把身上的夹克衫脱下来,对折两次,抚平整了放在椅子上,抽了支烟,开始打球。接下来，我感觉就没那么顺利了。他看起来蹩脚的球技，突然有如神助，每击出一杆，白球总是慢慢悠悠的，停在让我最难受的地方。几次障碍之后，我的手感就差了，击球失去了准星，球路也越来越乱，怎么打都顺畅不起来。我们之间的局面，从我独赢，变成互有输赢。要命的是，他每赢到一局，看起来都有很大的运气成分，总是在最后几个大球时，磕磕绊绊地将球撞进。

这样的败局，让我很不甘心，总觉得球技高他太多，他的运气不可能一直好下去，我赢他完全十拿九稳。这么一想，我又把赌注往上加。可事实上，当我加到两千一局之后，他已经赢多输少了。不过差距也不大，他总是在赢一两局之后，再输上一局，与我大致保持着一种拉锯状态。

我们就这样打着，也不知打了多少局，我只记得其间让高松去信用社取过几次钱。到了晚上，高松走过来，拉拉我的衣袖，说，别打了。他告诉我，已经输了快一万块。我脸上的汗水瞬间就下来了。母亲重病之后，家里早已入不敷出，这一万块钱，无异于釜底抽薪。但我已经输红了眼。

我说：一局定输赢吧。

广东人从台边拿了块布，擦拭着手里的球杆，问我：打多大？

我说：你想打多大，就打多大。

他把球杆摆在一边，转过身，从椅子上把衣服拿起来抖开，从口袋里拿出两沓钱来，拍在台边，说：这里有两万。

我算了算，母亲积攒的钱，看病花掉一大半，我输掉一万，存折上大概还剩下两万，刚好够一注。我一咬牙：那就两万。

这时我才明白，其实我更像父亲。高松只是外表像，我则是从骨子里像。我继承了父亲身上那种嗜赌的天性，一旦赌起来，根本不留后路。可我却不是个合格的赌徒，没有过硬的心理素质。球摆上之后，我就开始后悔。两万块钱，加上对手两万，就是四万，这个庞大的数目，在小镇上够买下半栋楼了。这么一想，我就感觉这栋楼压到了我身上。我开始发抖，无论如何也无法镇住内心的慌乱。

广东人让我先开球。我俯下身，瞄了半天，始终无法将眼前的白球送出去。我的手抖得厉害。高松走过来，按住我的球杆，说：我来吧。

我说：你疯了吗？

他没说话，夺过球杆，深吸一口气，踮起脚尖，身子贴在球桌边，砰的一声就把球击散了。我的一颗心立马提到了嗓子眼。高松从未打赢过我，又怎么可能赢得了广东人？但我已经无法制止他了。在小镇上，赌有赌的规矩，就像下棋，落子无悔，开了球，就无法回头了。他将球子击散的同时，也就把四万块钱的赌局背在了身上，等待他的只有结局。他自己倒是一点也不紧张，依然是那个奇怪的姿势，不按常规出杆、击球，就像只马戏团的猴子，围着球桌，蹿来蹿去，每打出一杆，就引来一片嘲笑。可是打着打着，旁人的嘲笑渐渐凝固了，变成了惊叹。高松看似滑稽的动作，到了球上，却一点也不滑稽，他击出来的球又稳又准，力度和角度都恰到好处。我渐渐发现，在他奇异的姿势里，似乎隐藏着一种诡谲的魅力，通过击球，体现了出来。

广东人面色一凛，开始沉着应战，他已经完全打开了。这时我才明白，此前他拙劣的技术，只是一种假象，全是伪装出来的。当桌上的筹码变成两万时，他也拿出了足以跟赌注匹配的球技，变成了一位十分专业的台球手,每击出一杆,都显示出一种沉着,稳定,以及精准的力度和角度。

这让我十分羞愧,看上去,他比我强太多了,比高松,强得更多。但奇怪的是,这局球还不到五分钟,胜负已分。广东人只进了六颗球,高松便抓住一次机会,一杆清台。广东人不相信似的看着他,又拿起抹布,把球杆擦了又擦,脸上的表情开始亢奋起来,他说:没想到啊,高手在民间,再来一局?钱我有的是。

他又掏了两沓钱出来,拍在球桌边。在灯光下,这两叠崭新的钞票呈现出一种艳丽的颜色,让人怦然心动,也让我失去理智。我极力怂恿高松,继续打下去,再打几局,母亲的医药费差不多也就解决了。

让我失望的是,高松丝毫不为所动,无论如何不肯再打了。他低着头,把球杆竖在桌边,转身从球桌前离开,坐到了椅子上,闭着眼睛休息,很长时间不说话,就像是睡着了。广东人只好把钱收起来,靠在球桌边,吸了两根烟后,一脸遗憾地离去。此后的好些天,他都没有再来台球厅,他似乎从小镇上消失了。

那天晚上,所有人散去之后,高松才从椅子上站起来,去收拾凌乱的球桌。他瘦小的身躯被灯光照着,摇摇晃晃,脚底下飘着,好像是虚脱了。他走了几步,果然一下子歪在地上。我赶紧跑过去,将他扶起。我发现他身上被汗水浸着,衣服早就湿透了。这时我才知道,那局球他赢得并不轻松。

9

赢了广东人的两万块钱之后,高松一战成名,成为小镇上的焦点人物。小镇人谈论起那场胜局时，无不交口称赞，说他绝对是个天才，在娘胎里就已经练就了超凡的台球技术。对这些称赞，高松并不在意，他置之一笑，依旧如往常一样，谦卑地活着。有人找他打球，他一律拒绝。他仍然只是在半夜里起床，趁着夜色，一个人默默打上一会。过了一阵子，那场胜利带给他的光环，也就逐渐黯淡下去了。小镇上的事就是这样，热得快，冷得也快。回想起来，那场球也确实赢得诡异，于是小镇上的人认为，高松之所以能打赢那场球，纯属运气使然。我也是这么想的。

大约一个月之后，广东人又来了。这一次，他身上完全没有逃亡的迹象，就像一个来到小镇考察的商人，穿着打扮焕然一新。他腋下夹着个包，另一只手提着一袋水果，就像走亲戚一样，进了我家里。他没有提要跟高松赌球的事，只是把我和高松叫进了屋。他看了看我们，坐下来，把水果放在桌子上，开门见山地说：你们需要钱吧？

我看了一眼母亲的床，没说话。需不需要钱，这太明显了。母亲病后，家里的每一个角落里都写着贫穷。

广东人说：需要多少。

我说：二十万。

他说：不算多。

他从包里掏出几沓钱来，拍在我面前。崭新的钞票，花花绿绿，十分扎眼。我看了看，还真不少。广东人说，这只是定金，后面会更多。当然，钱不可能白给，天下没有免费的午餐。他的要求很简单，就是让高松跟他去广东，打一段时间的球，赢了钱二八分成，输了算他的。

对于我们这些没见过什么世面的小镇人来说，他开出的条件的确十分诱人，无异于天上掉馅饼。但我内心挣扎了好一阵子，还是觉得应该拒绝。虽然我是一名赌徒，但在赌局之外，我还有着基本的理智。在我眼里，高松只是个长不大的小孩，他的生活自理能力，就像他瘦小的身体一样，永远停留在那条一米四的水平线上了。广东那地方，我听打工回来的人提起过，他们指着从小镇边上穿过的那条铁路告诉我，火车开到终点，就是广东了。那么遥远的地方，鱼龙混杂，高松孤身在外，万一要是出点事怎么办？我不敢想象。这个家已经风雨飘摇，母亲重病在身，生死未卜，我不想让高松也发生什么意外。

我说：这不行。

我一边说，一边把钱往广东人身前推。这时高松走了过来，按住我的手，横在我面前把钱捞了起来。他说：我去。

广东人说：真去？

高松点点头，把钱塞到我手里。广东人如获至宝，十分满意地又掏出一沓钱，从中数了一把出来，扔在桌上，说：这是路费。

当高松将这笔路费揣进口袋里时，我知道我已经无法阻止他了。我这个弟弟，平时看上去软弱可欺，一旦执拗起来，比牛还犟。上小学时，有次我们一起逃课，被母亲抓到。母亲打我几下，我就开始检讨。高松却拒不认错，把他吊在横梁上好几个小时，他一声不吭地坚持着，直到母亲放弃。

走的那天，我去送他。跟他一起的，还有八万，这让我放心了很多。八万是个老江湖，在里面也待过，吃过的盐比我们吃过的米还多。有他照应着，高松不至于出什么大事。他们坐的是深夜的火车。出门时，母亲正处于昏睡之中，对高松的这趟远行，她毫无知晓，但我总感觉到，有双眼睛在我们身后，凝视着高松离去。

我们从小镇坐车，到县城里转火车。到火车站时，已是深更半夜，出门远行的人仍然很多，车站从里到外，晃动着各种各样的面孔。许多高低不一的肩膀上，扛着各式各样的箱子和包。我不明白为什么一夜之间，县城就发生了翻天覆地的变化，那些千百年来都在这块土地上生长的人，纷纷离开故土，成群结队地往南方涌去。高松把包顶在头上，和八万一前一后，进了站。当他混进人群时，我就只能看到那只包了。

10

高松走后，母亲的情况似乎好了一些，有时会清醒一阵子，时间不长，就像从梦中惊醒一样，望着我，再环顾这个家。她有时能说话，有时不能说话，沉思片刻之后，又陷入昏迷。能说话时，她会发觉家里少了个人，就问我：高松呢？

我胡乱应付着：在外面呢。好在母亲没有向我追问的能力，每次她说上一两句话后，嘴巴咧了咧，闭上眼睛，又陷入了痴呆之中。很奇怪，有时她甚至会记不住我，却从未忘记过高松。

当然，我也时刻记挂着高松。我不知道他在外面的情况，去了广东之后，一直联系不上。只是每隔一段时间，他就会寄笔钱回来，一次比一次多。没过多久，母亲的那笔手术费就凑足了。我把她送进了县人民医院。

手术之前，母亲又出现了短暂的清醒，暴躁地与护士僵持着，无论如何不肯进手术室。让我吃惊的是，她放弃治疗的理由是，不能动存折上的钱,那是为高松存下来的,得为他成个家。母亲的心思很明显,在小镇上,娶不到老婆的男人,往往只能花笔钱,找个同等条件的,凑合着过一辈子。这时我才发现,在我和高松之间,母亲的爱其实并不像小镇人所看到的那样倾斜。甚至,她在高松身上倾注的更多,只是她对高松的关爱,用一层严厉的外衣包裹着,让人无法洞悉。重病之际,这种关爱才显露出来,在自己的生命与儿子后半生的幸福之间,母亲选择的是后者,她宁可不动手术,也要留住那笔钱。

我只好敷衍母亲,让她放心,说那些钱我一分也不会动。趁她挂吊针不注意时,我让护士加了针麻药。她很快就像个小孩一样,安静地睡着了。醒来后,手术已经完成。这时的母亲已经明白了,家中早已一贫如洗。但她也没说什么,毕竟人命大于天,她又怎么可能没有求生之望呢?

住了一段时间的院,母亲回到了家里。虽然不如以前那么利索,但基本的行动和言语已经无碍。对我来说,母亲的康复就像一根定海神针,让我内心不再慌乱。这意味着,家中又有主了。那台缝纫机的声音又响了起来,家里恢复了往日的生机。只是,母亲康复这件事,丝毫也没引起小镇人的关注,因为高松的光芒实在太耀眼了。二十万啊,如此巨大的天文数字,也不知他是怎么赢回来的。对小镇上的人来说,一位能人,显然比一病者更能引起他们的兴趣。

高松的形象,连同这二十万一起,被小镇人无限放大,他俨然已经不再是那个身高不足一米四的侏儒。关于高松的各种传说,在小镇上迅速传开。有人说他赢遍了整个广东,还有人说他把世界一流的职业球手都打得毫无还手之力。小镇上的人就是这样,喜欢造神,只要不是亲眼所见的事情,就会被无限放大,经过众多张嘴巴的传递,连一头猪,也有可能传唱为神。

对于这些过于神乎其神的传说,我自然不会相信。高松是我弟弟,十几年来,一个屋檐下生活,一只锅里吃饭,他有多大能耐,我很清楚。但无可否认的是,母亲的手术费的确是他从广东寄回来的,他靠着打球,挽回了母亲的半条命,让母亲从半植物状态,重新回到了清醒的世界里。

康复之后,母亲又开始忙碌不休,且比以前更加操劳。面对贫穷,她整天忧心忡忡,满头青丝很快就白了大半。我有时会想,与其这样,还真不如让她索性就昏迷着。失去意识的时候,尽管她的身体并不健康,可心中却无忧虑。我甚至觉得,也许,那才是她一生中最好的时光。

不久之后,高松和八万从广东回来了。那天的场面十分热闹,与他离开小镇时的情景截然不同。离开时,只有我一人送他,回想起来,十分地冷清和悲凉。这次回来,他俨然已经成为英雄,小镇上的人赶集一般,聚拢到我家门口,很自觉地排成两队,夹道相迎。我和母亲也站在人群里,被他身上的光芒照亮着。

球王啊,小镇上的人高声呼喊着,将高松团团围住。有些人迫不及待地想要跟他切磋,以便从他身上学点球技。高松一只手拎着包,另一只手插在口袋里,微笑着拒绝他们。他穿过人群,径直回到了屋里,对那几张台球桌,连看也没看一眼。这些狂热的崇拜者不甘心,又追到了屋里,纠缠不休,非要高松露两手不可。这时,高松才把插在口袋里的那只手拿了出来,向着众人亮了亮。屋中顿时安静下来,所有人噤若寒蝉。我们惊恐地看到,高松左手的手掌边缘，十分刺眼地空着一块。那根大拇指，沿着手掌边缘，齐刷刷地不见了。鲜红色的肉还没长拢，像菜花一样翻卷着，针线缝合的间隙里，隐隐露出一线白色的骨头，就像个惊叹号。

母亲的身子晃了晃，就像被人打了一拳，然后瞬间就暴怒起来，拿着一把扫帚，把围观的人群驱散开了。

放下扫帚之后，母亲就像魔怔一般，站在那里，茫然不知所措。我也像母亲一样，不知所措。对于高松的这根断指，我和母亲保持了一致的默契，都没有过问什么。高松自己也没作任何解释，他只是淡淡地告诉我们，一根手指而已，没什么大不了的，与身高相比，这点小小的残疾又算得了什么？

的确，对高松来说，断去一指，与他因身高而在小镇上受过的歧视和冷遇相比，丝毫也算不了什么。更何况，这小小的残缺，不但换回了母亲的健康，并且让他摇身一变，成为小镇人眼中的球王，在小镇上，他获得了有生以来最高的荣光。只是，自那以后，他却再也没有碰过台球。

小镇水师

1

从深圳回梅山，左子瞻坐的是高铁。列车呼啸前行，像子弹穿破空气，铁轨两旁的树木闪成模糊线条，转瞬即逝，让人觉得虚幻。他想起第一次出远门，大学毕业那年，从梅山到深圳，坐绿皮火车，他一直盯着窗外看。那时窗外是缓慢的，大地清晰、辽阔。火车摇摇晃晃，以舒缓的节奏奔跑，大半个湖南的山水如同画卷，在铁轨两旁有条不紊地展开。通高铁后，绿皮火车就再也没坐过了。在速度与山水之间，更多的人愿意选择速度。左子瞻也不例外。这种现代化的交通工具也的确是快，时速三百多公里，刷新了他对出行的认知。从深圳到故乡，被缩减到三个半小时之内。如此一来，这段由绿皮火车带来的漫长旅程，就只剩下了一始一终的两个端点。

窗外是不能看了，头晕。左子瞻把目光放在车厢里，盯着笔记本电脑，先看新闻，再是地图。对地图他有些迷恋，偌大的世界浓缩于方寸之间，在他看来，这个由经纬构成的世界，是人类最伟大的发明之一。现在又有了GPS，卫星遥感地图出来了，视觉由二维变成三维，平面立体化，他对地图的兴趣更浓了。把谷歌地球找出来，在屏幕上放大了看，每个角落都清晰可见，对着一台电脑，足不出户，便可以把全世界都周游一遍。

当然，左子瞻关注的范围没这么大，脚下站着九百六十万平方公里，山河浩荡，能游完已经很不错了。高铁上的这点时间，也就够他看看广东和湖南。这是两个与他关联密切的地方。先是深圳，再是长沙，然后是梅山，最后是那座叫炉观的小镇。他依次看过来，与记忆对应，便是半生的履历在时光之链上重现。他被人叫过深圳人、湖南人、梅山人。可不知为何，就是没有人叫他炉观人。有些遗憾，在他心里，小镇才是故乡，那是他生命的起点，也许还是归宿。

从地图上看，小镇三面被山环着，另一面向着一条河流敞开。河叫炉观河，资江的支流之一。过了河是丘陵，梯田一圈圈层叠下来。这是典型的湘中地貌，七山二水一分田。丘陵后面，便是梅山县的县城了，叫梅城，距炉观不远。天气若是晴朗，站在小镇上，可以清楚地看到一座七层的石塔。那是梅山县的标志，叫北塔。说到梅山，也许没有几个人知道，小县偏居一隅，自古便是蛮荒之地，贫困县的帽子前几年才摘掉。可说到北塔，知道的人就多了。梅山的很多特产，比如水酒、腊肉、猪血丸子等等，前面都无一例外地冠有北塔两字。这些特产走向外面的同时，也让这座古塔的名气在人间烟火里传播。

北塔已经老了。左子瞻知道，建筑是有生命的，逃不开万物轮回的宿命。终有一天，这座古老的建筑会倾圮，以废墟的形式消失于光阴。他想到了父亲。父亲也是这样，在一天天变老。在左子瞻看来，父亲的生命轨迹与北塔衰败的过程是契合的。北塔对父亲的意义不言而喻。每年正月，父亲都会去县城，到塔前祭拜。这时的父亲就像朝圣者一般，面容凝重，目光笃定，浑身上下透着庄严之气。父亲点起香火，举过头顶，伏跪在地，那份虔诚让人肃然起敬。三叩九拜之后，父亲起身，目光炯炯地仰视着塔顶。古塔有八角，镇守四面八方，每个角上挂有一盏铜铃，虽已锈蚀，但风吹过来，仍会发出沉吟，就仿佛是对父亲做出的回应。父亲和着铃声的节奏，念动祭语，声音铿锵清脆，就像珠玉落入盘中。这是梅山水师独有的语言，也是一条神秘的通道。父亲念起祭语时，心念转动间，与那些虚幻的神灵便完成了交流。

　　父亲是名水师。在梅山，这曾经是种不可或缺的职业。千里雪峰山脉自南往北，将大半个湘中包围，梅山就像个秘密，藏在莽莽群山之间，宋代以前，不与外界相通。炉观这样的小镇，就更加闭塞了，没通公路之前，只有一条河流将人送往外面。水路九曲十八弯，平静中藏着凶险，让人敬畏，很多人一生也没走出过小镇。因此，水师这一职业也就尤为重要。求财祈福一碗水，消灾镇邪一碗水，小病小痛也是一碗水，祖祖辈辈都是这样。即使交通便利了，公路和铁路穿越雪峰山脉，将外面的世界引进梅山，小镇上有了卫生院和诊所，水师的影响依然无处不在。红白喜事、动土修宅、乔迁入伙、出门远行，都是要找水师问一问、卜一卜的。小镇人去诊所看病，也从来不会叫医生开药，只会叫医生开一服"水"。

　　从记事开始，父亲就跟左子瞻讲一碗水的事。父亲取出碗来，将一块红布展平了铺在桌面，小心翼翼地把碗摆好。碗有些年份了，碗沿的缺口和碗底泛黄的色泽，显示出已经历过好几代人的传承。水是晨间收集来的露水，上承天意，下接地气。父亲缓缓将水注入碗中，水微微荡漾着，平静下来，变成一面清澈透亮的镜子，父亲的面容映在碗中，庄严而又生动。接下来，父亲闭上眼睛，念动咒语。这时的父亲是令人信服的。低沉而具有穿透力的声音响起时，就仿佛有种神秘的力量，随着父亲的意念一丝丝注入水中。念完咒语后，父亲起身，食指和中指并拢，在碗口轻轻一拂，再一拂，然后又是一拂。三拂之后，父亲拿过一块毛巾，小心翼翼地擦去沾在碗沿上的水滴，说：好了。一碗水便算是化好了。看起来十分简单，轻描淡写间，父亲就完成了。但左子瞻知道，对于水师来说，这绝不简单。一碗水里所装着的，是水师一生的修为，有化腐朽为神奇的力量，其间的玄机，水师是不会轻易示人的，这是职业禁忌。

　　水师有正邪两派，正派悬壶济世，邪派重巫傩之术。父亲属于正派，虽也会些符咒之法，但归根结底是一名医者。阴阳五行、奇经八脉、五脏调理、针灸推拿，父亲无所不通，对中草药更是如数家珍。小镇上别的小孩开蒙，要么学儿歌，要么背《千字文》《弟子规》《三字经》，左子瞻背的是汤头歌。父亲以异于常人的教育方式，在左子瞻身上复制着自己的童年。父亲小的时候，祖父就是这样教他的。祖父也是名水师。左家是个小姓，在小镇上能受人尊重，也是来自于两代水师的积攒。闲着的时候，父亲会带他上山，教他认识各类中草药。在父亲看来，万物相生相克，飞禽走兽，花花草草，根叶果实，骨肉皮毛，皆可入药。父亲教他认识的不仅是药，还有整个大自然。那时他对父亲是崇拜的，也想着要跟父亲当名水师。

可教归教,父亲却并没有让他继承衣钵的意思,只是要他好好读书,说万般皆下品,唯有读书高。

  他也遵从了父亲的意愿,把书念得可圈可点,成绩一直名列前茅。但书本上的公式和逻辑,培养出来的是理性,与水师的偏于唯心是相悖的。书读得越多,他对父亲的崇拜也就越淡。等长大一点,去了县城读中学,父亲在他心中的光环,已无形之中被消解一空了。填写入学资料时,家长一栏,有职业这项,他写了水师两个字,后来想了想,又划掉了,改成了农民。那时他就发现,不知从何时开始,这个让父亲骄傲的身份,已经让他有点不屑。对此他并不意外。事实上,父亲自己也知道,水师一天比一天没落,属于他的时代已经过去了,这是不可更改的事实。随着经济发展,小镇越来越开放,先是有了铁路和公路,后来又有了动车和高铁。越来越快的交通工具,不断将小镇人送出去,将外面的世界带进来。小镇上有了网络和手机,进入了一个庞杂的信息时代。小镇变了,小镇人也变了,丰富多元的知识补充进来,小镇人的观念不断被刷新。与水师有关的一切,被定义成了迷信活动,遭到明令禁止。父亲丧失了行医的资格,逐渐成为一位闲散之人,就像很多民间艺人一样,风光半生,却难逃凄凉晚景。但父亲并未放弃水师这一职业,他一如既往地修行、上山采药,炼制各类粉末和药丸,或者摆弄一下易经八卦,帮人看看风水、算算前程和运势,偶尔也会给人看病,都是些老人,不相信药,只相信水。其次就是去一些现代医疗无法抵达的偏远山村,须翻山越岭,长途跋涉,却分文不取,此时的父亲,行医的目的已不再是养家糊口,而是恪守一名水师的本分。

  不可否认的是,无论水师如何没落,父亲对他的影响是一直存在的。高考填报志愿，别的同学都奔着热门而去，要么选择经济和管理，要么选择自动化或计算机，他选择了学医。父亲十分欣慰，说学医好，悬壶济世，为来世修德。他不相信来世，但确实是从小耳濡目染，受父亲熏陶，才想着要成为一名医者。大学本硕连读，七年时间，通过系统的专业学习，建立起了一套完整的医学理念，他品学兼优的同时，也与父亲越来越远。他不否认父亲的医术，但现代医学的严谨，与父亲那个披着神性光环的世界是背道而驰的。父亲甚至连个听诊器都不会用，全凭经验来诊断。对水师被取消行医资格一事，他是认可的，在现代医学面前，父亲那种随意的行医方式显然已经落伍，就像他采集的中草药一样，永远也脱不掉泥土和草根气息。

毕业那年，父亲打电话给他，想让他回梅山工作，先找家医院干着，锻炼几年，等取得执业资格证后，就在小镇上开家诊所。这是父亲的梦想。水师被明令禁止行医之后，父亲便想开家诊所，继续他的行医生涯。平心而论，就医术而言，父亲绝对有这个资格。可是开诊所需要的不是医术，而是一堆毫无用处却必不可少的证书和证明，比如学历、资历等。父亲连高中都没有读完，自然没有这些。这也是所有民间医者的悲哀，无论医术多么高明，都得不到正式的认可。父亲努力了好些年，也没能把诊所申办下来，只好把希望寄托在儿子身上。这当然是父亲的一厢情愿，诊所太小，装不下左子瞻的理想。梅山也太小，在地图上，就是尘埃那样微小的一点，同样装不下他的理想。那时流行的名词是南漂北漂，大学生无一例外，毕业后都奔着北上广深而去。从学校出来，他连家也没回，就买张车票去了深圳。

2

梅山是个小站,只停三分钟。车厢里"叮咚"一响,高铁减速缓行。列车广播员的声音已经急不可耐了,汉英两种语言交替着,将下车的乘客从座位上驱赶起来,也将左子瞻从回忆拉回现实。窗外一排塔形的电线杆缓缓闪过,车厢一晃,高铁稳稳地定在铁轨上,一座小城静止下来,在视线里停住不动。

这就是梅城了,举目望去,街道是熟悉的,房子是熟悉的,就连空气中的味道也是熟悉的,一切都那样亲切。这也是小县城和大城市的区别。在深圳生活了十几年,他始终记不住那座城市的样子,身边的人事如走马灯一般,瞬息万变,有时转个身,就会感到一种莫名的陌生和茫然。梅城虽说也在变化,却带不来陌生感。小城的每个角落、每寸土地,都像是一张内存卡中的存储单元,能永久封存并时刻触发他的记忆。

左子瞻把电脑收好,取下行李,下了车。站台上没多少人,人流密度被高铁的运输效率稀释了,曾经的拥挤不复存在。站台是半露天的,顶棚像本翻开的书,倒扣在几排粗大圆柱上,阳光从弧形的边缘斜照进来,在地面铺成狭长的一条光带。一些影子在光带里晃动。那是接站和送行的人,脸上挂着喜悦或惆怅。左子瞻有些触动,站台就是面镜子,能够将人间冷暖映照出来。上车下车之际,是亲人间的迎来送往,情侣间的聚散离合。他记不清楚有多少次从这个站台离家,又有多少次从这里回家。父亲从未迎接过他,也没送过。父亲是个不善表达的人。

出检票口,一阵喧闹扑了过来。马路上交错穿行的行人和车辆、两边店铺里涌出的生活气息,瞬间将一座小城填得满满当当。车站前是个广场,一座黑色的雕像立在中央,身姿前扑,双手反背在后面,正在努力甩掉身上的军衣。这是梅城的名人之一,抗美援朝时期的英雄,也是左子瞻青少年时期的榜样,他下水救人的事迹被写进课本,后来又变成一座雕像,以永恒的姿势立在梅城。小学到中学,每年清明,学校都会以班级为单位,组织学生来此悼念。那时的梅城人有血性,崇尚英雄,雕像前总是有很多的人,一张张脸仰起来,让这地方充斥着一种看不见的庄严。那是以前的事了。不知从何时开始,时代变了,如今英雄已经走出了课本,雕像前也空空荡荡,除了匆匆路过的行人,连个拍照的也没有,英雄的光芒在这座日益衰败的雕像上已经看不到了,只剩下孤独和苍凉。左子瞻也只是瞥了一眼,就匆匆路过,没有停留。

　　穿过广场,左子瞻走到路边。一辆出租车及时过来,停在他面前。车窗里伸出一张脸,年龄不大,一副和气生财的样子,眉眼间挤挤挨挨的全是笑意。

　　"去哪里?"司机问。

　　"炉观。"左子瞻说。

　　"赶紧上车,我们算半个亲戚,我婆娘也是炉观人。"司机说,脸缩进了车窗。开出租车的都是些能人,三言两语,就能将一层亲戚关系拉扯出来。这也正常,回到梅山,世界就小了,一共就那么几十万人,五百年前血脉相连,在街上随便遇到个人,聊上几句,十有八九都能聊出点关系来。

　　左子瞻上了车。司机将车子掉个头,往炉观方向走。梅城的公路多是上世纪所修,老化得厉害,路上车辆不多,却总是杂乱地挤着,就像盘下到一半的残棋。到了出城地界,不出所料,路口堵起来了,高德地图上显示出醒目的一段红色。左子瞻立马焦灼起来。在深圳生活,每天都像匹马一样,被生活鞭策着奔跑,对时间有种近乎苛刻的敏感。再看看司机,手扶着方向盘,脑袋伸在车窗外面抽烟,神态悠闲,就跟坐在茶楼里没什么两样。这也是所有梅城人面对拥堵的姿态。左子瞻坐不住了,吩咐司机改道。

"去资江边吧。"他说。

"你是想去看看北塔吧?"司机把烟扔掉,脑袋从车窗外缩回来。

"嗯,是的。"左子瞻点头附和。实际上,让司机改道的那刻,他并没有想起北塔,只是想逃离眼前的拥堵。

"这就对了,那可是咱梅山人的宝塔,不能忘。"司机把方向盘一扭,车子拐上另一条路。往前走五十米,再一拐,就是老县政府。一栋红色的苏式建筑,在树荫中若隐若现,虽然早已不办公了,但昔日的那股威严仍在,货车和三轮车很少从这里经过,路面自然比别的地方通畅些。车窗外面,一座小城又开始流动起来,左子瞻心中那股由拥堵带来的烦闷渐渐得到消解。

"兄弟,在哪里发财?"司机问他。

"深圳。"左子瞻说。

"好地方啊,我也去过的,在龙岗的一家工厂,待了两年,打工……"司机顿了顿,又说:"就不是人待的地方,一个月两三千块钱,每天加班加点到晚上十二点,实在扛不住,就跑了回来,没办法啊,没文凭也没技术,在那种遍地都是人才的鬼地方很难混下去,我就是个被深圳淘汰的人。还是你好,书读得多,一看就知道事业有成。对了,你在深圳干什么?大老板吧?"

"也是打工。"左子瞻往前面看了一眼,后视镜里,映着一张沮丧的脸,一提起在深圳的过往,司机有点挫败,眉眼间的笑意消失了。这不奇怪,事实上,那座城市会让很多人都感到挫败,包括自己。从毕业到现在,一晃十几年,他一直在努力,从医师升到主治医师,再升到副主任医师,近几年又把副字去掉了,算是到了职业生涯的顶峰,按理来说,这样的成绩算是不错了,可是看看身边那些忙着创业的人,随便找个出来,就是面镜子,立马能照出他的平庸。

"看你的样子,就像个老板。"司机说。

"老板还能长脸上?"左子瞻笑了笑,"深圳也不能全是老板啊,要不谁来打工?其实回来挺好,梅山也很不错。"

"那倒是,当一天和尚撞一天钟,没什么压力。"司机的声音又变得愉悦了。这是个没什么城府的人,跟所有小城人一样,心和肠子都是直的。左子瞻几句话,让他顿时就忘记了刚才的挫败。后视镜里的脸又舒展开了,话也密了起来,说深圳再怎么牛逼,也是新建起来的,钱是多,有个卵用,买不来历史。"还是我们梅城好,从宋代归化到现在,近千年的时间,都成精了。"说着往前指了指:"你看北塔,多牛,随便拿块石头出来都可以当深圳的祖宗。"

左子瞻看了看,司机手指的方向,是个灰色尖顶,披着阳光,从一排参差的楼房顶上冒出来,古老中透着庄严,确实让人有膜拜的冲动。但司机的话有点过了,梅山有历史不假,深圳没有历史却是误解。一千多年以前,客家人就在那里扎根了,他们建造的围屋,以及明代留下的所城,跟任何古建筑比起来,都毫不逊色。只是,那座城市的历史被强大的经济光芒遮蔽掉了。

梅城不大，资江笔直穿过，将小城劈开成两半。北塔在资江边上。司机把车开到堤下，停下来。左子瞻付过车钱，下了车。太阳还没落下去，在江对岸低低地挂着，光线斜照过来，将一层温暖的橘色涂抹在古塔身上。塔前空空荡荡，弥漫着一股冬季的荒凉。偶尔来个人，也只是许个愿，就转身离开。节假日会热闹些，有从外地来的游人，但也只是拍个照就走。梅城这些年旧改，几条老街拆了之后，半座古城就没有了，北塔已是一处孤景，没有多少观赏及逗留的价值。但这并不影响它在梅城人心中的地位。这些前来叩拜的面孔，依然十分虔诚，他们双掌合十，心无旁骛的样子，让左子瞻不得不相信，梅山人所信仰的那些神灵就在塔中，目光如炬，审视着苍生的幸福与疾苦。父亲年轻时，正是在北塔面前，通过仪式成为了一名水师。

左子瞻找块地方，坐了下来。冬季的资江既寒又瘦，水面缩在距堤岸十米开外的地方。长堤下面是片白色浅滩，卵石密密麻麻地铺着。对岸的半边小城跌在水中，偶尔有运沙的船只驶过来，将水波层层荡开，小城在江中摇晃。左子瞻的思绪也跟着晃，脑子里闪过一些儿时的画面。

记不清是哪一年了，那时他大概读三年级，也许是四年级。他和几个同学从小镇上看到北塔，就想翻越那片丘陵，去县城里看看。那时还小，不懂什么叫近在眼前，远在千里。北塔看起来不远，就那么清清楚楚地立在那边。他们从早上出发，一直走啊走，大半天了，还没挨着县城的边。那时他才发现，眼中的距离是不可靠的，两只脚也没有想象中的强大，看上去近在眼前的县城，走起来竟是那么遥远，无论如何努力，北塔始终远远地在丘陵那边立着，就像海市蜃楼，可望而不可即。

后来走不动了，只好放弃。返回时，路更远了。走着走着，天黑下来。原野上秋风四起，瑟瑟地掠过树林，发出撕裂般的呼啸，如同鬼哭。几位同学吓得抖成一团，不停地叫着喊着，有的大声说话，有的唱着走调的歌曲，以此来驱散心中的恐惧。左子瞻倒不怕鬼，身为水师的儿子，在鬼神面前，他有无惧的资本。他怕的是黑暗，那天晚上没有月光，只有零星的几点灯火落在乡间，照不见那个未知的前方。触目所及之处，深不可测，小镇和家被吞噬了，他生出一种永远也无法抵达的绝望。

与恐惧相比，绝望更让人慌乱。左子瞻没有发抖，手心里却冷飕飕的，全是汗。直到一支手电筒的光束出现，他才从慌乱中挣脱出来。光束亮起的地方，一个粗大的嗓门在高声呼喊他的名字。是父亲的声音，就仿佛想抓住什么似的，从黑夜中急切地穿过来。他应了一声。光束迅速靠近，转眼间，父亲已经到了跟前。左子瞻脖子一缩，以为会挨顿揍。但父亲没有打他，连骂都没骂，只说了两个字：回家。说完转身就走。左子瞻也跟着走，没走几步就"哎哟"一声坐下了。他毕竟是个少年，细皮嫩肉的，走一天路，脚底下早烂了。父亲没来时，慌乱让他顾不上疼痛。父亲一出现，疼痛也就跟着出现了，从脚底板涌上来，针扎一样，直往心里钻。

"真走不动了？"父亲看着他。左子瞻点点头，把鞋子脱下，亮出两只脚底板。父亲把手电移到跟前，光亮中，满脚底板的水泡像浸了水的黄豆，一粒粒明晃晃地鼓着。父亲白他一眼，说："就这点本事，还想着往外面跑。"然后是一股力量过来，钳在他的胳膊上。来不及反应，他已经被父亲拎起来了，往后一甩，落在一个坚硬却

只怕迟

校验工号：05

尊敬的读者:

如有产品质量问题,我公司产品包退包换,感谢您的理解与支持。

24小时服务热线:15023072830
15823537938

带着温暖的背上。记忆中,那是父亲第一次背他,也是唯一一次。回到家里,父亲出了一身的汗。

左子瞻看看表,时间已是傍晚,江面开始起风,顺着浅滩掠来,刀子一样,又硬又冷。左子瞻抱紧胳膊,打了个冷颤。从回忆里出来,脸上留下两线冰凉,擦了一把,眼角是湿的。天色又暗了些,黄昏沉到江面,像块缎子,沿水面均匀地抖开。这是一天之中,太阳在小城里留下的最后时光。梅城四面环山,夜来得匆忙,背阳的地方,已有灯火亮起。左子瞻站起来,拍拍腿,一阵酸麻从脚底涌起来,又逐渐散去。一辆公交车开了过来,停在长堤边上。有位妇女挂在门口,红色围巾裹住大半张脸,却裹不住一个粗鲁的声音。炉观女人说话都这样。她大声嚷嚷着:"最后一班车,到炉观的走了。"

3

在左子瞻印象中,梅山的公路都是些弯弯曲曲的记忆。高速公路修通之后,弯曲的记忆陡然间被拉直了。从梅城到炉观,路牌仍未改动,标注是十三公里,但实际已经近了许多。他刚找到座位坐下来,屁股还没热,公交车已离开高速,从连接线上拐了下来。出收费站,就是炉观。小镇披着夜色,沉默地靠在群山边上。雪峰山脉绵延千里,到了小镇上,突然抬高,耸出几座孤峰来。最高的那座叫凤阳山,中秋以后会起霜,变成积雪盘在山顶,整个冬天,都会有雪光从山顶泻下,清冷地照到小镇上。炉观的夜晚看上去是半透明的,比梅城要亮堂些。

"师傅,踩一脚。"左子瞻让司机停车。

"还没到。"司机回头看他一眼。

"就这里吧,也没几脚路走了,我下去动一动,手脚都要麻死了。"左子瞻把包提起来,甩在肩上。

"不着急,再两脚油就到你家。你是左师傅的崽吧。"

"你认识我?"

"认识你爷老子,错不了,你和他蛮挂相。"

司机是个圆脑壳的男人,顶着一头自然卷曲的短发。从面相上看,四十上下,脸上挂着小镇人特有的慵懒。这模样是有几分熟悉的,只是叫不出名字。小镇就这么大,自古以来,就是几大姓氏住着,无论如何开枝散叶,只要往源头寻找,总有丝丝缕缕的关系顺着血脉绵延过来,像树根一样连在一起,即使从未谋面,也能从脸上找出点线索来。左子瞻想起来了,这脸很像他的一位同学,那年高考的文科状元,被人民大学录取,出息了,照片至今仍贴在学校的荣誉榜上。按年龄判断,开公交车的这位应该是弟弟。问了下,方向是对的,长幼却弄反了。

"不是弟,是哥。"司机及时纠正。"我最少大你一个巴掌,四十五了,正月的,过完年就四十六。"

"你不讲还真看不出来。"左子瞻说,他确实有些意外。一方水土养一方人,在小镇上生活,没什么压力,轻轻松松就把一辈子走完了。小镇人的长相,普遍都不催老。

"你老弟怎么样?"左子瞻问。

"搞不清楚他,在北京混着,鬼崽子想成仙,好几年没回炉观了。"

"工作忙吧,是好事,事业有成嘛。"

"卵谈情，事业有成，就可以不回家了？富贵不还乡，如锦衣夜行，这是老话。我看他就是只白眼狼，六亲不认，五谷不分，娶了老婆就忘了爹娘，白养他了。读那么多书有个卵用。"司机说，看了看左子瞻，又解释道："我不是说你啊，你还不错，懂得孝顺，过年了知道回家看看爷老子。"

"也不能这么讲吧，尽孝不一定要在堂前，时代不同了。"左子瞻辩解了几句，为那位久未谋面的同学，也为自己。但转念一想，这样的辩解明显是底气不足的。丢掉亲情，丢掉故乡，是他们这代人的通病。这十几年，他回小镇的次数屈指可数，偶尔回来，也只是过个年就走。

"连个鬼影子都见不着，拿条卵来尽孝。"司机没有停车，絮絮叨叨地又往前开了一段，到了河边，才踩住刹车，把车靠边停稳。"吱嘎"一响，车门对折着打开，左子瞻下了车。一个滚圆的脑壳从车窗里伸出来，带着只手，挥了下，公交车从尾部喷出一道白气，消失在马路拐弯的地方。

转过身来，眼前是波光粼粼的水面。这就是炉观河了，从山间蜿蜒出来，进入小镇之后，陡然伸直，水面像扇子一样打开，水流变得安静且平缓。沿河堤往前，没几步就进了老街。说是老街已不准确，小镇人有了钱后，就将以前的木房子拆掉，建成了钢筋水泥，只把称呼留了下来，毕竟"老街"这个名字已叫了上百年，是好几代炉观人的记忆，若是叫成别的什么街，小镇人是不会接受的。

他家的房子在老街尽头，是父亲一手所建。从选址到设计，到施工，再到装修，父亲将自己的审美，一丝不苟地注入每一个环节。忙忙碌碌地折腾了两年多，一座充满复古风格的宅子终于立在了河边。乍一看,觉得父亲很有想法,往细里看,却发现原来就是多年前已倒塌的那座祖宅,被父亲从记忆里搬了出来。房子建好之后,锦上添花的工作从未停止过。父亲在前院种满了花草,挖了个鱼池,一座假山也逐渐地垒了起来。这位落魄的水师,为了填补失业之后的空虚,只能在自家院子里,以种种奇思妙想,来消解他人到黄昏却依然旺盛的精力。

这次回来,又有了变化,不知何时,门口多了两棵雪松,就像两把苍翠的大伞,撑在铁门两旁。在小镇上,雪松是罕见物种,也不知父亲从哪里移栽来的。左子瞻被父亲的杰作牵引着,到了门前。一条人影一晃,从雪松后面转出来。是父亲,腰背微微弯着,双手笼在袖中,怕冷似的抱紧胸口。也确实是冷,旁边就是雪山,小镇上的风比梅城要多些凉意,扎在脸上,有凛冽的感觉。

"回来了啊。"父亲说,脸上挂着惊讶。但左子瞻一眼就能看出,父亲其实早就候在这里了。为了掩饰见到儿子的激动,父亲就像位蹩脚的演员,以拙劣的演技在他面前表演一场偶遇。父亲总是这样。

"下午就到了,在梅城转了一会。"左子瞻说。

"门前冻,先进屋。"父亲吸了口气,把手从袖子里抽出来,放在嘴边哈了两下,去拿儿子肩上的包。

"不需要,我自己背。"左子瞻肩膀一侧,避开父亲的手。父亲有些尴尬,手收回去,落进兜里,摸出一烟盒来,拿了一支递给儿子。

"不用,已经戒了。"左子瞻摆摆手。

父亲愣了愣,那支烟捏在手里,有些不知所措。他和儿子之间,向来无多少言语,所有的交集都在烟上。一递一接之后,再点上火,辈分带来的疏离感也就淡了。现在，这样的交集被打破，他和儿子之间，突然出现一块巨大的空白，一时找不到方式填补。"戒了啊，戒了也好。"父亲反手把烟送到自己嘴里，掏出火机点火。

"你最好也戒掉，对身体不好。"左子瞻看父亲一眼。父亲又愣了愣，打火机定住不动，一束火苗摇晃着停在嘴边，不知是该点上，还是听儿子的话把烟塞回去。最终还是点上了。

"戒不了了，七老八十的人，还管它对身体好不好，要死卵朝天。"抽了口烟，父亲将话和一团烟雾吐出来。

"一天到晚烟不离嘴，这东西能当饭呷吗？"左子瞻说。

父亲没再说话，烟叼在嘴里，狠狠吸着。父子俩一前一后，进了屋。

4

饭菜早就准备好了，几只大碗翻转过来，倒扣在另外几只大碗上，揭开来，还冒着热气。实际上他并不饿。在深圳的这些年，就像活在一道程序中，饮食起居一成不变，按着既定的序列进行，到了饭点就知道饿，过了饭点，立马就不知身上有个胃了。但他还是把碗端了起来，不吃一点，母亲是不会心安的。

桌上一如既往的丰盛，柴火腊肉、火焙禾花鱼、雪花丸子、擂辣椒拌皮蛋、三合汤，满满当当的一桌，都是些经常出现在梦里的菜，也是乡愁中最牢固的组成部分，筷子落下去的瞬间，体内的饥饿感立马就被唤醒了。左子瞻狼吞虎咽地吃了起来。在母亲满意的目光中，一碗饭很快就扒完了。母亲又添了一碗，左子瞻端起来，还是迅速扒完。母亲再要添时，他伸手拦住了。

"妈，我又不是猪。"左子瞻笑着说。一个饱嗝跑到嘴边，他喝口汤压了下去，指指肚皮，说："饱了。"

确实是饱了。母亲清楚他的饭量，没有再添，就站在桌边，看着他，一动不动，也不说话。

母亲有两年没说话了，当然不是哑巴，以前是个大嗓门，脾气也大，动不动就能咆哮起来，整条街上的人都能听到。可是人生无常，前年春天，嗓子里突然长出一个瘤来。父亲将这事告诉他时，母亲已经吃不下饭，也说不出话了。接到深圳一检查，咽喉癌。

"怎么办？"他当即就慌了，拿到诊断结果，手不停地抖，就仿佛捏住的是母亲的灵牌。医院给出的治疗方案是开刀切除。以他的经验，到了这一步，意味着生命已进入倒计时。悲哀的是，身为医生，他丝毫没有将母亲从死亡边缘拉回来的能力，唯一的优势只不过是比别人更清楚生死的界限。

"慌什么？天塌不下来的。"父亲把诊断书从他手里夺过去，看一眼，两把就撕碎了，扔在垃圾桶里。"开刀？扯什么卵淡，少听这些庸医放屁。你娘老子是血肉之躯，又不是棵树，开个卵的刀。得癌症的人我见得多了，不进医院都活得好好的，进了医院，就相当于一只脚已经踩进了棺材里，多半是竖着进去横着出来，我看都是被这些庸医吓死的。"

左子瞻说："左一个庸医，右一个庸医，医生跟你有仇啊，全世界就你厉害，都这时候了，尊重点科学好不好，这不是儿戏。"

父亲说："你少在我面前五马长枪，读了几年书，就不晓得自己姓左了？你娘老子的事还由不得你，我说了算。"

左子瞻说："你是医生还是我是医生？"

"你抖个卵,医生了不起啊?"父亲两眼睛一瞪,发起火来。"我给人看病的时候,你还没养出来呢,跟你比我也就差个证。"

左子瞻有些愣。有史以来,父亲第一次以水师的身份与他对话,相当强硬,每○○○○○○○○○像颗句子,尖锐、掷地有声。他仿佛看到了多○○○○○○○○○走于乡间的传奇人物又回来了。

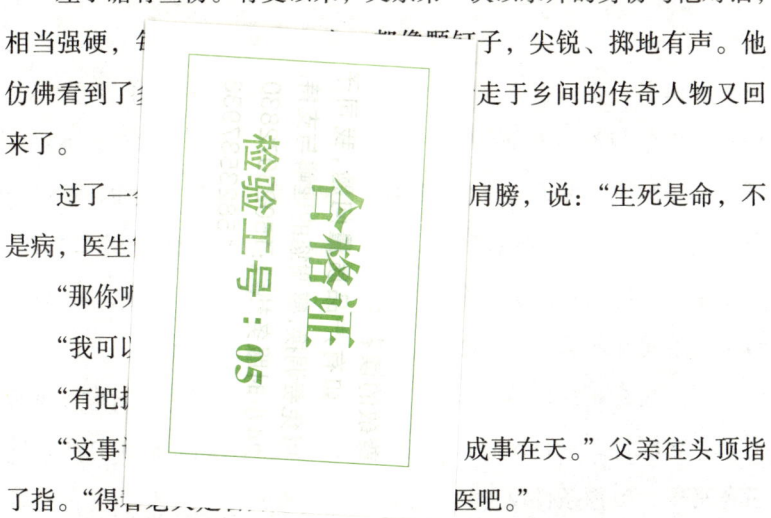

过了一○○○○○○○○○肩膀,说:"生死是命,不是病,医生也○○○○○○○

"那你呢○○○○○○○

"我可以○○○○○○○

"有把握○○○○○○○

"这事○○○○○○○成事在天。"父亲往头顶指了指。"得信○○○○○○○医吧。"

说罢便带着母亲走了。左子瞻没有阻止,也阻止不了。身为水师,父亲有属于自己的领域,在那里,父亲是王,任何人都无法撼动。

回炉观后,父亲每天为母亲化一碗水。不可思议的是,九九八十一天之后,母亲好了。只是不再说话。这也是父亲的意思,说母亲就是话说多了,说狠了,没积下口德,老天看不过去,才长个东西堵她一堵。左子瞻承认父亲的医术,作为水师,父亲甚至有超出医学之外的能力。可他无法接受父亲的言论,动不动就以因果和宿命去解释一切,显然是荒诞的。从人权角度看,也对母亲不公,这种蒙骗下的失语,甚至比死亡还要可悲。当然,这样的想法也只是昙花一现。他有过愤青时期,上大学时,受西方价值观的影响,喜欢把人权和自由一类的名词挂在嘴边。当了医生之后，见多了生死，才知道那时的愤懑只是年少无知。在生死面前，人权也好，自由也罢，都不值一提。母亲好好活着，比什么都好，哪怕沉默不语，活成一块石头。

更何况，母亲并不是石头。不说话以后，母亲照样活得生动，把从沉默中积蓄的力量，转移到了家务上，就像台永动机，不停地转。左子瞻刚吃完，母亲便收拾好碗筷，将桌面清理干净，拿过一条围裙，系在腰间，转进厨房里去了。水龙头"哗啦"一声被打开，然后是洗洗涮涮的声音，锅碗瓢盆碰撞着，一股人间烟火的味道从母亲两手间升腾起来，弥漫在屋子里。

左子瞻喜欢这样的时刻，这才叫日子。他已经有很久没进过厨房了。在深圳，一日三餐都靠外卖解决，每次见到骑在电动车上的黄色马甲，就像条件反射一样，毫无由来地感到抗拒，可又离不开他们。跟陶琪在一起之后，这种状况曾有过改观，恋爱那阵子，她很喜欢进厨房，以一道道色香味俱全的菜肴，向他展示一位贤妻良母的品质。结婚以后，情况突然就变了。陶琪是位空乘，飞国际航班，大部分时间在天上。聚少离多，一个桌上吃饭都难，厨房自然也就成了摆设。开始的时候，也会吵吵，后来就适应了，也看透了，婚姻的意义，无非就是为彼此的人生提供一个支点，围着它转一圈之后，又回到原来的地方。平心而论，陶琪还算不错，家庭背景、学历、工作、长相，都符合男人对女性的要求。但妻子与恋人是两个不同的概念，站在婚姻里看，很多东西都变形了，这世上最动人的女性形象，也许只是母亲在厨房里的样子。

饭后照例犯困，伸伸懒腰，疲惫顿时漫了上来，左子瞻走到厨房门口，跟母亲道安。母亲把手在围裙上擦了擦，拿过一个脸盆，要给他打水洗脸。左子瞻摆摆手，说不用了，太困，得睡了。就上了楼。

房间早收拾好了，散发着一股木质家具的清香。床、书柜、书桌，都摆在熟悉的地方。每次回家，房间都是他记忆中的样子，就好像他一直都住在这个家里，从未离开。左子瞻和衣躺在床上，闭上眼睛，开始数羊。他睡眠不好，每天睡前都要数一数，当然没什么效果，只是习惯。但小镇跟深圳不一样，只数到两位数，他就迷迷糊糊地睡着了。

5

一觉醒来，天色大亮。昨晚忘记拉窗帘，窗户是敞开的，光线大大方方灌进来，铺在房间里，有些晃眼。穿好衣服，左子瞻下了楼。来到后院，刚出屋檐，脚下便陷进一片柔软的沙沙声里，才知道昨晚下了雪。跟往常一样，一到冬季，小镇上的天气就变化无常，昨晚天上还是一轮干净的明月，睡个觉的工夫，雪就铺了下来。小镇已被一层白色覆盖，天地茫茫，难分界限。

院子也是白的，两行脚印陷在雪地里，交错着延伸到一张八仙桌前。父亲站在那里，一动不动。桌上摆着香炉、供品和一只老旧的瓷碗。此外就是一尊高约半米的神像，头下脚上，就像拿着大顶。这是梅山水师的祖师爷，叫张五郎，是位头下脚上的怪人，一生都倒立着行走。梅山很多的神灵都是如此，从传说里来到现实之后，总会有些怪异，要么身体畸形，要么面目狰狞。从这一点来看，鬼神之间，其实是有几分相似的。父亲也说过，鬼神难辨，神鬼两界，并非对立，而是殊途同归。

　　顺着两行脚印，左子瞻走到父亲跟前。父亲双手交叠，护住丹田，双目微闭，正在练习吐纳之术。风很大，呼啸着从北边过来，将寒意卷进院子。天是阴的，云层像铅块一样密实地压下来，没有散开的迹象。估计雪一会儿还得接着下。空气中偶尔传来"哗啦"一声巨响，那是风把树摧折了，积雪落下来砸到地上。父亲已经入定，进入物我两忘的境界，对左子瞻的到来以及雪落的声音浑然未觉。

　　这是父亲的早课，也是梅山水师的养生之法。一呼一吸之间，清气入体，浊气排出，慢慢会达到通体舒畅的效果。身为水师，这样的练习是必不可少的。练习完吐纳之后，父亲还会化上一碗水。父亲是个执着的人。尽管水师的辉煌已经不再，一碗水在小镇上也失去了用武之地，但父亲仍一如既往。对父亲的坚持，左子瞻虽难以理解，却也不反对，一个人心怀执念，总比心如枯木要好。况且，生命本就是由无聊和重复构成，没有哪件事情具有绝对的意义和价值。

　　学着父亲的样子，左子瞻双手交叠，抱住丹田，闭上眼睛，很快就进入了一种空明状态。站了一会，腰间传来震动。睁开眼睛，左子瞻从冥想中出来，又回到一个白雪茫茫的世界里。他终究无法像父亲那样，心无旁骛。

　　手机拿出来，瞄一眼，是陶琪发来的信息，不用看也能猜到，除了找离婚协议书，不会有别的事。走到这一步，他有点无奈，却也在意料之中。他们婚后的生活其实还算平稳，毕竟朝夕相处的时间不多，没有多少机会吵架。但终究还是没有逃过七年之痒的魔咒。

第六年的时候，矛盾开始了。他想要个孩子，她坚持丁克。婚姻中，这样的分歧是致命的，一旦出现，便很难逆转。更致命的是，陶琪有个移民美国的计划，总觉得大洋彼岸的月亮比较圆，等存够了钱，就会去那边生活。这是价值观的问题，比丁克更让他难以接受。因此，当她提出离婚时，他答应了。离婚协议书已经签好，就放在床头柜里。但凡她能像其他女人那样，过几天正常日子，在家里多待些时间，就能找到。可她大部分时间在天上飞着，或者在地球另一端的某个国家待着。偶尔回到深圳，也是行色匆匆，很少有时间在家里停留。对她来说，家的意义，无非就是航班往返中的一家酒店。她甚至常常无法找到自己的日常用品，而衣柜、床头柜、储物柜等这类与生活息息相关的地方，更是从来都懒得去翻一下。这样的日子，确实无可留恋。

熄掉屏幕，左子瞻没回信息，将手机塞回兜里。再看父亲，这位敬业的水师，显然又进入了另一层更高的境界，头上正丝丝缕缕地冒着热气。这便是父亲所说的三花聚顶、五气朝元。水师练到一定程度，任督二脉打通之后，精气神便能贯而为一。他觉得没那么玄乎，从生理上解释，无非就是汗水蒸发和凝固的过程。但至少能够看出，早课中的父亲，虽纹丝未动，实则是劳心劳力的。平静的表象之下，父亲的意念里却是风起云涌。化水时更加费神，从头至尾，须一气呵成，不能有丝毫的停顿和偏差，水师的秘密就藏在其中。他多次目睹过父亲化水，却始终无法洞悉其中的秘密，那是一种比魔术师更加隐秘的手法，父亲已练得炉火纯青。

过了一会，母亲出来了，站在门口，笑眯眯地看着他，不说话，脸上的信息却很明显，早饭好了。母亲是来叫他吃饭的。很奇怪，这两年来，母亲虽无言语，却丝毫不影响和他的交流。就仿佛有条神秘的通道，连接在母子之间，无需言语，就能读懂彼此，这也许就是血缘的奥妙之处。

进了屋，洗漱完毕，母亲把早餐端到桌上。小镇上只有早晚两餐，千百年来一直如此。祖辈们日出而作，日落而息，在田地间养成了一日两餐的习惯。现在的小镇人，早脱离了农耕生活，小镇不断开发，没剩下几块可耕种的土地，但饮食习惯仍顽固地停留在过去。早餐是一天中最重要的。又是满满一桌，比昨晚更加丰盛。还是他喜欢的菜，却没有昨日的胃口。只吃了几口，就觉索然无味。不是菜不好，是身体原因。想必是昨日在资江边待的时间太久，受了风寒，胃里直泛酸水，嗓子也有些痒，想咳，又咳不出来。岁月确实很无情，他还没活到年老力衰的年龄，却已经体会到了隐匿于生命中的那条抛物线——三十五岁是顶点，过了三十五岁之后，就开始下行。他才四十岁，已经有一年不如一年的感觉。前几年还血气方刚，大冬天里也敢将冷水一盆盆往身上浇，现在不行了，身体仿佛成了张试纸，稍受点风寒，感冒的症状即刻显露出来，虽然不重，却影响心情和食欲。

左子瞻把碗筷放下。母亲走过来，摸摸他的额头，没发烧，又把他的袖子往上撸起一截，露出手腕。母亲伸出两指，搭了上去。跟父亲生活一辈子，耳濡目染，母亲多少也懂点岐黄之术，一搭上去，就感觉脉象不稳。母亲的眉头蹙了起来，示意他，这是感冒了，赶紧去吃点药。

左子瞻摇摇头，说不用，多喝点水就好了。身为医生，他随身都会带药，却不随意服用。为患者开方，他从不吝惜，总是按最大剂量来开，以便他们尽快好转。在自己身上，却格外谨慎，是药三分毒，能不吃最好不吃。母亲通晓医理，自然懂这道理，没有逼他，只是把电暖炉调高了两挡，让屋子暖和起来。

雪在屋外开始融化，屋檐下挂着清晰的滴水声。小镇的冬天是沉静的，让人觉得舒适、安稳。左子瞻泡了杯茶，慢慢喝着。门外传来几声咳嗽，然后是脚步，父亲低头走进屋来。早课结束了，父亲额头上仍在冒着热气。

父亲看他一眼，从桌上端起一碗饭来，大口大口吃着，很快就扒完了。跟他一样，父亲吃饭的速度也很快。这是习惯，小镇人在饭桌上从来不肯浪费时间，细嚼慢咽当然是好，却不如狼吞虎咽来得痛快。

母亲将碗筷收走，桌面空了出来。厨房里又响起忙碌的声音。父亲也泡了杯茶，在左子瞻对面坐下来，掏了支烟叼到嘴里，拿出火机点火。火苗摇晃着递到嘴边，还没点上，左子瞻乜斜他一眼："说了让你少抽。"

父亲手一抖，火苗立马熄灭掉，看了看儿子的脸，是认真的，就把烟塞回了盒里。然后是沉默，像层纸一样，隔在父子之间。父亲坐在椅子上，两只脚挪来挪去，一副坐立不安的样子。左子瞻觉得既好笑，又有些心酸。父亲虽不算严父，但毕竟是一家之主，小时候，他也像小镇上所有的小孩一样，对父亲敬畏有加。成年之后，这份敬畏才慢慢减少，他觉得父亲越来越像一位兄长。到了现在，父子之间的关系，已经颠倒过来了，在他面前，父亲反倒敬畏起来，处处小心翼翼。这意味着父亲已经承认了自己的衰老，将一家之主的位置让了出来。

沉默一阵子,父亲发话了:"你那个同学,前几年调到市里去了,有前途啊,现在当了卫生局的局长。"

"哪个同学?"左子瞻说。

"黄业春。"

"你认得?"

"跟你关系好的同学,有哪一个我不认得?以前经常来家里呷饭的。"

"多少年前的事了,你倒记得蛮清楚。"

"你们联系多吗?"父亲问。

"不多。"左子瞻说。

"那得多联系,同学感情,比什么都值钱。"

"你有事?"左子瞻突然发问。

"没事。"父亲说,习惯性地又去掏烟,看左子瞻一眼,手停在烟盒上,没动。"过年他会回炉观吧,到时让他来家里吃个饭。"

"哪有时间,"左子瞻说,"你见过有哪个当局长的不忙?"

"再忙也得呷饭。"

"呷什么饭,都局长了,还缺你这口。"

"这是一顿饭的事吗?"父亲说,"同学之间,不得常来常往?"

"来不来往的,不都还是同学。我看是你想来往吧?有什么事你就跟我讲直的,别绕来绕去。"左子瞻不耐烦起来。不知为何,这次回来,与父亲对话,很难心平气和。他知道父亲想说什么。这位失业的水师,脑子里装着一间自己的诊所。以前没少往卫生部门跑,求爷爷拜奶奶,折腾了好些年,没办下来,好不容易消停了,知道他有个当局长的同学后,又死灰复燃。

"那我就跟你讲直的了啊。"父亲头低着,眼神飘来飘去,就像个做错了事的孩子,语气小心翼翼。不出所料,就是开诊所的事。父亲说:"我是想问问他,开诊所的事,能不能帮个忙。"

"开什么诊所?有那个必要吗,你缺吃少穿了?"左子瞻说。

"跟吃穿没关系,人又不只长张嘴。"父亲说。

"这事我帮不了你,你爱找谁找谁去。"左子瞻蛮横地终止了话题,不想跟父亲纠缠。本来确实想去趟市里,离炉观不远,九十公里,坐高铁半个小时。每次回来,他都会去一趟,跟几位同学碰个面。在深圳漂了十几年,被那座冰冷的城市同化了,人际交往日益淡薄,除了双亲,想见一见的,也就是少数几位同学了。可父亲提到开诊所的事,他又打消了这个念头。

喝光杯子里的茶,左子瞻站起来,将父亲扔在屋里,来到门外。风小了一些,雪却消融得更快了,院里院外,积雪已经薄了一层。两棵雪松上面,露出斑驳的绿色来,像补丁一样缀着,为院子里增添了一丝生气。

出院子,门前是炉观河,平静的水面上,倒映着两岸的房屋。对面也是条老街,叫青石街。在左子瞻看来,那边叫老街才名副其实。几十年来没动过,青石板还在那里,木房子也完整地保留着,连成一线的屋檐下面,挂着一排大红灯笼,显示年关已近,一股喜庆的气氛隔着河面扑来。与这边相比,对岸要活跃些。三十年河东三十年河西,昔日的穷街陋巷,如今摇身一变,已是一处旅游景点,经常会有游客前来,用相机,或者画板,将这条街的样子从小镇上带走。

站了一会,又是一阵咳嗽,左子瞻把视线从对岸收回,转头就看见了父亲，从院子里出来，背着个包，一副背井离乡的样子。

"天寒地冻的，你要去哪？"左子瞻问。

"寒山冲。"父亲说。

"去那里干吗，鬼打死人的地方，没几户人家了。"

"只要还有一户住在那里，我就得去。"父亲一边说，一边向前走去，脚步匆忙有力。这位年过花甲的老人，当他以水师身份出现时，就会显示出超越年龄的精力。父亲越走越快，左子瞻看到一个孤独、却又坚定的背影越缩越小，很快就到了老街的尽头。然后是打火机的声音，父亲把烟叼在嘴上，点燃了，一缕烟雾升起来，被风擦掉。父亲带着另一缕烟雾，出了老街。

寒山冲他知道，挂在半山腰的一个村子，百十户人家，近些年精准扶贫，大部分住户已经迁离，住到镇上来了，只剩下几位老人，顽固地守在那里，年纪大了，不想挪动，他们对水师依然有着极大的信任和依赖，为父亲的职业留住了最后的一丝尊严。水师在小镇上被禁止行医之后，这些山间荒野，成为父亲最后的用武之地，也是父亲唯一还能找到些许存在感的地方。

6

一连几日都是雪，也不大，总是在夜里下起来，白天消融掉，隔个晚上又铺上了。左子瞻没有出门，感冒不见好转，但也没有加重，除嗓子不舒服外，偶尔会有些低烧，没什么大碍。离开深圳，没有工作束缚，对身体状况便没那么高的要求，没必要像个战士那样，时刻保持旺盛的精力和斗志。跟深圳相比，小镇是慵懒的。慢吞吞的节奏里，时间反倒有清晰的质感，就像支画笔，在每个逝去的瞬间，都能留下或深或浅的痕迹。左子瞻也乐意享受这样的慵懒。手机索性关了机，扔在包里，不跟任何人联系，也不去想任何事情，每天吃了睡，睡了吃，唯一的活动，就是翻翻父亲的书柜。

父亲学历不高，藏书却不少。小镇上曾经有座惜字塔，小时候，父亲常带他去塔前，跟他讲讲古代读书人的故事。父亲告诉他，笔墨纸砚是神圣的，一纸一字，都必须尊重，什么都可以乱扔，书本不行。现在塔已经没了，但父亲对书本的尊重还在。家里面积最大的房间就是书房，书柜是父亲自己动手打造的，占了三面墙壁。他从小学到高中的课本，至今还齐齐整整地码在书柜里。

此外就是父亲的藏书，多是中医类，《本草纲目》《黄帝内经》《伤寒论》《千金方》等等；《周易》《八卦》《麻衣神相》一类的玄学书也不少。父亲每一本都反复读过，有些是线装书，里面夹着阅读手稿，毛边纸裁成的长条，上面是工工整整的小楷。父亲的小楷写得真好，让他有些意外。以前也见过父亲写字，却没太在意，那时也不喜欢书法，人到中年，有了不同于年少时的审美，才会对传统的东西产生关注。

更让他意外的是，父亲的这些书，他居然读得进去。他学的是西医，接受了太多学科性理论的灌输，其实是看不起中医的，总觉得中医是门伪科学。翻了两本书之后，印象却大为改观。中医与西医，在医理上其实是相通的，各有所长，就像武林中的两大门派，一刚一柔。西医是刚的那派，直来直去，见招拆招；中医则相对来说要柔和许多，因此也具有更多的变数。

慢慢地，了解由浅入深，兴趣也就越来越浓，不知不觉间，左子瞻已经沉浸其中，就像对地图一样，陷入一种迷恋。若不是黄业春打来电话，几乎就要手不释卷，与世隔绝了。这天早晨，他拿了本《腧穴学》在读，正入迷时，父亲气喘吁吁跑来，将他的阅读打断。

"有电话。"父亲说。

"谁？"左子瞻合上书本。

"你那同学，黄局长。"父亲把手机递到他面前。"赶紧接一下。"

"他怎么知道我回来了？你告诉他的吧。"左子瞻乜斜父亲一眼。父亲嘴唇动了动，没说话，算是默认。左子瞻接过手机，"喂"了一声。电话那头传来一个亢奋的声音。

"搞什么鬼？回炉观也不跟我讲一句。"

"我哪次回来也没跟你讲啊。"左子瞻说。

"什么态度嘛？当上主任医师，架子大了啊。"

"主任医师算个屁，就算当了院长，也不还是得被你黄局长管着。"左子瞻说。几句恭维，让电话那头立马就舒服了。

"这么说就见外了啊，老同学面前，哪有什么局长。"黄业春呵呵笑着。

"主任医师可以没有，局长还是得有的。"

"少扯卵淡了，晚上要不要喝两杯？"电话那头问。

听到喝酒两个字，左子瞻本能地想拒绝。本来就不好酒，加上感冒，更不想喝。但他随即就发现，黄业春的询问只是象征性的，没等他开口，电话那头已经把饭局定下来了。

"晚上大桥饭店见，已经安排好房间，那几个家伙也通知过了，到时跟我一起。"黄业春说，就挂了电话。

他俩是小学到高中的同学，同窗十几年。高中时，黄业春成绩不算突出，上了个医护类的专科院校，毕业后回到梅山，当了一名乡镇干部，好几年都在工会主席这一闲职上挂着，后来谈了个女朋友，只处了一年，就嫌他没有前途，吹了，搞得他差点抑郁。后来精准扶贫政策出来，就申请到边远山区工作，初衷是想找个僻静的地方疗伤，谁知一去就扎下来了。在大山里待了五年，脱贫示范村搞出来一个，AAAA级景区也搞出来一个。如此成绩斐然，自然一路升迁。先调到梅城当县卫生局局长，接着又调到市里当卫生局副局长，三年时间不到，又把副字去掉了。今年才四十岁，算是干部年轻化的代表。这样的人物，当然是很忙的，即使不忙，也得时刻装出日理万机的样子。只有在同学面前，才能稍稍放松一下。因此喜欢组局，动不动就把几位同学叫到一起，吃吃喝喝。以前左子瞻叫他局长，他表示反感，觉得生分，现在不一样了，他很享受这个称呼，一是被人叫惯了，二是因为这个局长除了职务之外还有另一层含义——组局。

通完电话，左子瞻看不进书了。小镇不比深圳。深圳的饭局，哪怕桌上全是酒鬼，也可以独善其身，滴酒不沾，没人会强迫你。在炉观却不可能，小镇人在酒里泡大，喝酒有绿林之风，兴起时，杯换成碗，整碗往嘴里灌。想想都害怕。左子瞻把书放回书柜，胃里泛起一阵酸水。转过身来，发现父亲还在书房。

"你有事？"左子瞻问。

"没事。"父亲摇摇头，盯着他的脸看了看，说："你脸色有点不对劲，感冒了吧。"边说边伸出手来，摸向他的额头。

"小感冒，不碍事。"左子瞻避开父亲的手。

"得用点药。"父亲说。

"不需要。"左子瞻说。

"对了,黄局长找你干什么?"父亲话锋一转,回到正题。

"还能干什么,拉了几个同学,要来炉观呷饭。"

"在哪呷?"

"大桥饭店。"

"到饭店里呷什么啊,死贵的,又不卫生,来家里,我给你们做一顿。"

"同学聚会,你觉得来家里合适吗?"

父亲想了想,确实不妥,就说:"那我也跟你去。"

"你去什么?你是同学吗?"左子瞻脸一板,声音陡然高了八度。其实他脾气并不坏,从医十几年,每天都会碰到些奇怪的患者,因为虚弱,容易焦虑和狂躁。作为医生,他是称职的,无论患者怎么胡搅蛮缠,他都能够面带微笑,保持心平气和,这也是一名医生应当具备的职业素养。可是不知为何,在父亲面前,他却毫无耐心,一言不合,就按捺不住想发火。

父亲不说话了,手垂在身体两侧,僵硬地站着,既尴尬,又卑微,让左子瞻看着相当难受。他当然清楚,让父亲卑微的,并不是他的态度,而是电话里头那个局长。父亲并不是那种趋附权势的人,甚至有点清高。几十年的水师生涯,行医半生,积攒下来的,除声名之外,还有骨子里的骄傲。若不是为了开诊所,这个倔强的老头是断不会弯腰的。他知道父亲想开诊所,也不是为了赚钱,农村养老保险政策一出台,他就帮老两口买了,现在按月领钱,加起来每个月三千多,在炉观这样的地方,不算富有,却也足以衣食无忧。父亲之所以对开诊所如此执着,是出于对水师这一职业的保护,如果以诊所为平台,水师便又能在小镇上光明正大地行医了。

"晚上我帮你问问吧。"左子瞻把手机还给父亲,语气缓和下来。

父亲有些诧异,愣了愣,旋即会意过来,脸瞬间就展开了。

"也别抱太大希望,我只能是顺便提一嘴,死皮赖脸求人的事,我可做不来。"左子瞻说。

"这个我晓得的。"父亲说,攥着手机,出了书房,到后院做早课去了。

7

下午的时候,同学到了。三男四女,七个人六辆车,浩浩荡荡到了小镇上。进到饭店里,围成一圈坐下来,没有一个不让左子瞻感到陌生。先是外貌,男男女女,普遍都膨胀了一圈,油腻两个字用在他们身上,是再合适不过。再看自己,对比就出来了,他依然是清清瘦瘦的样子,就像刚从饥荒年代里走来。其实他并未刻意保持过体形,只能说小城里的日子,确实比深圳要过得悠闲。心宽体胖,这道理他懂。

其次就是称呼,也让他感到陌生。黄局,王处,李总,陈总……一堆头衔在桌上飘来飘去。只有他,还是左医生。以前听着还算顺耳,毕竟是份体面的工作,现在过气了。这个时代,情商高的从政从商,智商高的做学术搞科研,而职场则成为中庸的代名词。像医生这类职业标记明显的称呼,在一堆响亮的头衔面前,确实有点黯然失色。但毕竟是同学,称呼带来的陌生只是暂时的,吃吃喝喝闹上一阵子,又叫回了各自的绰号,感觉就回来了。顺着这些绰号,左子瞻迅速回到学生时代,将记忆中的那些面孔找出来,与眼前的这几张脸对应上了。

"这次回来,打算待多久?"黄业春问他。

"十天半月吧,过完年就走。"左子瞻说。

"把炉观当旅馆了,每次回来,打个转就跑,也不多陪陪爷老子。"

"我也想陪啊,没时间,忙成什么样你又不是不知道,你管的就是这一行。"

"都奔四的人了,土埋一半,还那么拼干什么?"

"没办法,天生劳累命,不拼你给我发工资?"

"我倒是想给你发工资,问题是你这深圳来的大医生,看不上我们这小地方。"黄业春说,递了根烟过来。

"戒了。"左子瞻把烟挡回去,说:"你这话我不爱听,什么你们小地方,我不是炉观人吗?"

"好,今天你最大,不爱听我就不讲了,来,喝酒。"黄业春止住话题,举起杯,跟左子瞻碰一下,喝了。左子瞻也喝了。刚喝下去,旁边一位女同学凑过来,跟左子瞻碰了一杯。这一碰,就像根导火索,将桌上的氛围瞬间点燃。几位同学依次过来,开始打轮。左子瞻一一接着,转眼间就是五杯下去,胃里烧了起来。喝到第六杯,撑不住了,赶紧放下杯子,跑到门外,叫服务员拿了瓶冰镇矿泉水过来,拧开盖子,仰头喝下一半,想稀释掉胃里的那股灼烧感。

靠墙站了一会儿,等酒劲稍缓,左子瞻又要了瓶矿泉水,回到房间。刚坐下来,立马就有一只杯子举到面前。左子瞻断然推辞,说已经不行了,不能再喝。"这可由不得你。"一位女同学马上起哄,说我们女人都在喝,你一个大男人怕条卵,不就是几杯酒吗?又不是要你喝毒，男人不能说不行。"

"就是。"黄业春也在一边帮腔。"从小到大，我就没见你尿过。"

"这次必须尿了，我承认，我是真不行。"左子瞻说，把酒杯倒过来，扣在桌上，无论如何不肯再喝。这时门口传来一声喊："要喝。"扭头一看，是父亲。"崽喝不动了，爷老子来顶。"父亲高声喊着，走了进来。

黄业春赶紧起身，搬过一张椅子，说："叔，您快请坐。"

父亲也不推辞，大大方方坐下来。左子瞻看看父亲，好不容易平静的胃，又翻涌起来。他清楚父亲的酒量，平日里是滴酒不沾的。梅山水师属道教一脉，虽不似佛家有诸多规矩，但也有些戒律不可触碰，酒便是其中一戒。毕竟是治病救人，喝醉了难免生出乱子。祖父的水师生涯，就是被酒断送的。有次喝多了，昏头昏脑去给人化水，一碗安胎水，化成了止煞水，孕妇喝下去，当天就流产了。人命一条栽在手里，一世英名尽毁，祖父羞愧难当，不久之后，就走了，算是郁郁而终。闭眼之前，还喝掉了三大碗酒，希望到了下面，能痛痛快快地做个酒鬼。

"你来干什么？"左子瞻问。

"呷饭。"父亲说。

"家里没饭呷吗？"

"你的同学到炉观来了，我做爷老子的就不能来结个账？"父亲镇定地坐着，脸上并无惧色。

"结账轮得到你吗？"左子瞻说。

"你有病吧？对我叔什么态度！"黄业春板着脸，白左子瞻一眼，再转过头，脸上换了一副恭谨的笑容："叔，这话你崽说对了，结账这种小事,还是我们做晚辈的来,您只管喝酒,要什么菜自己点。"

父亲摆摆手,说菜就不用点了,没必要浪费,一把老骨头,呷不了几口,陪你喝两杯就走。

"要得。"黄业春说。

父亲倒了杯酒,举起来,对黄业春说:"这杯我敬你。"说罢仰头喝下。

"叔,这我可担当不起,会遭雷打的,该我敬您。"黄业春一副诚惶诚恐的样子,赶紧从椅子上起来,把酒喝光,再倒上,举着酒杯,回敬一杯。父亲仰头又喝下,黄业春接着再敬,父亲再喝,转眼间就是三杯下去。父亲还要倒时,左子瞻坐不住了,腾地一下站起来,说:"你喝什么喝?六十多岁的人了,什么状况自己不清楚吗?"

"再喝两杯,我就走。"父亲说。

"你是不是想把自己喝死!"左子瞻夺过父亲的杯子,狠命往地上一摔。"啪"的一声脆响,场面顿时僵住。除左子瞻之外,所有人都像被施了定身法似的,嘴巴张开,手里的筷子或者酒杯悬在半空。房间里一片死寂。

过了一会,父亲起身,拿了支扫把,将碎片扫成一堆,装起来扔进垃圾篓里,再放下扫把,拍了拍手,看看左子瞻,又看看黄业春,嘴角动了动,没说话,转身走了。

聚会随即结束,有点不欢而散的味道。几位同学各自找个借口离开,把黄业春和左子瞻留在房间里。

"你是怎么了?有病啊,在爷老子面前无义不孝,跟个炸药包似的。"黄业春说。

"我也不知道怎么回事,可能是早更吧,一点小事就忍不住想发火。"父亲一走,左子瞻也很后悔。想了想,这段时间很不正常,对父亲的态度,确实过分了。他并不是那种叛逆的儿子。从牙牙学语开始,父亲便教他"仁义礼智、忠孝信悌"这八个字。父亲说过,把这八个字认全了,才算个人。那时觉得简单,后来长大了,才慢慢知道,父亲所说的"认全",并不是意识上的认知,而是行为准则,每个字都得用一生去修炼。如今他已人到中年,离这八个字,依然很远。

"你早更条卵,又不是个阿嫂,你怎么不说你绝经了呢?"黄业春说,"对了,你爷老子有事?"

"没事他也不能来,你什么时候见他喝过酒?"

"还真没见过。"

"就是想开诊所,这事你应该也晓得的。"

"这事啊,我晓得,你爷老子在电话里跟我讲过。"黄业春点了支烟,抽一口。"兄弟面前,我也不绕弯子。确实是不好搞,没有从业资格证,你知道的,这年头就连养只狗,都得办个证。"

"这个我晓得,我也就顺嘴一提,别放心上。"

"当然,也不是完全没有办法。"

"什么办法?说说看。"

"你留下来,诊所挂你的名字……"

"你这算个卵的办法,还不如不说。"

"你听我把话讲完。"黄业春抽口烟,把烟灰弹了弹,又抽一口,说:"又不是真的让你搞诊所,曲线救国懂不懂?就是用你的资历,挂个名,诊所由你爷老子来搞,你继续当你的医生,想去哪家医院随你挑,待遇不会比深圳差,先搞个副院长当着,三年后要是转不了正,我就把黄字倒过来写。"

"别别别,知道你能耐大,情我领了,院长副院长就算了,这辈子我就没有当官的命,不喜欢管人,也不会管人,还是当个医生比较自在。"左子瞻看了看表,说:"时候不早了,少扯卵淡,撒吧。"

"算我多事。"黄业春叹息一声,站起来,拍拍左子瞻的肩膀,说:"就知道请不动你这尊大神,人才嘛,还是留在深圳好,发展空间大。这事不讲了,送你回家?"

"送个卵,没几脚路,走回去就行了,顺便醒下酒,好些年没这么喝过,脑壳被你们搞得有点晕。"左子瞻用手掌啪啪啪地拍着额头,就好像能把醉意拍散似的。

"那行,我先走了,改天再找你。"黄业春朝门外喊了一声。门口一条人影一闪,司机小跑着进来,将黄业春扶了出去。

又喝了瓶矿泉水,左子瞻趴在桌上,眯了一会,等醉意消退得差不多了,才从饭店里出来。今晚喝的是梅山水酒,后劲绵长,酒醒了,脚步仍歪歪斜斜地飘着。没走多远,就被一个东西绊住,左子瞻吓了一跳,脚底一歪,栽在地上。倒地的同时,耳边传来"哎唷"一声。听着很熟悉,但他可以确定,不是自己发出来的。转脸一看,是父亲,蜷在地上,已醉成一摊烂泥。

左子瞻赶紧翻身爬起,蹲下来,抓住父亲的两只手,举过头顶,一起身就将父亲挪到了背上。开始的时候,父亲很轻,毕竟老了,血肉丰满的模样已经被时光剔尽,只剩下骨头的分量。往前走上一段之后,左子瞻便开始喘上了。父亲像座山一样,越来越沉。他想起年少时的那个晚上,父亲也是这样背着他,穿过黑夜,回到家里。

那时他想不明白，他那么小，那么轻，父亲为何会累出一身的汗。现在情况倒转过来，父亲到了背上，他才幡然醒悟。原来重的不是他，也不是父亲，而是亲情，平时不显山露水，总被漠视，一旦到了背上，便重逾千斤。

8

过完年，雪慢慢止住。风也温和起来，拂在脸上，不再凛冽，而是一种清爽的凉意。空气中弥漫着泥土解冻后的湿腥气息，这是早春到来的信号。那些回乡过年的人，又陆续离开小镇，开始了背井离乡的一年。左子瞻也蠢蠢欲动，想回深圳了。感冒不见好转，甚至有所加重，咳嗽的频率越来越高，偶尔的低烧变成了中烧，胸口也总是闷着，就仿佛有块东西塞在那里。这几天开始服药，抗生素，消炎药，以及化痰止咳类的，搭配着吃了一轮，不见效果，心里便有些焦灼。他虽是医生，可离开岗位，便跟普通人一样，面对疾病，会虚弱，会感到无助。

翻开日历，已是初八。一般来说，在小镇上，春节走到这里，也就差不多结束了。左子瞻早早起来，收拾行李。东西不多，全装进去，也只够填满一个包，拎在手里，轻飘飘的，每次回来都是这样，正如黄业春所说，还真有点住旅馆的意思。他把包打开，又认真检查了一遍，确定没有重要的东西遗漏，便拎着包，下了楼。

父亲坐在客厅里，没做早课。左子瞻有些意外。对于一位把职业看得比生命还要重要的水师来说，早课缺失的情况是很罕见的。今天的父亲穿戴一新，仿佛要出门走亲戚似的，头发理过了，胡须也刮得干干净净，一张光洁的脸使他看上去年轻不少。

"要走了?"父亲看着他手里的包。

"嗯。走了。"左子瞻点点头。

父亲说:"慢一天吧,或者下午走也行。"

左子瞻说:"有事?"

父亲说:"一会跟我上山一趟,去给你爷爷挂个青。"

左子瞻说:"清明还远着呢。"

父亲说:"不一定赶在清明,多少年都没去过,再不去认个路,我要是走了,你怕是连坟都找不到。"

左子瞻想了想,把行李放下了。祖父去世时,他正读高三,高考像座独木桥一样横在他的生活里,父亲怕影响成绩,没通知他,最后一面未能见上。因此,对祖父的离世,他没什么概念,总觉着这位喜欢喝酒的老人只是去某个地方旅游去了。此后的二十年间,他也从未给祖父上过坟,每次回家,都是过年,赶不上清明时节。他也不太注重这类仪式,人死如灯灭,生前未能尽孝,死后却来弥补,在他看来,不仅可笑,而且徒劳。后来年纪慢慢大了,老一辈的亲人相继离世,奶奶没有了,外公外婆也没有了,那棵庞杂的家族之树,被岁月修剪得越来越简洁,他才发现,其实自己跟父亲一样,很怀念那些逝去的亲人。

"那走吧。"左子瞻说。

"不着急。"父亲走过来,伸手搭在他的额头上。这一次,左子瞻没有躲避。他神经过敏,对同性的接触是十分抵触的,哪怕是父亲。感冒一段时间之后,心理脆弱了,神经也麻木了许多,对父亲的触摸便不再抵触。一种粗糙的感觉贴了上来,父亲的手微微颤抖着,散发出一股中草药的气息。

"呷过药了?"父亲问他。

左子瞻说:"呷过了,没什么作用。"

父亲说:"什么药,拿来我看看?"

左子瞻说:"不用看,就是些常用的感冒药。"

父亲说:"你这不像伤寒,感冒药不管用。"

左子瞻说:"感冒药不管用,你给我化碗水?"

父亲愣了愣,说:"你信这个?"

左子瞻说:"你说我信不信?"

父亲又愣了愣,说:"病不能拖,你是医生,比我清楚。"

左子瞻说:"我晓得,走吧。"

就出了门。父亲赶紧跟上。

从老街出来,过了桥,往左一拐,就是青石街。一水之隔,左子瞻却有好些年没来过了。乍一进来,恍如隔世。街的样子没怎么变,依然是青石板、木房子,但内容却不大一样了,以前是民居,住的是人,现在改成了清一色的商铺。从街头到街尾,五金店、小吃店、面馆、茶馆、酒馆、手工艺品店、土特产店、铁匠铺、裁缝铺,一间挨着一间排列过来,就像些黑白照片,保存着小镇上个世纪的风情和底色。

在一家香烛店门前,父亲停下来,买了两刀纸钱、两炷檀香、一捆红烛,又要了两挂清明吊,扛在肩上,成串的纸钱和元宝悬挂下来,风一吹,窸窸窣窣,让人觉得那边的日子真是富足。接下来是买酒,这也是必不可少的。祖父生前好饮,因职业缘故,不能放开了喝,现在到了那边,父亲得让他喝个痛快。酒是特制的,叫祭酒,几代人经营的一家老店,祖传的酿造工艺,一个月出不了几缸,开缸时,整座小镇都弥漫着一股浓郁的醇香。这酒卖得最贵,质量也是最好,小镇人却从来不喝,只用于祭祖。在小镇上,从仪式上来说,逝者比活人的待遇要高很多。父亲打了两斤酒,让左子瞻拎着,叫了辆摩托车,将他们送到山脚。

祖父的坟在半山腰,爬上去需要一段时间。父亲走在前面,左子瞻跟着。这些年,父亲总往山上的村子里跑,人老了,腿脚还没老,走山路如履平地,左子瞻很快就跟不上了,被拉开了一段越来越远的距离。等他气喘吁吁抵达坟前时,父亲气定神闲地坐在那里,已经抽完了两根烟。

左子瞻坐下来,歇了一会,让气息渐渐喘平。父亲把祭祀用的物品拿出来,依数量分好,再按着顺序,一样样摆放整齐。左子瞻插不上手,也无需插手,对父亲来说,这工作早已轻车熟路。每月的初一和十五,父亲都会上来一趟,陪陪祖父。这位脾气暴躁的老人生前没什么朋友,去了那边,人生地不熟,比在世时更需要陪伴。因此,除了家里,祖父的安息之地是父亲出现最为频繁的地方。

准备妥当了,父亲开始祭祀。过程并不复杂。小镇上的祭祀很人性化。祭天地神灵,相当严谨,步骤也繁琐,需要水师一类的专业人士加持方可完成;祭祖则随意多了,可繁可简,心意到了就好。在这一点上,阴阳两界并无分别,亲人总归要好说话一些。父亲烧了两刀纸钱,把香烛点上,几缕青烟升腾起来,在坟头盘旋。两挂清明吊一左一右支好,再点燃鞭炮。噼里啪啦的响声里,父亲念段祭词,将天地两界的神灵请出来,再跪下去,伏在地上,拜了三拜,倒三碗酒,举起来,一碗敬天,洒在地上,一碗敬地,又洒在地上,剩下来的那碗就是祖父的了。

"爷老子，出来吧。"敬完天地，父亲朝坟头喊了一声，仪式部分也就结束了。父亲起身，松了口气，将酒碗摆在坟头，盘腿坐下，盯着缭绕在坟前的袅袅青烟，就仿佛那里面有道门似的。父亲说过，事实上，在水师的世界里，阴阳两界，的确有门路相通，只是常人无法看到。这也是为什么水师要修心。世间有太多的障眼法，眼睛看到的，多是假象，大象无形，用心才能看得透彻、看得清楚。比如生死，常人眼中是阴阳永隔，万劫不复。在父亲看来，却只不过是现世的一次轮回——一个人从门里走出来，转一圈，再回到门里去，这道门隔开的，并非生死，而是今生与来世。

学着父亲的样子，左子瞻也将腿盘起来，闭上眼睛，缓缓入定，接着便进入了冥想，脑子里的意念一空，恍惚间，便看见了坟头的那缕青烟往两边散开，一座金碧辉煌的宅子从中闪现出来。"吱呀"一声，院门应声而开。祖父一身华服走了出来，在父亲对面坐下了，端起那碗酒，仰头就喝。

父亲赶紧起身，退到一旁，恭恭敬敬地站着。祖父一连喝了几大口酒，把碗放下来，抹抹嘴巴，发话了：

"你个没卵用的家伙，崽回家了，就忘了爷老子，初一那天你怎么没来！"

"没办法，现在爷老子难当啊，崽可比爷老子值钱。"父亲扭头看左子瞻一眼，又转过脸去，说："你一出来就骂我，到了那边，脾气还这么暴躁，怪不得没伴跟你玩。"

"懒得跟你扯卵淡，反正你脸皮厚，我口水骂光了，你也只当是肥皂泡。"祖父说，"跟你讲正事，徒弟呢，找到没有？"

"徒弟，哪有这么好找？"父亲摇摇头，苦笑一下，说："脑壳灵性点的，都跑到外面赚钱去了，不灵性的，祖师爷又不肯赏饭吃。现在水师这一行也不吃香了，给人看个病还得偷偷摸摸，你这碗水，怕是要断在我手里了。"

"哪个叫你不多养两个崽？"祖父又端起碗来，喝了一大口酒。

"你以为我不想多养啊，政策不允许。"父亲说，"但也比你强吧，你那时没计划生育，不也只养了我一个？"

祖父说："我养出来的是水师，子承父业，你呢？养个崽出来干什么了？"

父亲说："我崽当医生，不比水师好？你看我现在这样子，人不人鬼不鬼的，我都想早一点下来陪你了。"

祖父把脸一沉，说："人还没死，就开始讲鬼话，你再敢乱放狗屁，信不信我两个耳巴子扇死你。"

"你也莫专门拿耳巴子吓我，这辈子你扇得还少啊，讲句老实话，你年轻的时候我都没怕过你，现在老胳膊老腿的，还能有几两力气？"父亲心情不怎么好，没能克制住情绪，跟祖父杠上了。

"娘卖皮的，你还敢顶嘴，这酒我不喝了。"性子还跟活着时一样，祖父突然发火了，猛地起身，手一扬，"当"的一响，连碗带酒飞了出去，碎在地上。左子瞻惊了一跳，从冥想中出来，睁眼一看，这位脾气暴躁的老头已化作一缕青烟，扭了扭，消散在空气里。那座宅子不见了，门也消失了，眼前又是一座凄凉的孤坟。再看父亲，正蹲在坟前，一棵棵拔去上面的杂草。

9

从山上下来，左子瞻看了下表，时间还早，赶下午那趟车绰绰有余。他想走,却走不动了,上山下山一折腾,身上已无半丝力气,只好延后一天。这也许是冥冥之中的报应。二十年来,他还是第一次给祖父上坟,如此不肖子孙,老天也看不过去,因此有必要惩处一下,让他多留些时间。

睡了一晚,翌日醒来,体力有所恢复,但还是没能走成。这一次,是黄业春把他留住了。刚起床,父亲就拿着手机,气喘吁吁地跑上楼来,说有电话,是黄局长打来的,让他赶紧接一下。

左子瞻接过手机,耳边传来一个变了形的声音,黄业春沙哑着嗓子问他:"大医生,回深圳没有?"

"还没回,打算今天走。"左子瞻说。

"没回啊!那就太好了,千万别走,你得留下来救我的命。"

"你神经病啊,讲话没头没脑,什么情况?"

"电话里一句两句讲不清楚,我现在脑壳都大了,总之,你别走,老老实实坐在家里莫动就是,我现在往炉观赶,半个钟头到,最多不超过一个钟头,你千万莫动啊,见了面我再跟你讲。"黄业春结结巴巴,语无伦次。通过电波,左子瞻闻到一股焦灼和惶恐。

"到底怎么回事……"左子瞻问。话没说完,电话已经挂了,手机里响起一阵急促的忙音。

放下电话,左子瞻有点紧张。应该是遇上事了,而且不小。黄业春这人他了解,这位年轻的局长也算是见过世面的人,进过山,扶过贫,抢过险,救过灾,甚至还在高速公路上遭遇过一场车祸,六车连环追尾,肋骨断了四根,一只脚到了鬼门关的边缘,最终没踏进去,四十来岁的年纪,把很多人一生也难以遇到的风浪经历过了,早已处变不惊,若不是遇上难事,绝不会如此慌乱。

左子瞻把手机还给父亲，问道："他跟你讲什么没有？"

父亲说："讲了一通，一句没听清楚，估计是疫情的事。"

"什么疫情？"

"你上网看看就晓得了，"父亲说，"新冠肺炎。"

这名字左子瞻并不陌生，年前就有零星消息，只是没太在意。他是内科医生，病毒见得多了，每年换季，深圳都会有那么几次流感，掀不起风浪，等季节换完，也就悄无声息地过去了。没想到这次不太一样，比他见过的所有病毒都要凶险，才过个年，便发酵一般，蔓延成了疫情。

左子瞻把包拿起来，翻出手机，按开机键，没反应，发现已经没电了。那天收到陶琪的信息之后，就关了机，扔在包里，没拿出来过。没有网络确实清静，但时间长了，终究不行。活在这样一个信息时代，无论智者还是愚者，离开手机和电脑，很快就会被这个世界孤立。左子瞻又把包拿起来，翻出充电器，插上电源，充了五分钟，再开机，信息爆炸一般涌了出来。短信，QQ，今日头条，微信朋友圈，以及各类聊天群里，无一不风声鹤唳。每个人都在用视频、图片、文字，表达着同情、悲痛，或者恐慌。

信息太多，一时半刻消化不了，左子瞻看得有些头晕，后来跳出一张地图，瞬间就让他的思维变清晰了。他迷恋地图是有原因的，除了足不出户了解世界之外，地图能还给他提供一种最直接的观感——这些纷乱如麻的信息，汇集到地图上，立马泾渭分明，一目了然。情况确实严重，大部分省市染上了颜色，从白到棕，层层递进，颜色深浅代表疫情的严重程度。左子瞻依次看下来，到了湖南，只是浅黄，意味着不算严重。再看梅山，没有病例，就松了口气，想不通黄业春为何如此慌张。

半个小时后,黄业春到了。车刚停稳,就拉开车门跳了下来,脸上戴着只黑色口罩,只露出眼睛,就像个蒙面大盗。左子瞻看着就想发笑。黄业春说,你别笑,赶快跟我走,等下有你哭的。边说边拉着他就往外走。

"你急什么,不是还没有病例吗?"左子瞻说。

"你看到的是昨天的数据,今天有了,早上发现一例,还没报上去。"

"就一例,你急成这样?"

"别小看一例,不把它消灭掉,就会有一百例,一万例,这东西的传染性蛮强,比你想象的还要可怕。"

"那也不用紧张成这样。"

"你平头百姓一个,天天坐在家里,当然不紧张了,你来当两天局长试试?在办公室里坐五分钟,保证你会疯掉。"黄业春一边说话,一边擦额头上的汗水。

"先进屋喝口水。"左子瞻说。

"不进去了,时间紧任务急,你先跟我走。"黄业春看了看表,把口罩摘下来,点支烟,狠狠吸了两口。

"这事你找我没用,得找专家。"

"废什么话,现在全民抗疫,有经验的医生都支援疫区去了,就连业务能力强一点的护士也没留下几个,我手里用得着的,不是行政就是后勤,你让我上哪儿找专家去?现在你就是梅山最大的专家。"

"我算什么专家,就一普通内科医生。"左子瞻说。

"你少啰里吧嗦,我没时间跟你在这里扯卵淡,赶紧给我上车。"黄业春拉开车门,做了个请的姿势。

左子瞻站着没动。这事确实让他有点为难。不去吧,有点说不过去,老同学的面子姑且放在一边,身为医者,治病救人是天职,这一点,他入职前,曾经庄严地宣过誓。去吧,又帮不上什么忙。隔行如隔山,这点自知之明他还是有的。从医十几年,在传染病方面他并无经验,也没有应对急诊的能力,治好了是运气,治不好,那就有可能背负医疗责任。几相权衡,左子瞻决定,还是不去为好。正想摊牌,父亲不知从哪里冒了出来,对黄业春说:"我去吧。"

"什么就你去?你凭什么去,就凭那一碗水?"左子瞻斜父亲一眼。

这话就像把刀子,一下子扎在父亲心上,晃了晃,父亲的脸瞬间黑下来,转身就往院子里走,想把那股怒火带走。但终究没能忍住,走了几步,父亲突然停下,猛地转过身来,指着左子瞻,厉声说道:"你他娘的,老子忍你很久了。一碗水怎么了?治好过的人未必就比你少。一饭之恩,尚当涌泉相报,你这个忘恩负义的家伙,左家几代都是一碗水喂大的,你可以嫌弃老子,但你没有资格嫌弃一碗水。"

父亲越说越激动,言语也越来越粗鲁,但字字是理。左子瞻被镇住了。父亲是修心之人,性子和善,如此大动肝火,还是头一次见到。黄业春也有点蒙,但毕竟是官场中人,什么时候都八面玲珑,见情况不妙,赶紧打圆场:"叔,您消消气,他话讲得不对,但心是好的。这事你还真得听他的,你那碗水化得再神,我也不敢让你去,政府三令五申禁止,我哪敢违规啊,弄不好是要坐牢的。"

"你少吓唬我,给人治病也有罪?我头一回听这种歪理,再说了,我也不怕坐牢,六十多岁的人了,土埋到脖子,哪天说报销就报销,死都不怕,坐牢我怕个卵。"父亲点了支烟,叼在嘴里,大口抽着。

"叔,你不怕,我怕啊。"黄业春指了指头上,说:"这里戴着帽子呢,这年头局长不好当啊,得处处小心,弄不好连官带脸一起丢。"

父亲不说话了,嘴唇抖了抖,一截烟灰落下来掉到地上。左子瞻心里又是一阵不屑。父亲好不容易硬气一回,在黄业春的官职和前程面前,立马又服软了。这一点,父亲远不如祖父。同为水师,祖父大碗喝酒,大块吃肉,虽然最终栽在职业上,却终究活了个痛快;而父亲谨言慎行,循规蹈矩,活得越来越卑微。在左子瞻看来,父亲继承了祖父的一碗水,却没有继承祖父的风骨。

"别跟他啰唆了,我跟你去,行了吧,赶紧走。"左子瞻拉开车门,坐了进去。

"叔,那我们走了,下回来炉观,我请您喝酒。"黄业春打声招呼,也上了车,钥匙按下去,打着火,油门一踩,车子驶出老街。

左子瞻系好安全带,把坐椅调到一个舒服的角度,往后靠着,目光移到后视镜上。一个被光学扭曲了的父亲袖着双手,站在镜中,就像个被抛弃的物件。车子加速,父亲缓缓退去,缩小成一个孤单、瘦弱的黑影。突然后视镜一晃,车子拐个弯,父亲随之一颤,消失在拐弯的瞬间。

10

隔离区在老县政府，一栋红色苏式建筑，旁边有座明代书院，是省级不可移动文物。作为文物的邻居，县政府搬走之后，这栋苏式建筑也一并保护下来，一直闲置，现在又利用上了。左子瞻有些惊讶，以前只知道深圳速度，总觉得深圳之外的地方，节奏都是慢的。其实不然，梅山人的办事效率也很高。年前他经过这里时，楼还空着，现在摇身一变，已成为一家应急医院。

门口有座岗亭，两名穿防护服的保安，像两个宇航员那样，警惕地站在门口。见黄业春过来，赶紧挺胸收腹，笨拙地抬起手来行礼，说黄局长好。黄业春上前慰问了几句，说这段时间大家都辛苦了，要注意轮班休息。然后拿出手机，往里面打了个电话。过了一会，一名全副武装的工作人员出来，手里拿着两套防护服。黄业春接过来，给左子瞻一套，另一套自己拿着。

"你也进去？"左子瞻问。

"废话，把你叫来，我能让你一个人战斗吗？"

"你又不是医生，进去也帮不上忙。"

"好歹也是护理专业毕业，又管了这么多年的医生，没吃过猪肉，我还没见过猪走路？扎针就比你强。"黄业春说。

左子瞻感到一股暖意。有老同学陪着，心里确实要踏实些。他想起上次聚会，那几位久别重逢的同学，或多或少让他有些别扭，唯有黄业春，不仅让他一如既往地感到舒服，同时也让在场的每一个人都舒舒服服。这位老同学当年成绩不怎么样，只上了个专科，却能在四十来岁就当上局长，绝非运气，单就这份通晓世道人情的本事，便是很多人一辈子也学不来的。

换好防护服，黄业春让工作人员带路，进了大院。苏式楼的前门已经封起来了，只能从侧门进入。高考那年，左子瞻曾经来过，办户口迁移，在里面打了个转。二十年过去，样子没变，一条走廊两边，挂着两排办公室。各个部门的牌子还在，只是当年的人气没有了。走廊层层封锁，由几道玻璃门隔开，每进一道，就得消毒一次，有种穿越火线的味道。三次消毒之后，才到了病房。

患者正在睡觉，一看就知道是奔波在外的人，即使睡着了，脸上也挂着一种漂泊者才有的疲态以及警惕。梅山是块神奇的土地，虽偏居一隅，然而在几千年的历史长河中，却从未缺席过，且时有神来之笔。明清时期，梅山人撑着毛板船出资江，入洞庭，走长江，闯汉口码头，创下了资江航运史上的一段传奇。到了二十一世纪，梅山的文印产业又异军突起，席卷全国。无论你走到哪座城市，只要看到街上有打字复印店，走进去一问，老板十有八九是梅山人。

患者便是文印大军中的一员，在疫区的一所大学旁边，开了家打字复印店。小本生意，看上去很不起眼，全部资产加起来，就是一间门面、几台文印机器。可只要开上十年八年，随便都是三两百万的身价。有钱自然惜命，听到封城的消息，就慌了，半夜里爬起来，东躲西藏地跑了十几里小路出城，在路边拦辆摩托车，高价买下来，又弄了桶汽油绑在后座，骑着就上了高速，一路往南，到了梅山，出收费站被截住，查出阳性，就送到这里隔离起来了。性子相当狂躁，进来就开始闹，说病房条件太差，这也不好那也不好，要求提了一大堆。硬件问题一一解决之后，又要求给他找最好的医生，最少也得在省一级的医院干过。这就难了，全民抗疫时期，有经验的医生都去了疫区，别说省一级，市一级的也没有。黄业春打了无数个电话，好不容易才找了两位退休的老医生过来，根本就不满他的意，说不相信本地医生，在梅山这小地方混，能有多大本事？本来症状不重，急火攻心，又不肯配合治疗，几个小时之后就开始转重。情急之下，黄业春想到了左子瞻，深圳来的医生，够级别了，这才把他拉了过来。

"梅山人都这样，认为外来的和尚会念经。"黄业春说。

"这经我也念不下去啊。"左子瞻说，压力一下子就来了。对这种陌生的病毒，他了解的并不比那两位老医生多，也不适应这样的出诊方式。十几年临床经验，基本都是坐在电脑面前，通过仪器来问诊。无论伤风感冒，还是咳嗽发烧，先来个血常规，再来个尿检，严重一点的就做个CT。然后根据一堆数据，作出诊断，就像用公式解一道数学题。这是西医的优势，严谨，精确。同时也是劣势，一旦离开仪器，他就彻底失去判断能力，连一张处方也开不出来。

过了一会，患者醒了，问左子瞻，你是哪里来的医生？左子瞻说，深圳。患者要了证件看过，稍稍安心了些，说深圳来的，应该有点本事。然后配合着量了体温，测了血氧。左子瞻看了下，除体温偏高，其他还算正常。又用听诊器听了下呼吸，有点混浊，却也没有想象的那么严重，算是轻症。

问诊完毕，患者突然问他，你说这病会不会死人？左子瞻想也没想，如实回答，说这个我也不能确定，什么病都有可能死人的。这话一出口，就像根棍子，一下子捅到马蜂窝上。患者立马狂躁起来，先骂左子瞻，说他根本就不是什么深圳来的医生，就是个江湖骗子。接着又骂黄业春，说他不负责任，随便找个人来，草菅人命，遇到这样的昏官，自己一定是没救了，还治个卵。说着一把扯掉氧气罩，跳下床，把脑袋咚咚咚地往墙上撞。

黄业春眼疾手快，一个箭步冲过去，一把抱住。左子瞻也赶紧上前，两人合力将这个家伙制住。毕竟生着病，患者挣扎几下，就体力不支，昏迷过去。左子瞻捡起氧气罩，帮他套好，等呼吸稳住，再搬到床上。黄业春打了个电话，叫保安拿了几根绳索进来，五花大绑地将病人固定在了床上。

"你是个猪脑壳吧，好听的话不会讲两句？"黄业春有点上火。本以为把左子瞻叫来，能解决麻烦，没想到来了之后，反倒添乱。患者原本只是有点难缠，被左子瞻言语上的无心之失一刺激，彻底疯了。

过了一会，患者又醒过来，看到左子瞻就骂，一边骂一边挣扎，想把身上的绳索挣开。黄业春二话不说，拿了支镇静剂出来，"当"地一声敲掉瓶盖，吸进注射器里，转过身来，抓过患者的手臂，隔着衣服就扎在了胳膊上。毕竟是护理专业毕业，当年的底子还在，针扎得又快又准，一管药剂转眼间就推了进去。患者骂骂咧咧，闹了一阵子，扛不住了，脑袋一歪，又睡了过去。

"妈的，可能是中邪了。"黄业春说，"要不，还是让你爷老子来试试？"

"神神鬼鬼那套，你也相信？"左子瞻说。

"这里是梅山，不是深圳。"黄业春说，"在梅山你还真得信信邪。"

说完拿出手机，找到电话号码，拨了过去。左子瞻没有阻止，面对陌生病毒，以及如此狂躁的患者，他束手无策。除了让父亲来，实在想不到其他更好的办法。自古以来，梅山就是块由神灵主宰的土地。在梅山人眼中，一棵树、一块石头、一株花草，甚至一砖一瓦，都有可能被当成神灵来信仰，而水师就是这些神灵的引路人。左子瞻是无神论者，不信这些。可不知为何，黄业春拨通电话之后，父亲那个带着烟嗓的声音从话筒里传来时，他瞬间就安定了许多。

11

父亲到了。保安打电话进来，说门口有个老头，从炉观赶来的，急着要找黄局长，要不要放他进来。"放，当然放，赶紧放进来。"黄业春说，又叮嘱保安，对人千万要客气点。放下电话，还觉得不够隆重，便让左子瞻留在病房看守，随时注意患者的情况，自己跑出去亲自迎接。

过了一会，门被推开。黄业春进来。然后是父亲，拎着只包，慢慢腾腾地进了病房，目光从护目镜里穿出来，与左子瞻碰了一下，又迅速移开。父亲也穿上了防护服，脸罩在头盔里，看不到表情。但左子瞻能感受到一种亢奋和激动，穿透防护服，源源不断地从父亲内心散发出来——那是一种被冷落已久之后，又重新得到重视的激动。父亲比他矮半头，加上清瘦，体形小了一圈，套在宽大的防护服里，看上去十分滑稽。左子瞻心里又是一阵翻涌。父亲就像根刺，很不舒服地扎在他视线里。

"要你来，你还真来了。"左子瞻说。

父亲没搭话，围着病房转了一圈，四下看了看，对黄业春说："先把绳子解开，这不像话，他是病人，不是劳改犯。"

"叔，这家伙疯了，不绑住我担心他会跳起来咬人。"黄业春说。

"没那么严重，狗才咬人。"父亲把手里的包放下来，让黄业春不要慌，放轻松点。"瘟疫而已，没什么可紧张的。"父亲说，"往前倒退个三五十年，每年都有那么几次。现在条件好了，太平盛世，国泰民安，普天之下风朗气清，正气盖过邪气，瘟疫自然也就很难再见到了，你们这一代人是少见多怪。"

"叔，您来了，我就不慌了。"黄业春把绳子解开了。过了一会，患者醒来，依然是一副癫狂状态，眼睛睁开就大嚷大叫。黄业春条件反射似的拿起绳子，扑到床边，又想将他绑住。父亲抢先一步，夺下绳子扔在一边，说你绑住了人，还能绑得住他的嘴？说着举起胳膊，对患者作了个下压的手势。说来也怪，这个看似平淡无奇的动作，却似乎有种神奇的魔力，瞬间就将这个激动的家伙安抚住了。患者不再激动，平静下来，盯着父亲，看了看，开口问道："又换人了？你是哪来的医生？"

父亲摇摇头，说我不是医生，是水师。

"水师啊，水师好，肯定比那几个狗屁医生要靠谱。"患者两眼一亮，从床上坐起来，说："大爷，不知为什么，一听你讲话我就觉得安心，我信你，你得老实告诉我，得这个病会不会死？"

"死条卵，你这年纪的后生，阎王老子见了也只会躲着走。手拿出来，我帮你看看。"父亲说。简短有力的几句话，就像阵阵清风，让人觉得十分舒适。患者捋起衣袖，乖乖地把手交了出来。

"这就对了。"父亲脱去手套，两指并拢，轻轻搭了上去。这一瞬间，父亲就像变了个人似的，防护服不合身带来的滑稽感，突然就没有了。父亲稳稳地坐在那里，感受着从指间传来的脉搏。那根扎在左子瞻眼里的刺，也没有了。父亲摇身一变，成为一束暖光，将患者心里的恐慌以及左子瞻对父亲的排斥照散。从医十几年，一直以来，左子瞻都不相信中医，总觉得这门起源于民间的医学不够系统，也不够清晰，缺乏有力的科学论证和支撑。但不知为何，这一刻，他相信了父亲。也许是血脉相连，父子同心。当父亲伸手搭上患者的手腕时，左子瞻也隐隐感觉到，此刻的父亲，正在通过对脉搏的感应，与患者之间建立一条通道。通过这条通道，父亲无需仪器，也无需数据，仅凭意念和感知，便可以准确地破译患者身体里的密码。

搭了一会，父亲把手收回来。"脉象还算平稳。"父亲说，让患者张开嘴巴，亮出舌苔，打开手电将一束光照进嘴巴里，看了看，又把两个眼皮翻开，也看了看。接着问了些问题，比如：这几天胃口如何？是否容易犯困？哪里疼痛？等等。患者一一回答。问过一遍之后，诊断就算是完成了。

"问题不大。"父亲松口气，从包里拿出纸笔，铺在桌上，开始写方子：麻黄9克，炙甘草6克，杏仁9克，生石膏20克，桂枝9克，泽泻9克，猪苓9克，白术9克，茯苓15克，柴胡16克，黄芩9克，姜半夏9克，生姜9克，紫菀9克，冬花9克，射干9克，细辛6克，山药12克，枳实6克，陈皮6克，藿香9克。跟那些鬼画符似的处方不一样，父亲的字写得工工整整，二十几味药分成三列，齐齐整整地排列下来，让人一目了然。开好后，父亲撕下方子，交给黄业春，让他找人去药店抓药。

"这就完了？"黄业春有些诧异。

"完了。"父亲抬起手，想擦汗，被防护服挡住了，没擦着，只好习惯性地在面具上摸了一把。

"叔，你不化碗水吗？"

"穿成这样，怎么化水？"父亲指指身上的防护服。"再说了，小病小痛的，也用不着惊动祖师爷，莫把一碗水看轻了。"

父亲说的是实话，身为水师，大多数时候，父亲给人看病，只开药方，并不轻易化水。对水师来说，化水不仅是仪式，更是这一职业的命门。水师一生的修为，都在一碗水里，从着装到道具、从时辰到所用咒语，都须一丝不苟。道袍当然是不可或缺的，这也是一种十分神奇的服饰，无论父亲状态如何，只要道袍穿到身上，整个人立刻变得飘逸起来。化水时，宽大的衣袖挥起，行云流水般从碗口拂过，再看时，父亲已脱去凡俗之气，披上了属于梅山水师的那层神秘光环。父亲说过，水师不可示人的秘密，就藏于衣袖之中，这是水师的看家本领，是绝不可让人看破的，一旦看破，也就不值钱了。因此，对一碗水的使用，父亲格外谨慎。

接下来的几天，父亲一直没有化水，每天只是例行公事，望闻问切一番之后，便胸有成竹地开出一张方子。所用药材大致相同，偶尔添减一两味，或者改动某几味药的剂量。闲着的时候，父亲就与患者拉拉家常，聊些与中医相关的事，说人的身体就像个战场，正邪两道气互相攻伐，此消彼长，两者的平衡决定身体是否健康。一个人若是心平气和，自然百病不侵，而喜怒无常的人，却容易郁郁成疾。三分药治，七分心治，是父亲的一贯主张。以前左子瞻很不屑，觉得这种说法偏于唯心。通过与父亲这段时间的朝夕相处，左子瞻开始认可父亲，从父亲身上，他看到的并不是医术，而是医者之道。

当然，父亲的医术是毋庸置疑的。看似草率，却从无误诊。这次同样如此。在父亲的诊治之下，患者好得很快，咳嗽止住了，体温降下来了，思维也清晰了，不再焦躁易怒，也不胡说八道，几天之后，所有症状已经消失。父亲觉得差不多了，便让工作人员取样，做核酸检测。结果出来，如父亲所料，转阴，可以出院了。父亲把检验报告递给患者，拍拍他的肩膀，说，好了。

"这就好了？"患者从床上起来，接过报告，看一眼，确认结果无误之后，便揉成一团，随手就扔在了垃圾桶里，说："三下五去二就搞定的事，你们弄这么大阵仗出来，害我以为得的是什么绝症，吓都被你们吓死了。"说罢拿出手机，打了几个电话，跟家人和亲友报过平安，就被工作人员带着，到隔离区去了，连谢字也没留下一个，人走出很远了，抱怨声还在走廊里回荡。

黄业春有点恼火，说这他妈什么人啊，白眼狼一只，这么多人围着他一个人转，没有功劳也有苦劳啊，尤其是我叔，这把年纪了，还整天把他当爹娘伺候着，救条狗都知道摇两下尾巴，他却不知道感谢一声。

"很正常，莫说是病人，正常人又何尝不是如此？"父亲淡淡一笑，说："这世道，记仇的人多，知道感恩的人少之又少。再说了，我是水师，治病消灾，天经地义，就跟爹娘养崽一个道理，是义务，并不是什么恩情。"

"叔，您倒是看得开，这恩别人不记，我记下了，这次您真是帮了我的大忙，我都想跪下来给您磕一个了。"黄业春说。

"扯卵淡，男人的脑壳是拿来顶天的，哪能随便就往地上磕？"父亲说，"你要是真想谢我，倒可以帮我一个忙。"

"什么忙，您尽管说。"

父亲看看左子瞻，话到嘴边，又停住。在儿子面前，父亲终究有些矜持。

左子瞻知道父亲想说什么。开诊所这件事，他已经不再反对，甚至希望黄业春能帮上忙。这相当于他认可了父亲。当然，这种认可与血缘无关，而是来自于一名医者对另一名医者的认知与尊重。

果然，过了一阵子，父亲开口了，说的就是开诊所的事。这一次，父亲满怀希望，以为帮了黄业春的忙，一报还一报，现在他求点事，自然也该水到渠成。

"叔，一码归一码，诊所的事，我还是那句话，不是我不帮您这个忙，是帮不上，您这条件，不符合啊。没办法，人情是人情，规定是规定，违法乱纪的事，我这一辈子是绝不会干的。"黄业春的回答十分决绝。这也在左子瞻意料之中。对这位老同学，他还是了解的，没有过硬的文凭，也没有专业上的优势，更无任何背景，年纪轻轻就能当上局长，凭的就是清廉和公正。

黄业春看看父亲，又看看左子瞻，说："叔，你要是霸蛮想把诊所开起来，我也可以给您指条门路。"

"什么门路？"父亲问。

"这事您找我，不如找你崽，只要他这个大医生能留在梅山，别说是开诊所，开私人医院我也想办法给你搞下来。"黄业春就像扔包袱似的，把麻烦一下子就扔到了左子瞻面前，同时也让父亲的希望以一种体面的方式落空。左子瞻留梅山这事，大学毕业那年，父亲就已经有答案了。

左子瞻以为父亲会失望。出乎意料的是，父亲一点失望的表情也没有，只呵呵一笑，说："都当局长了，还尽扯卵淡。"又看了看左子瞻，苦笑一下，说："他哪里是我崽啊，他就是我爷。"

12

然后是隔离，日子不算难过，每天刷刷新闻，时间就飞快地溜走。在这样一个与世隔绝的环境里，左子瞻越发觉得手机不可或缺，所有的门窗关上之后，一块小小的屏幕，依然能够连通整个世界。微信朋友圈里，关于疫情的内容逐日减少，就像一条抛物线，经过拐点之后，便开始回落。抛物线的形状也让左子瞻想起物理学上的势能，这次疫情能够控制住，确实有股牵引般的力量在后面支撑——强大的动员能力、科学的防控机制，以及全民良好的防控意识，建立起一道坚实的屏障，将来势汹汹的病毒阻挡住了。左子瞻不再为疫情感到不安，真正让他感到不安的，是父亲。

父亲的房间就在旁边，一墙之隔，左子瞻却觉得父亲离自己从未如此遥远过。墙那边一直悄无声息，很显然，这两周里，父亲没做过早课，对于一名水师来说，这是无法想象的。父亲常说，一日功，一日练，一日不练十日空，十日不练门外汉，百日不练，一生所学也就交还给祖师爷了。左子瞻想不明白，一生忠于职业、勤勤勉勉的父亲，为何会终止早课，变得如此懈怠。

两周之后，隔离结束。左子瞻早早醒来，窗外天高云淡，是个阳光朗照的日子。手机在床头嗡嗡振动着，拿起来扫一眼，是陶琪发来的信息。点开看，有点出乎意料，信息里只字未提离婚，说的是这次新冠疫情，让她打消了移民的念头，还是祖国好，安全。然后叮嘱他，要做好防护措施。寥寥数语，瞬间就化解了左子瞻对她的怨气。疫情造成了动荡，却也催发出人性中最真实的一面，很明显,这个站在离婚边缘的女人,是在向他释放回头的信号。当然,他不可能回头,对他来说,离婚和结婚一样,都是深思熟虑之后的决定。但无论如何,这样的信号让他这些天的阴郁一扫而光,心里豁然开朗。心情一好,一切都变得顺眼起来,看什么都觉得好。反之亦然。这段时间,他一直想不明白,为什么在父亲面前容易动怒,现在总算是找到了根源。

左子瞻回了个笑脸过去,想了想,又补上一条语音:"谢谢,离婚协议书签好了,在床头柜里。"然后按下发送键,发了过去。刚放下手机,就听到黄业春的声音,和一阵仓促的脚步声一起,从走廊里穿过来。接着人就到了,撞进门来,一副十万火急的样子,一边看表一边说时间紧任务急,他得马上赶回市里去复命,早饭就不一起吃了。

"他呢?"左子瞻指指隔壁。

"老头子啊?早走了。"黄业春说,"人老了没什么瞌睡,五点钟不到就拍我房门,叫司机送回炉观去了,要不要给你安排车?"

"不用,你走你的。"左子瞻说,"我自己打车。"

黄业春也不客气,又看了看表,说自己打车再好不过,老同学之间,就不玩虚情假意那套了,确实是没时间。说完立马转身,逃也似的匆匆走了。

从老县政府出来,左子瞻在路边打辆车,回到炉观。跟梅城比,小镇要平静许多,街上来来往往的人,连口罩都不见一个。这也是小镇历来的样子,永远风平浪静的,外面动荡再大,也影响不到小镇人的生活。以前左子瞻觉得小镇人麻木,不思进取,现在他不这么看了。与世无争的生活,未必就有什么不好,小镇人身上拥有的,是一种他在深圳永远也活不出来的从容。

跟往常一样,母亲站在门口,目光就像两根绳子,从左子瞻进入老街的那一刻起,就远远地拴了过来。直到左子瞻进了院子,母亲才笑了笑,把目光从他身上解开。进到屋里,左子瞻坐下来。父亲坐在桌前,也不看他,只顾着低头吃饭。母亲进厨房装了碗饭出来,递到桌上。左子瞻接过碗筷,说:"诊所的事……"

父亲头也不抬,手里的筷子扬了扬,说:"赶紧吃饭,菜要凉了。"

左子瞻把后半截话吞了回去,低下头来,吃饭。

很快就吃完了。父亲起身,放下碗筷。左子瞻也放下碗筷。父亲掏了根烟出来,点上就抽。

左子瞻看了看父亲,说:"给我也来一根。"

父亲说:"不是戒了吗?"

左子瞻说:"又想抽了。"

"戒都戒了,还抽个卵。"父亲一边说,一边把烟掏出来,连同火机一起,递到左子瞻手里。左子瞻拿出一根,点上火,抽了几口,头晕得厉害,就把剩下的半截摁熄了。

"要你莫抽,非要浪费根烟。"父亲看了看他的脸色,说:"还没好?"

左子瞻说:"反反复复的,好一阵坏一阵。"

父亲说:"早跟你讲了,病不能拖。"

左子瞻说:"没拖,一直吃着药,去不了根,要不,你给我化碗水吧。"

父亲愣了愣,说:"扯什么卵淡,你不是不信?"

左子瞻说:"现在信了。"

父亲又是一愣,叼在嘴里的烟抖了抖,目光里闪烁出一种异样的光亮来。这个突如其来的要求,让父亲感到诧异的同时,更多的是惊喜。从父亲的目光里,左子瞻捕捉到一丝从未有过的欣慰。

父亲把烟摁熄,进了房间。再出来时,道袍已经穿在身上了。手里依然是那几样简单的道具——一块红布,一只碗,一壶清水,一串铜铃,看起来有点穷酸,但左子瞻知道,在过去,这就是父亲赖以为生的家当。水师的奇妙之处,便是能够以这几样简单道具,来构建一个让梅山人信服的世界。

化水之前,照例先望闻问切一番。探探脉象,摸摸经络,大致的状况便了然于胸了,父亲将红布展开,抖了两抖,在桌上铺好。再把铜铃拿出来,举过头顶,左三下右三下,上三下下三下,叮叮当当地把祖师爷张五郎请了出来。这一次,父亲化的是碗消脘止煞水,咒语是:

一点乾坤大,横担日月长。

包罗天地转,神煞尽消藏。

天煞归天,地煞归地。

五方龙神,各安方位。

一洒一净,二洒二净。

三洒人长生,四洒诸邪净没。

五洒内净,肃灵清净。

父亲的声音空灵婉转,一字一句,清清楚楚地落在院子里,由耳入心,左子瞻感到一道清流缓缓注入体内。突然间,铜铃又是一响,咒语声止。父亲衣袖一拂,又是一拂,到第三拂的时候,手腕颤了颤，那一连串的动作就像链条脱节了似的，出现了片刻的松动和停顿。只是那么一瞬间的定格，左子瞻便看清了父亲的秘密——一丝药粉从袖中撒了出来，偏离碗口，掉在桌面，形成一个不规则的图案，就像个惊叹号。再看父亲，已是面如土色，如同石化了似的，定在那里，茫然不知所措。父亲作为水师的自信，在一次细小的失误面前，就像雪崩似的瓦解掉了。

愣了半晌，父亲才回过神来，把两只手举到眼前，看了看，喟然一声长叹，就像鸟儿坠落时发出的悲鸣："唉……老了，没卵用了。"说罢，连桌面也未收拾，就踉跄着进到屋里去了。

左子瞻把桌子收拾好，拿过那碗水，喝下了。没什么特别，一股山泉的味道，夹杂着中草药的甘苦。放下碗，想进屋去看看父亲，突然一阵倦意袭来，只好上楼，倒在床上，衣服来不及脱就睡着了。

梦跟着就来，恍惚中，他听到一阵噼里咔嚓的响声。下楼到后院里一看，父亲操着一把斧子，将桌子劈成了数块。然后拿了桶油，浇在上面，点上火，院子里顿时火光四起，将父亲的脸映得通红。这张陪伴了父亲一生的桌子，转眼间化为灰烬。等火光熄灭，父亲又从包里拿出那只碗，举了起来。

左子瞻喊了一声："不要！"

父亲转过脸，看着他。

左子瞻说："你真想开诊所，我留下来。"

父亲说："扯卵淡，世上只有爷顾崽，哪有崽顾爷的。"

父亲没再让他说话，手一扬，碗摔到了地上。"咣当"一响，十分震撼。瓷碗碎开的瞬间，脚下抖了抖，就如同一场地震。猛地醒来，左子瞻睁眼一看，视线里一片空茫。那声巨大的声响，从梦境里蔓延过来，在耳边隐隐回荡。左子瞻下了床，脚一沾地，便感到一种踏实和轻松，被感冒夺走的力气又回到身上来了。毫无疑问，父亲失败的那碗水，起到了药到病除的作用。

左子瞻赶紧下楼，到后院一看，跟梦境大致重合——做早课的桌子不见了，偌大的院子里，突兀地空出一块来，造成一种奇怪的陌生感。再进到屋里，不见父亲。母亲比画着告诉他，去梅城了。

左子瞻瞬间意识到了什么，脑子里闪过那座古塔的样子。对水师来说，北塔就如同一座圣殿。多年以前，父亲便是在北塔面前，通过庄严的仪式，从祖父手里接过那只碗，成为一名水师。父亲接下碗的同时，也接下了一份责任——作为水师，悬壶济世之外，还必须让手里的碗传承下去。若是传不下去，就得交还给祖师爷。

"我出去一趟。"左子瞻跟母亲打声招呼，拔腿就往外跑。到了马路边，一辆出租车及时开过来。

"搭车吗？回头的士，便宜。"车窗摇下来，晃出一张脸，全是笑意。左子瞻觉得有些熟悉，似乎在哪见过，一时又想不起来。他拉开车门，上了车。

"去哪里？"司机问。

"梅城。"左子瞻说，系紧安全带，让司机开快点。

"大哥，安全第一啊，我开的是的士，不是飞机。"司机看他一眼，松掉手刹，有条不紊地挂挡，踩油门。车子不紧不慢地离开小镇，拐上高速。往前开了一段，司机又问："到梅城哪里？"

"北塔。"左子瞻说。

司机转过脸来，看了看他，突然一拍脑门，说："哥，我记起来了，我认识你，年前坐过我的车。"

"是你啊,我想起来了。"左子瞻说,"你婆娘是炉观的。"

"早跟你讲过的,我们是半个亲戚,这就叫缘分啊,哥,坐稳了。"司机说着,脚底下加了把劲,油门一催,车子陡然加速,飞快地跑了起来。

一

小镇麒麟

1

见师父那天，我起得很早，天色尚未亮透，就被一双大手从被窝里拎了出来，睁眼便看到父亲站在床前，一脸的严肃。父亲郑重地叮嘱我，出门在外，不比在家里，以后要养成早起的习惯了。说完他将我的衣服扔到床头。"赶紧穿上起床。"父亲说，然后转身出了房间。我看了看窗外，小镇还在沉睡，浅灰色的天幕上，点缀着几颗稀疏的星子。父亲的脚步声穿过堂屋，拐进了后面的小院，混入一片忙碌的叮当声中。我听出来了，母亲已经在厨房里准备早餐了。

那年我十五岁，在此之前，我从未离开过家，尽管这次要去的地方并不远，就在邻近的小镇，但对我来说，也算是人生中的第一次远行了，因此多少有点庄重。我穿上了那件赭色的皮夹克，是我伯父从香港寄来的，那边的衣服真是好，穿在身上，站在镜子面前，自信心立马上来了，就仿佛整个人突然长高了一截。

我从未见过伯父，但在我心里，他是个风云人物。多年前，为了逃避饥荒，伯父带着我父亲，打算从罗湖偷渡到香港。一路上，他唠唠叨叨地叮嘱我父亲，过河时千万不要回头。父亲嘴上应承着，心里却不胜其烦，认为我伯父实在太过啰唆。但是没过多久，父亲就明白了这句话的含义。下水之后，父亲没能忍住，回头往身后望了一眼，只是那么一眼，就决定了他和伯父迥然不同的命运。父亲在回头的瞬间，被身后的故乡死死拉住，无论如何游不动了。伯父没有回头，意志坚定地游了过去。兄弟俩自此天各一方。此后的很长一段时间，伯父杳无音讯，就仿佛人间蒸发了似的，我父亲以为他早已不在人世。

我这么说也许你很难理解，香港与深圳，不就是一河之隔吗？那是现在。但在那个年代，这两地尽管近在咫尺，却遥如两个天体。我上小学那年，有位伟人在深圳画了个圈，这座城市的命运开始改变，改革开放开始了，伯父突然间又有了音讯，寄了封书信过来。父亲非常激动，捧着信件时，两手不停地抖，就仿佛在打开信件的瞬间，他已经将伯父抓在了手里。看完信后，父亲难以自控，"哇"地一声就哭了出来。伯父当然更加激动，长久的亲情缺失，使他就像饥饿者渴望面包那样，迫切地渴望来自于彼岸的亲情。自那天以后，伯父的信件就像雪花一样，频频飘到我家里，而阅读来自香港的信件，也成了我父亲生活中最重要的事情之一。

转眼间，我读到了初中，我慢慢接受了那个未曾谋面的伯父，他从一个抽象的称呼，变成了我们家中一个具体的存在。而伯父也经常会寄些衣物和钱回来，以保持与我们家的血缘关系。我难以理解的是，他为何不回来。那时改革开放已经有些年头了，深圳的大门，已向全世界敞开。这个昔日的渔村摇身一变，成为一座让全世界瞩目的城市。就连我们这座小镇上，也越来越多地出现了台商和港商的身影。他们讲着港台腔的普通话，将大把的钱，投向这片南方的热土。我当然也希望伯父像那些港商一样，衣锦还乡。这个充满传奇色彩的人物，在香港的几十年里，一定功成名就，因为他每寄回一笔钱，都够我父亲兴奋上一阵子。这也决定了他在家中的地位，就仿佛那些钱物，无形之中变成了一种权威，在我们头上笼罩着。

我学麒麟舞，就是伯父的意思，但究其根源，还得归结于我祖父。我祖父是位著名的麒麟舞师傅，年轻时，手底下有两套班子，浩浩荡荡的几十号人马，在我们这座叫观澜的小镇上，曾经风光无限。二十世纪六十年代，麒麟舞在小镇上突然消失了，祖父的班子也自此解散。祖父成为一个落魄的民间艺人。等麒麟舞再度出现在小镇人的生活里时，祖父已年老力衰了，他的那些徒弟，早已另择门路，不愿再去重拾这项传统的技艺。我伯父和父亲，都只在童年时期学了点皮毛，不足以继承衣钵。因此，在观澜镇，祖父的麒麟舞班子算是彻底失传了。祖父不得不抱憾终生，离世后，将一个麒麟头和一身的技艺，带入了坟墓之中。前些日子，伯父来信告诉父亲，说他做了个梦，梦见我祖父抱着一个麒麟头，从坟墓里爬了出来，这个已经逝去多年的老人，语重心长地嘱咐伯父，无论如何要在家族中找个人出来，继承他的衣钵。

我不知伯父所言是否属实，但有一点可以肯定，他的南柯一梦，决定了我的命运。祖父不在了，按照家族规矩，长兄为父，对伯父的意思，我父亲是不会违背的，再加上伯父源源不断地往家里寄钱，他就更加具有了说一不二的权力。那年我初中毕业后，拿回一张糟糕的成绩单，父亲不怒反喜，眼睛里放射出一种如释重负的光芒。我立马就知道，继承祖父衣钵的责任，已经落在我身上了。父亲略带歉意地告诉我，他不是不想让我读书，而是以我的成绩来看，继续读下去也没什么希望了，还不如去学麒麟舞，好歹落个一技在身。其实父亲完全不必多此一举，我压根就不喜欢读书，学麒麟舞，反倒是有几分兴趣。

对于麒麟舞，我其实是不陌生的，逢年过节，或者哪家有红白喜事，村子里的麒麟舞队总是要出来舞上一番的。主人在屋前腾出一块空地，一对色彩斑斓的麒麟摇头摆尾地走过来，欢快登场。有时也会是两对，甚至更多。紧接着，锣鼓声起，麒麟腾挪跳跃，忽而翻滚，忽而直立，忽而争相斗技，让旁边的观众连连喝彩。俗话说，内行看门道，外行看热闹，我父亲毕竟受过祖父的熏陶，从小耳濡目染，这种在我们眼中无比精彩的麒麟舞，在父亲看来，却只是江湖杂耍。父亲认为，自从我祖父的班子解散之后，我们这座小镇上，就没有正宗的麒麟舞了。祖父师承于大船坑的谢氏家族，从小我就听父亲说过，那是一个远近闻名的麒麟世家。

大船坑是个村子，在一座叫大浪的小镇上，与我们这座小镇之间，隔着一座九龙山。爬到山顶，可以隐隐看到一片村庄，像片叶子似的挂在石凹水库边上，那就是大船坑了。据父亲说，那里的麒麟舞始于明末清初，距今已有近四百年的历史。俗话说："百姓愁，麒麟走；天下和，麒麟舞。"二十世纪六十年代，人人都忙着对付饥荒，整个深圳的麒麟舞几乎都消失了。只有大船坑的麒麟舞，在谢家班的坚持下，仍顽强地存活着。因此，在父亲看来，谢氏麒麟舞代表的是一种生生不息的传承精神，这也是他要送我去大船坑学麒麟舞的原因。

2

吃过早饭，天已经亮透，小镇露出了清晰的轮廓。在观澜镇的西边，紧靠九龙山脚下，不知何时又多出来几处工地。几十台打桩机轰隆响着，一下下砸进地下深处，空气中扬起迷蒙的尘土。近些年来，小镇每天都在发生着变化，房子被拆掉，公路重建，河流改道，山丘被推成平地。取而代之的，是一栋栋厂房和楼房拔地而起，让小镇不断长高，同时，也让小镇变得复杂和拥挤。我记忆中那些熟悉的村庄，被逐渐消解，以前的农田变成了工业园，而乡间小路，变成了错综复杂的街道。我在小镇上生活了十几年，可如今走在街上，经常一转身，就找不着路。对此，我和所有小镇人一样，既兴奋，又忧虑。兴奋的是，我们每天都能看到一座不一样的小镇；忧虑的是，几百年的平静生活，已经被打破了。谁也无法知道，小镇的明天会是什么样子，而我们的明天，又会是什么样子。

母亲将行李打好了包，送我和父亲去村口。前一天的晚上，父亲将新买的一辆桑塔纳停在了村口的牌楼底下，说是为了散掉新车的漆味，实则是为了显摆。我们这个村子，虽然比以前富裕了许多，但买小车的人还没有几个，也许是以前穷怕了，现在有了点钱，都不敢随意去花，觉得在口袋里捂着比较安全。但我父亲不这样想，他说钱就是拿来花的，不花出去就只能叫纸。

从家里到村口，很短的一段路程，却似乎走了很长的时间。一路上，母亲低着头，一句话也不说。她总是那么沉默。也许，在母亲心里，她的一生就该这样隐忍、这样逆来顺受地活着，否则就不足以体现出一位客家女人的端庄和贤良。到了村口，父亲从母亲手中拿过行李包，放进车尾箱里，砰的一声盖上，拍了拍手，把嘴里的烟头取下来扔在地上，对母亲说："回去吧。"

母亲点点头，转身往家里走去。父亲发动车子，双手把着方向盘，像位骑士那样昂首挺胸，油门一踩，驶离了村口。车子经过一个转角，上了通往邻镇的公路。拐弯的瞬间，我把头伸出车窗，回头望了一眼身后。看到母亲站在家门口，两道目光恋恋不舍，就像两根绳索那样，拴着正在离去的我和父亲。

见我回头，母亲似乎有些慌乱，赶紧背过身去，仓促地躲避着我的目光。她转身的瞬间，抬起衣袖，抹了一下脸上的泪水。这个细微的动作，让我差一点就想从车上跳下来了。我突然想起多年以前，父亲在深圳河里游到一半时，回过头来望向身后的那个瞬间。虽然年代不同，地点不同，但那时的父亲，与此刻的我，必定有着相同的心情——面临离别时，我们对身后的家，总是无法轻易割舍。

因为是新车，父亲不敢开快，车子绕着九龙山，缓缓地跑了半个圈，约摸两个小时之后，到了山的另一边。太阳已经升高了，车子下了一道长坡，一座小镇在金色的阳光下闪现出来，这就是大浪了。比起我们那座小镇来，这里开发的速度似乎更加快些，已经看不到几块农田，遍地的厂房连成一片，形成了一座座工业园区的雏形。父亲将车子拐上石凹水库边上的一条公路，顺着水库弯行，依次经过石凹、上岭排、下岭排等几个村子，走到底，再拐个弯，就到了大船坑。

师父的家有点偏，一栋老式平房，在村子边上一个靠山的角落里。房子不大，正中间是堂屋，堂屋两侧，各有两间偏房。如此看来，这个有着几百年传承的麒麟世家，靠着祖传的技艺，并没有获得与名气相匹配的财富，甚至略显寒酸。屋前倒是很宽阔，有块很大的水泥坪，中间摆着几对石锁，一个兵器架。这就是谢家班的练功场了。两棵上百年树龄的小叶榕，像两把巨伞，撑在练功场的两侧，将阳光遮住，粗大的枝干上，细密的根须像帘子一样垂挂下来。

父亲把车停在榕树底下，下了车，带我走进堂屋。屋子里有些暗，大白天也亮着两盏大红灯笼。一名四十开外的男人，披着一头长发，正襟坐在一把红木椅上。十几名身着劲装的青少年分列在他两旁，身高参差不齐，就像群肃穆的雕像，双手交叠着放在背后，规规矩矩地站着。这些都是他的弟子，看上去，年纪与我相仿。那时是夏天，有穿堂风从门外进来，将他散落到额前的长发吹起，露出一张被海风吹黑了的脸。这让我多少有些失望。我没有料到，父亲敬重有加的，就是这样一个相貌平平的人，与我想象中的一代宗师，实在有着不小的差距。

"快过去，拜师父。"父亲把声音压得很低，就像一位地下工作者，在向我传递某种神秘的暗语。我不知父亲为何如此恭谨。这些年，因为有伯父的经济支撑，父亲在村子里的地位越来越高，三年以前，他通过选举，当上了村里的支书，从此一呼百应，走起路来，腰杆挺得笔直。可到了这位谢氏麒麟舞的传人面前，却显得如此谨小慎微。

见我愣住不动，父亲乜斜我一眼，捅捅我的胳膊，说："快去！"

我犹豫着，走到他跟前。他抬起头，目光炯炯地盯着我，就像在审视一名犯人。又是一阵穿堂风过来，悬在他头顶的那大红灯笼晃了晃，满屋子的红光摇荡着，像水一样往四周散开。随着灯光的晃动，他身边那些弟子的影子在地上跳跃、弯曲。在他的身后，有一个陈旧的木头架子，上面依次插放着十八般兵器，刀枪剑戟、斧钺钩叉等等。有些兵器开过刃了，幽幽地闪着一层冷光。兵器架的旁边，是个神龛，一尊红脸的关公像站在上面，手持大刀，似乎在镇守着什么。神龛前方有张老式方桌，上面摆着一个色彩斑斓的麒麟头，双目圆睁，蠢蠢欲动。应该是祖父对麒麟的那份情感，通过一条血缘的通道，传递到了我身上，这一瞬间，我被这个麒麟头吸引住了，我脑子里浮现出一只麒麟腾云驾雾、呼风唤雨的情景。我走到他跟前，就要下跪。

"先不忙着跪，得看祖师爷是否赏饭。"他的一只手伸过来，托住我的胳膊。我又看了他一眼。我这位未来的师父，在我眼中，已经披上了一层光芒。那张清瘦的脸上，棱角分明，就像用刀子雕过一般。他的身材并不高，却显示出一种精干的气质，就像个质地良好的架子，稳稳地挑着一套玄色练功服。他手上的力量出奇地大，就那么一托，我丝毫也无法动弹。

"胳膊展开。"他说。

我往后退了几步，将两只胳膊举起来，往两边展平。

"转两圈。"

我转了两圈。

"踢两下腿。"

我又踢了两下腿。

"跳两下。"

我双脚并拢,在原地跳了两下。

"条件还不错,好了,上茶吧。"他转过头去,叫了一声。从左侧的偏房里,传来一阵细碎的脚步声。一个女孩托着茶盘,从门帘中闪出来,走到我跟前。我看了看,很秀气的一张脸,还没有完全长开,但模样中已经有几分端庄之气。我顿时有些羞涩,呆呆地站着,忘了去拿茶杯。

父亲又捅了一下我的胳膊,朝我使个眼色。我回过神来,赶紧从茶盘上拿起一杯茶,双手端着,恭恭敬敬地递到他面前。他接过去,象征性地喝了一口,将茶杯放回了茶盘。我听到耳边传来"当"的一响,那是茶杯落在茶盘上的声音,格外地清脆,就仿佛一种斩钉截铁的承诺。父亲脸上的表情立马松弛下来,他可以向伯父交差了。

3

拜师仪式一完,父亲就回去了。临别时,塞了些钱给我,就说了一句话,让我以后好好跟着师父学,没学好就不要回家了。说完他拍拍我的肩膀,转身上了车,关上车门,看都不看我一下,就发动了车子。

父亲走得如此突然,我有点发愣,恍惚中,一阵黄色的尘土扬起来,在我眼前形成一团迷雾。等我回过神来,桑塔纳已经远去,变成了公路上的一个黑点。我心底突然涌起一种被遗弃的感觉,觉得自己就像一个包袱,被父亲仓促地扔在了这个叫大船坑的村子里。同时我也觉得,父亲刚才表现出来的那份恭敬,似乎值得推敲。

当然,我知道父亲很忙。自从他当上村支书之后,我们那座小镇，开发的速度一天比一天快，有些村子已经被彻底拆掉，成为商业街区，原有的那些居民，有的住进了安置房里，有的迁入关内，从此远离小镇，成为城市居民。但那不是我父亲想要的生活，家园都没有了，再多的钱又有何用？我伯父就是个例子，远在香港的他，虽然过得不错，身上却沉重地背着永远也卸不掉的乡愁。父亲是位有原则的村官，既要守住家园，又要带领全村人发家致富。有不少商人来村子里谈合作，但只要涉及土地转卖，他一律拒绝。在父亲心里，土地是老祖宗留下来的，坚决不能变卖。对村里的发展，父亲有明确的方向，一是建出租屋，二是搞村办企业。为了起到示范作用，他自己带头，把我家祖屋推翻，建了两栋七层高的出租屋。当时村里的人都说，这人一定是疯了。可是房子建好之后，很快租售一空，我家也因此成为小镇上第一批靠收租就可以将日子过好的居民。这证明我父亲的商业头脑还是不错的。他的成功，就如同一颗定心丸，别的村民也纷纷开始效仿。可以这么说，我们那座小镇上最早的出租屋，就是从父亲手中开始的。那几年，他就像打满了鸡血，隔老远都能闻出他身上的一腔抱负。

　　父亲走后，我才真正有了孤身在外的感觉。好在离家并不算太远。大船坑有座小山，就在师父家后面。爬到山顶，往东可以看到一湖绿水，镶在一圈低矮的山丘之间，那是石凹水库。再往东边是九龙山，大大小小的山峰起伏着，就像道屏障，将两座小镇隔开。九龙山的那边，就是我家，看上去，似乎近在眼前。这多少给了我一些心理上的安慰。再加上大船坑的人大多姓谢，我也姓谢，与师父是本家，自然也就多了些亲切，少了些陌生。实在是感觉孤单的时候，我就想着自己是来走亲戚的。

事实上，我们也确实算是亲戚。我们那个村里，大多数居民都姓谢，与大船坑的谢姓有着很深的渊源。历史上，客家人是个惯于迁徙的族群，两千多年的时间里，我们的祖先从中原到南方，经历了四次大范围的迁徙，从而练就了强大的生存能力，就像些蒲公英的种子，飘到哪里，都能生根发芽。据我父亲说，我们的祖上，就是从大船坑迁过去的，算得上同宗同源。只是这里的谢姓，繁衍得更快一些，辈分也就更高。师父年纪跟我父亲差不多，按辈分来讲，却整整高着父亲两辈。这倒也符合他的身份。作为大船坑谢氏麒麟舞的第十一代传人，他担得起如此高的辈分。

师父门下有十五名弟子，有本村的，也有邻村的；还有些像我一样，来自别的小镇；更远一点的，则是从广州、佛山、东莞、惠州等地慕名而来。如果将所有弟子的家乡连接起来，可以构成一张小小的地图。如此看来，我的这位师父，虽然没有桃李满天下，但也算是遍布珠三角了。

这些弟子，除大师兄之外，年龄都比较接近，最大的十八岁，最小的跟我一样，十五岁。后来我听师父说起，十五和十八，这两个年龄，算是这一行里的两道门槛，虽然没有明文规定，但事实就是如此。低于十五岁，一般都还在上学，不会出来学艺，学也只是认个师门，利用周末的时间，学点武术方面的基本功，只能算是学徒，不算正式拜入门下。时代在不断进步，像我祖父一样，八岁进入师门，以童子功出身的儿徒，如今已经几乎没有了。等过了十八岁，身体基本定了型，筋骨也就硬了，舞麒麟毕竟练的是拳脚上的功夫，超龄之后，也就没有了可塑性。学艺的时间，也是根据这两个年龄来规定，一般是三年。因此，谢家班就像是一所学校，不断有弟子进来，也不断有弟子学成离去，就像根持续运转的链条，让麒麟舞传播着。

晚饭在师父家里吃，为了欢迎我的加入，师父叫了所有弟子，围成两桌坐着。我那位财大气粗的父亲在临走时，一次性交足了一年的伙食费，因此饭桌上格外丰盛，就像是在过节。师娘的手艺确实是好，蒸煮煎炸焖，满满的一桌子菜，色香味俱全，让人食欲大振。客家女人在厨房里，总有着魔术师一般的神奇能力，从柴米油盐酱醋茶中，她们创造了天下闻名的客家菜。

吃过晚饭，师父将我交给了大师兄。我是最后一个入门的，按照规矩，所有的人我都得叫师哥。大师兄将师哥们一一介绍给我。我无法记住那么多名字，只能记住大致的排行。从大师兄开始，一直到十五师兄，加上我，就凑够十六的数字了。大师兄笑说着："十六师弟，挺吉利啊，拆开来就是两个八。"

等介绍完毕，离得近的弟子回了家，离得远的，就寄住在师父家里。我离家不算太远，但也没法每天往返。更何况父亲很反感我恋家，他常说，作为一名男子汉，就应该像我伯父那样志在四方。这是父亲对我的期望，但是我想，这也是他对当年自己没有勇气渡过深圳河的一种反省吧。毕竟，对父亲来说，那代表着一种怯懦。他不希望在我身上重演。因此，他将我带来大船坑的那天起，我就很少回去了。

宿舍在师父家后面，一座占地半亩的小院子，中间有条水泥路，将院子一分为二。一边是块菜地，种着一垄垄的瓜果和菜蔬，靠墙的地方，搭着半圈架子，上面爬满葡萄的藤蔓；另一边盖了三间简易的铁皮房，每间房里，放着四张上下铺的铁床。也许是我资历最浅，大师兄把手一指，我就有了一个角落里的床位。我不明白，明明有更好的床位空着，大师兄为何将我安排在角落里。

如此一来，我就得在洗手间的边上睡觉了。我一躺下来，我的这些师哥，便陆陆续续从我床前经过。黑暗中，我不时能听到清晰的滴落声，滴滴答答的，就像是滴在心上，然后就是一阵哗哗水声。好在我的睡眠还算不错，短暂的不适之后，睡意袭来，眼睛一闭，我就睡了过去。

4

第二天清晨，我做了个梦。在一阵整齐划一的脚步声中，我又回到了学校的操场上，穿着校服，在一队学生中间，蹦蹦跳跳地做着广播体操。还没做完，背上突然剧烈一疼，我惊醒过来。梦醒了，脚步声还在，是从练功场那边传过来的。

我翻身起来，睁开眼睛。宿舍已经空了，那几张铁床上，被子叠得整整齐齐。看来谢家班的弟子果然名不虚传，就连起床，也是如此地训练有素。窗外是一轮初升的太阳，擦着九龙山黛色的峰顶，斜照过来，和微风一起，在这座叫大浪的小镇上缓缓流动。接着我看到了大师兄，站在床前，手里拎着一条竹根做成的鞭子，笑眯眯地对我说："对不起了，小师弟，我要是不打你，师父一会就得打我。"

他这么一说，我顿时觉得背上的疼痛加剧了，火辣辣的，用手一摸，一条链状的伤痕已经隆了起来。

大师兄就这么站着，满脸笑容，亲切地看着我。我忍住背上的疼痛，穿好了衣服。说实话，这种在抽你一鞭子之后，还能够像亲人一样温情脉脉注视着你的人,我从未遇到过。这一鞭子,可是结结实实地打在我背上。我暗暗寻思,一个人要怎样才能做到一边温情地注视着你,一边又残忍地把你给打了呢?如此看来,我的这位大师兄可真不简单。从这天开始,一看到他的笑容,我心里便会不安。

　　大船坑的早晨是热闹的,外面的练功场上,师哥们正在一圈一圈地跑步,齐整脚步声和尘土溅起来,在村子里飘荡。师父的姿势让我有些惊愕,这位谢氏麒麟舞的传人,双手各抓一只石锁,头下脚上,倒立着撑在地上。他的长发盘成一束,用一根银簪别住,看起来就像位道士,他的眼睛是闭着的,任弟子们在身边来来去去,也不睁开一下,就好像是,他用这么一个古怪的姿势,就是为了在练功场上好好睡一觉。

　　后来我才知道,这是师父的修炼方式,类似于坐禅。武学的最高境界,是修心,师父的这个姿势,可以让他身心兼修。他的古怪装扮,也是源自师承。麒麟舞的起源,最早是在明代,曾经是一种皇家御用的表演艺术,叫麒麟圣舞。后来明朝没落,麒麟舞才走出皇宫,流传到了民间,因此也多少带着点明代宫廷的色彩。据说万历皇帝喜欢修道,要求宫中的麒麟舞师,在装束打扮上,也穿成道士的模样,久而久之,便形成一种约定俗成的装扮。几百年下来,麒麟舞与时俱进,后来的艺人,早就丢掉了这种装扮。但师父不一样,他和他的祖上都是些性格固执的人,希望麒麟舞原汁原味,所以,师父坚持要留一头长发,以保存几百年前的那种仪式感。当然,师父本身也是个修道之人,信奉张三丰,同时也崇拜苏东坡,如此一来,他就可以在修道的同时,又不至于辜负了师娘的美食。

麒麟舞讲究的是腿脚上的功夫，我入门的第一堂课，是扎马步，这也是武术套路里的基本功，师父安排大师兄教我。大师兄是师父收的义子，也是师傅唯一的儿徒。他跟我讲解了几点要诀：收腹挺胸，气沉丹田，双脚与双肩等宽，双手握成拳头放在腰间，两膝弯曲成九十度扎下去。

我照大师兄的吩咐，两腿弯成九十度，蹲了下去。刚刚扎好，一阵青烟摇摇晃晃地从两腿间冒了上来，我低头一看，屁股底下点了一炷香。大师兄站在一旁，拍掉手上的灰尘，笑眯眯地告诉我，在这炷香没有燃完之前，就不许起来。说着他将手里的鞭子朝空气中甩了一下，发出一声脆响，就仿佛空气中站着一个人。而我也像是得到了感应似的，背上那道伤痕，跟着痛了一下。我心想，不就是一炷香的时间么，没什么大不了的。上学那会儿，我经常被老师罚站，一站就是一节课，眉头也不皱一下。可是扎着扎着，我就发现，罚站和扎马步压根就是两回事，要长时间保持这样一个固定的姿势，比我想象的要艰难多了。五分钟不到，我的两条腿就开始发抖。我想放弃，转过脸，看了看大师兄。他右手拿着那条鞭子，在左手掌心里，不停地敲打着，就像位旧时代的监工，脸上始终挂着笑容，让人压根就无法洞悉他的喜怒。让我感到难受的是，他不笑还好，只要一笑，我背上就会隐隐发疼，就好像他手里的那条鞭子，随时都会落到我背上。

为了不挨鞭子，我只好咬紧牙关，继续坚持着。又过了大约五分钟，我再也撑不住了，感觉腰部以下空空荡荡的，两条腿不是自己的了。我眼睛一闭，这样坐下去吧，大不了裤子上烫个洞，总比挨一鞭子要好。精神上一松懈，我的身体就像块吸着水的海绵，沉甸甸地往下坠。就在我快要坐到那炷香上时,一条凳子从身后飞快地塞过来,垫到了我屁股底下。回头一看,是昨日端茶盘的那位女孩。她看着我,两眼出奇地明亮,一种善良从眼神里传递过来,让我莫名地感动。她朝我笑了笑,嘴角牵动时,露出两点浅浅的酒窝。不知为何,我突然间就有了力量。我移开凳子,还是那个姿势,一下子就扎稳了,腿不再发抖,就像在地上找到了根。这时大师兄说话了:"阿影,给师父泡杯茶去。"

她又笑了笑,转过身,一路小跑着,回屋泡茶去了。阿影刚一走开,我背上就挨了重重一鞭。大师兄仍然是满脸堆着笑,说我马步没扎稳,就得挨这一鞭子,这是规矩。他的语气极其温和,似乎能从中听出一股笑意来,明明是惩罚,却好像在讲述一件让人高兴的事。说完之后,他抬起脚,将凳子钩到身边放好,在我背后坐了下来,笑眯眯地盯着我。我顿时如芒在背。

等阿影端着茶杯出来,大师兄才从我身边离开。阿影招了招手,就像块磁铁一样,将大师兄吸引了过去。两人一起,坐到了右边的那棵榕树底下。大师兄从我身边一走,我就像卸去了一副重担似的,全身上下顿时轻松了许多。我得感谢这个小师妹。

过了一会,师兄们跑圈结束,开始练习武术,十几个人分别展示着各自的套路,练功场上顿时刀光剑影,拳脚生风,让人热血澎湃。我也有了动力,我得早一点把马步扎好了,这样我才能尽快加入到他们中间。

不知是阿影鼓励了我,还是我心里在跟大师兄较劲,一炷香燃完了,我依然稳稳当当地扎着,并且扎的时间越长,两条腿就越轻松,也许是因为麻木,失去了知觉。我往榕树底下看了看,阿影和大师兄正在聊天，他们说些什么，我听不清楚。但毫无疑问，我的这位大师兄是个善于言谈的家伙。榕树底下，不时传来咯咯笑声，就如同阵阵清风，柔和地向我吹拂过来。这是一种让人心旷神怡的笑。她偶尔扭过头来，望向我时，我竟有一种心跳加速的感觉。

5

师父有两个女儿，大的叫谢清，已经出嫁，婆家在龙华，离大浪不远，却也很少回来。客家人的习俗，女儿嫁出去之后，就很少回娘家了，还真有点像泼出去的水。小女儿叫谢影，跟我同龄，是我们所有人的小师妹。姐妹俩的名字，来源于苏东坡的一句词："起舞弄清影，何似在人间。"这可以证明，我师父是个有文化的人，并非一介武夫，不然绝无可能想出这么雅致的名字。相比之下，我的名字就差多了，因为出生在元旦节，父亲顺手就将这个日子拿过来，变成了我的名字——谢元旦。父亲真是太草率了。

然而，父亲虽然没什么文化，却能言善辩，八面玲珑。师父倒是个沉默寡言的人。我甚至一度有过迷茫，认为他作为我的师父，是不称职的。我到大船坑后，很长一段时间，他不但没有教过我一招半式，甚至连交流也很少。每天早晨，我扎着马步，师父则在不远处，保持着那个奇怪的姿势，就像棵树一样，沉默着倒栽在地上。如果不是他会呼吸，我还真会以为他就是棵树。不仅仅是我，跟别的弟子，师父也是很少说话的。我想，像师父这样的人物，也许都喜欢以沉默来保持他们的威严。在我心里，不喜欢说话的人，往往比心直口快的人，更让人敬畏。

后来时间一长，我慢慢理解了师父两字的含义。师者，授业解惑也。在授业方面，大师兄显然更加合适，学艺初期，是需要严厉鞭策的，师父常年修道，把自己修成了一个心慈手软的人，对弟子下不去手，他负责的，是为弟子们解惑。

师父正儿八经地跟我说话，是我到大船坑一个月之后。那天早功结束之后，师父把我叫到跟前，让我转过身，给他看看背上的鞭痕。这种突如其来的关爱，竟让我鼻子一酸，差点落下泪来。我转过身，背向着他。师父撩起衣服，看了一眼。大概是伤痕过于密集，师父也有些惊讶，嘟囔了一声："我丢。"

可惊讶归惊讶，师父却并没有责怪大师兄的意思。他告诉我，新入门的弟子，都是要过这一关的，之所以打我，是觉得我还是一个可造之材，现在算好的了，以前他们那代人学艺时，动不动就脱了裤子，被师父摁在板凳上打。"受些皮肉之苦，也是好事，能让你记住从艺之路的艰难，艺人端的是一碗江湖饭，每一步都不是坦途，多吃些苦头，以后在外闯荡的时候，就可以少栽些跟头。"说完之后，师父把我的衣服放下来，将伤痕遮住。他问我："苦吗？"

我摇摇头："不苦。"

我确实也没觉得有多苦。痛是真的，毕竟我是凡胎肉身，大师兄对我的体罚又从来都不曾手软过。但有的时候，痛和苦之间，并没有那么紧密的关联，我不知道自己何时有了如此奇特的感悟。要知道，我并不是一个坚强的人，以前在学校时，老师一点点轻微的体罚，我都会觉得承受不了。可进了谢家班之后，面对大师兄的鞭子，我却并没有多少畏惧。我往榕树底下看了一眼。阿影坐在那里，手里拿着一把芹菜，正在熟练地择去一些叶子。晨光从树叶间漏下来，她侧向一边，脸上泛着一层纯净的光亮。我心想，这也许就是我变得坚强的原因。

对我的回答,师父是满意的。他点了点头,说你这孩子还不错,像是我们谢家的人。然后转身往屋里走去。过了一会,又出来了,手里拿着一瓶药水。

"把衣服脱下来。"他说。

我把上衣脱掉,放在手里。师父拿了根棉签,蘸上药水,在我背上小心翼翼地擦拭着。一丝凉意升起来,沿着肌肤扩散。这是谢家祖传的跌打损伤药。麒麟舞表演,是一整套班子之间的配合,除了舞麒麟之外,武术套路也得跟上,耍刀弄枪的,伤筋动骨不可避免。俗话说,久病成良医,这个有着几百年传承的麒麟世家,在跌打损伤方面,积累了丰富的经验,不亚于任何名医。他们研制出来的药水,效果立竿见影,涂上之后,我背上的疼痛顿时减轻了许多。

我问师父:"这马步得扎到什么时候?"

师父看我一眼:"你不想扎了?"

我把衣服穿上,没说话,答案却写在脸上。我算了一下,从拜师那天起,我进谢家班也有一个月了。在大师兄勤勤恳恳的鞭打下,我每天早晚两次练功,一个月的时间,就学了一个如此简单的动作,这未免得不偿失。我至少也应该像其他师兄一样,学会一些武术套路,而不是像个木桩一样,杵在地上。

师父说:"你看看那里。"

我顺着他的目光望去,淡蓝色的晨光中,高高的吊臂朝天举着,几栋被绿色防护网包围着的楼房,正沉默地往空中生长。这座名叫大浪的小镇,是一天比一天热闹了,小镇上的楼房也是越建越高,建筑工人站在上面,就像些蚂蚁。但师父决不是为了让我看那些楼房。我明白他的意思。上学时老师就常说，万丈高楼平地起，任何事情，只有基础打稳了，才能学得扎实。

师父说："你扎个马步，让我看看。"

我活动了一下手脚，气沉丹田，扎了下来。两脚刚抓稳地面，师父突然从后面踹了我一脚，我双膝一软，马步立即松掉了。师父接着又是一脚，我朝前扑去，嘴巴差一点就啃到地上。

师父说："就你这样，再扎一年，也不能叫马步。"

我爬起来，拍去手上的尘土。师父告诉我，扎马步不能只用蛮力，最重要的是用心，心稳了，脚底下才能扎稳。为了让我领会，师父给我做了一次示范。他调整一下呼吸，起了个势，身子突然一矮，一个马步猛地扎了下去。这一瞬间，我发现他身上发生了奇妙的变化，这位因修道而经常辟谷，把自己弄得仙风道骨的人，突然间就变成了一座铁塔，牢牢地长在了地上。

"来，你从后面踢我一脚试试。"师父说。

我站在那里，一动也不敢动。我毕竟是客家人。这个被称为中国犹太人的民系，有着太多的优良传统，比如耕读传家，尊师重教。在父亲的要求下，我还未上学之前，就已经熟读《三字经》和《弟子规》了，再加上父亲的言传身教，在长辈面前，我向来都是恭恭敬敬。

师父说："我让你踢，你就只管踢，台上无大小，台下立规矩，练功的时候，别把我当师父。"

我走到师父身后，犹豫了一会，才敢抬起脚来，尝试着踢了一脚。一碰到他，我的腿立即就软了，有种站立不稳的感觉。师父却是稳稳地扎在那里，纹丝不动。他回过头来横我一眼，皱起眉头说：

"没吃饭吗？这点力气，还不如阿影。"

这话让我血气上涌。我后退几步，一个助跑，使尽全身力气，朝他踢去。我以为师父即便不摔倒，至少也得往前踉跄几步。可结果却是，我脚底下一震，就像踢到一根柱子，身体被弹了回来。再看师父，仍然稳稳地扎在那里，就像一根定海神针。师父双腿一并，收势起身，说："这就叫马步。"

这位谢氏麒麟舞的传人，确实有着异于常人的本事。他随意的一次示范，让我从中得到的启示和鼓舞，竟比大师兄教我一个月还要有效。我立即心服口服了。我下定决心，迟早有一天，我也要像师父一样，把自己扎成一座塔。

6

有时候，师父会把弟子们叫到一起，讲讲麒麟舞的历史。这个沉默寡言的人，在谈起麒麟舞时，总是口若悬河，与平日判若两人。毕竟是进过皇宫的艺术，师父有骄傲的资本。尽管他嘴上不说，但挂在脸上的那种自豪，是无法掩饰的。师父告诉我们，作为一名麒麟舞艺人，除了精通十八般武艺之外，还得通晓诸子百家，熟知天文地理。几百年来，每一位谢氏麒麟舞的传人，都是文武兼修的。师父希望我们有时间也多读点书，这样才能更深入地了解麒麟舞。

读书我是绝无可能了，但了解麒麟舞，我还是愿意的。师父家里，有很多这方面的书籍和资料，都是祖上传下来的，闲着无聊的时候，我就去师娘那里借来翻一翻。慢慢地，我似乎也悟出了一些门道。这项古老的艺术，之所以能在大船坑流传下来，是因为在麒麟舞之外，还有一种无形的东西，贯穿在谢氏家族之中，那就是师父所说的文化。事实上,不仅麒麟舞如此,各行各业的艺人,到了最后,拼的都是文化。我想起父亲对麒麟舞的看法,他曾经说过,我们村的麒麟舞,只是江湖杂耍,而大船坑的麒麟舞,才是名门正宗。的确,父亲所言非虚。那种看似热闹,实则空乏的麒麟舞,明显缺乏基础和底蕴的支撑。学习起来,自然也完全不同。在我们村里,麒麟舞是没有什么门槛的,只要你有足够的力气举起一只麒麟头,就可以上场舞上一舞。而在大船坑,就连一个简单的马步,学起来也像是经历人生中的一场长跑。

我把马步扎稳,是在一年之后。对学艺之人来说,时间并不算长,但其中的艰辛,却远非时间可以衡量。当别的师兄们在一旁龙腾虎跃时,我却只能像个木偶一样,在大师兄的督促下,日复一日地扎着马步。我内心的煎熬可想而知,就如同笼中之鸟,望着外面自由广阔的世界,无法展翅高飞。

我就这么一天天坚持着,但无论我扎得如何,都得挨鞭子。我的这位大师兄就像位旧时代的夫子,总能找到鞭打我的理由,且让我无法辩驳。有时我扎着马步,他趁我不备,突然从后面踹我一脚,将我踹翻在地,再在我背上加一鞭子。那"啪"的一声脆响,在大师兄听来,应该是相当愉悦的。这一年,这种鞭笞之声,成为大船坑早晨里一个恒定不变的音符。

随着鞭痕的累积,我的马步越扎越稳了,力量先是从身上转到腿上,再从腿上转到脚底。当我学会怎样让心和力气往一块使时,两条腿就像是长在地上了。有一次,大师兄从后面冲上来,猛踹我一脚,在毫无防备的情况下,我竟然纹丝不动。然后我看到一条影子,就像撞在墙上的皮球,迅速弹了回去。我回头一看,大师兄坐在地上,身上沾着尘土,脸上满是惊讶的表情。

我也有些惊讶,心想这下可闯祸了,肯定会被大师兄打死。可结果却出人意料。就在我以为自己将要饱受一顿鞭打时,大师兄爬起来,扔掉手中的鞭子,拍了拍屁股上的尘土,走过来,一把搂住我的肩膀。

"小师弟,好样的。"他激动地说,眼睛里闪烁出一种异样的光芒。尽管我当时脑子里一团糟,但我依然能够看出,这种光芒里,包含着一种惊喜、希冀以及对未来某种东西的渴望。他的手搂在我肩膀上时,微微颤抖着,却充满了力量。我突然发现,我这位大师兄,在手中没有鞭子时,他的笑容,其实也是挺温暖的。

7

那天早功结束后,大师兄把我带到师父面前。师父坐在一张蒲团上,像座钟一样,望着远处的一片天空发呆。这是他新近参悟的一种修行方式,静坐冥想,类似于佛家的坐禅,在这张蒲团上,一待就是几个小时。大师兄激动地告诉师父,说小师弟把马步扎稳了。师父停止冥想,把目光从远处收回来,落到我脸上,点了点头,说:"我早就看出了,这孩子,是块好材料。"

我心里顿时生出一股暖意。长久以来,师父给我的迷茫,似乎拨开云雾见天日了。我终于知道,这个平日里对我漠不关心的人,实则是把一切都看在眼里的。

师父说:"去祠堂吧。"

说完站起来,转身往村外走去。

大师兄捅了捅我的胳膊,说:还不跟上?

我追了上去，跟在师父身后。大师兄也跟上来，与我并肩走着。我们沿着一条迂回的小路前行，依次经过上岭排村、下岭排村、石凹等几个村子。到了石凹水库边上，小路隐入一片荔枝林中。穿过荔枝林，一座庙宇式的祠堂闪现出来，门楣上刻着"谢氏宗祠"四个字。我隐约猜到，师父带我来这里，一定是有要事商量，否则是不会轻易进宗祠的。在客家人心里，祠堂是很神圣的地方。

推门进去，是座两厅一井的院子。前厅竖着一块屏风。屏风正反面各有一副对联。正面是：万古神兽，照太平盛世；岭南谢氏，承千年家风；横批是麒麟世家。反面是：一等人忠臣孝子；两件事读书耕田；横批是祖训千秋。穿过天井，是个大厅，正中央有张长桌，上面摆着一个巨大的麒麟头。这时我才知道，这里并不是谢氏一族的家祠，而是专门为麒麟舞所建的一座祠堂。摆在长桌上的这个麒麟头，比在师父家里摆放的那个要大许多，显然不是用来表演的，而是类似于图腾的一种象征。麒麟头由樟木雕成，整座院子都弥漫着一种沁人心脾的芬芳，从颜色上来看，应该有些年头了，也不知是从哪一辈传下来的。长桌后面的墙上，有个玻璃框，占据了大半面墙壁。框里按着年代顺序，镶着一些获奖证书，以及谢家班麒麟舞表演的照片。我看了一下，最早的照片，拍摄于民国时期，那种久远的年代感，让人肃然起敬。

对谢家班过去的辉煌，师父并没有过多介绍，只是淡淡提了几句，然后就从角落里搬了一只箱子出来，把锁打开。我扫了一眼，这只箱子里，至少存放着上百条鞭子。

师父说："拿来。"

大师兄将鞭子递过去。师父接在手里，看了一眼，放进了箱子里。然后是"吧嗒"一声,师父将我扎马步的日子,干脆利落地锁上了。

这是谢家班的封鞭仪式。师父告诉我,每个新入门的弟子,都会安排一位师兄授业,外加一条鞭子。皮肉之苦是免不了的,这也是能不能学成的关键,能坚持下去,就是谢家班的一员,若是坚持不了,也就不适合在这一行里干。大师兄之所以对我如此严苛,也是师父的意思。师父可谓用心良苦,第一天拜师时,我在他面前展示了几个简单的动作,他一眼就看出,我是个练下盘功夫的好坯子。所以,别的弟子一入门便学习武术套路,我却扎了整整一年的马步。

的确,我天生腿短,骨骼粗壮。这是事实,没办法,父亲的基因就是这样。我曾经问过父亲,我为什么不往高里长。父亲瞪我一眼:那你得去问问你祖父。父亲的回答总是这么草率,我祖父都去世几十年了,阴阳两隔,我又怎么可能去问他?然而,在这次封鞭仪式中,师父却让我明白了,事实上,我与祖父之间,是可以对话的。

师父将箱子锁好之后,放回原处,又从旁边搬了另一只箱子出来,打开锁,从里面拿出一本泛黄的线装书。我看了一眼封面上的几个字,是谢家班的家谱。师父把家谱翻开,密密麻麻的几十页,用工整的小楷,记录着谢家班自开创以来,所有学有所成的弟子。从籍贯来看,多数是大船坑谢氏一族的人,当然,也有大船坑之外的,比如我祖父。师父翻到后面几页时,我祖父的名字赫然在列,旁边有两行小字注解:学艺有成,下盘扎实,忠孝两全,不辱师门。

接下来,师父赐给了我一个艺名:谢德馨。他的用意不言而喻,希望我像祖父一样,德艺双馨。师父拿出笔墨纸砚,将我的艺名和名字，工工整整地写在了祖父的旁边。就这样，我与祖父，以一种我未曾想过的方式，在谢家班的家谱里庄严地相遇了。祖父在家谱中留下的注解，也让我知道了那个父亲没能给出的答案：我们祖孙两代，天生五短身材，适合练下盘功夫。

从这天开始，按着师父的要求，我开始学习武术套路，还是由大师兄来教。师父依然对我很少过问。他一直都是这么云淡风轻，活得就像个隐士。我也早已经适应了，他真要是哪天一反常态，对我认真起来，我反倒会无所适从。

8

麒麟舞中的武术套路，按着地域和风格，分为南北两派。南派刚猛沉稳，招式简练，讲求实用；北派则侧重于表演，看上去大开大合，比较花哨，基本动作中，夹杂着各种腾跳、空翻。谢家班之所以不同于别的麒麟舞班子，是因为在几百年前，谢氏祖先就已经将南北两派的武术兼于一家，尽管有些已经失传，但留下来的，依然足以汇成一本庞杂的拳谱——南派的洪拳、咏春拳、蔡李佛拳，以及北派的太极拳、通臂拳、形意拳、北京小拳、太祖长拳等等，应有尽有。这些都难不倒我。上学的时候，我总感觉脑子里装着铅，昏昏沉沉，压根就记不住那些数理化公式，只要拿起课本，一堆符号就像线团一样，在脑子里缠绕起来了。可是对于武术套路，我却似乎天赋异禀，一招一式，过目不忘，不管南拳北腿，还是刀枪棍棒，都是一学就会。

两年之后，大师兄已经黔驴技穷，没有什么可以再教我了。有一天，他将我带到了练功场的后面，那里有个十几平方米的方形大坑,坑里铺着一层厚实的细沙,沙中竖着二十根高约一米的木桩,以梅花的形状,疏密有致地排列着。大师兄告诉我,这叫梅花桩,是谢家班赖以成名的独门绝技之一。"你看好了。"他深吸一口气,双腿一提,轻轻松松地跳上去,打了一套洪拳。

我不禁暗暗叫好。在这二十根木桩上,大师兄脚忽前忽后,忽东忽西,就像蝴蝶穿花一般,异常地灵动、飘逸。打完之后,大师兄翻身下桩,面不改色,气息平稳。毕竟是跟随在师父身边的儿徒,我的这位大师兄,是有些真本事的。他向我解释了什么叫"方寸之地,另有乾坤"的道理。

"刚才那套拳,看清楚了吗?"大师兄问我。

"看清楚了。"我说。

"你上去试试。"他鼓励我。

我没有犹豫,一个纵身,跳了上去。一站到木桩上,我就知道,师父让我心无旁骛扎满整整一年的马步,实在是明智之举。我一站上木桩,下盘的功夫立马体现出来,脚底下稳稳当当的,跟站在平地上没有丝毫分别。我定了定神,心里默记着大师兄刚才的步法,在梅花桩上,轻松地把一套洪拳打完,然后一个空翻,下了桩。

"好!"大师兄鼓了几下掌,走过来,脸上满是欣慰,但似乎也有一丝忧虑,就像暗夜中的流星,一闪即逝。我无法读出其中的复杂。马步扎稳之后,我习武成痴,一头扎在武术里,连吃饭睡觉的时间都在揣摩。除了大师兄和师父,我几乎不与任何人交往。父亲对此相当恼火,他说这下仆街了,他这辈子只见过书呆子,没见过武痴,我算是头一个,真是给老谢家长脸了。的确,论世道人情,我差父亲太多,他是个彻头彻尾的实用主义者,我没有按着他的意图,活成他理想中的儿子。

  大师兄告诉我,大船坑的麒麟舞,之所以不同于别的班子,是因为在表演中,有梅花桩和"飞铊"两项绝技。梅花桩是麒麟舞的表演项目,飞铊是武术表演项目,早已经失传。梅花桩的传承也令人担忧。我到大船坑时,谢家班只有两个人能够上桩。师父是一个,大师兄是一个。但师父毕竟年纪大了,人老不以筋骨为能,到了桩上,已经跟不上大师兄的节奏。因此,梅花桩也已经停了好几年了。大师兄对我如此尽心尽力,也是在为自己寻找搭档,就像相声中的逗哏,在寻找一位合适的捧哏。几年的大浪淘沙之后,他总算是找到了。从此以后,大师兄开始带着我参加一些小型的表演,让我掌握基本步法的同时,也完成与他之间的磨合。这个过程不算太难,毕竟我们有三年时间的朝夕相处,生活中形影不离,到了舞台上,我也像是他的一条影子。几次出演下来,我就跟上了他的节奏。

  这一年,我十八岁。算起来,我在这个叫大船坑的地方,已经待了整整三个年头。三年是个什么概念?如果你生长在深圳,你就会发现,时间其实是不可量化的。在别的地方,三年的变化也许很微小,基本让人感知不到。但在深圳,三年时间所呈现出来的丰富性、复杂性,足以构成一部科幻剧,其间的种种变化,快得让人无法想象,一眨眼,这座城市似乎就变成了让你感到陌生的样子。就连我这么个一头扎在武术里,两耳不闻窗外事的人也知道,在这三年里,无论是人间冷暖,还是世道人心,都发生了很大的变化。比如说,很多村子开始实行股份制,而我父亲,也由村支书变成了董事长。财权在手,父亲明显有钱了,不再需要伯父的经济支撑。我家里不但装了电话,父亲腰间还别着一部手机满大街跑。这时的父亲，按理来说，与伯父的联系应该更加方便了。然而实际的情况却是，兄弟间的联系越来越少，一年到头也难以通上几次电话。父亲和伯父，似乎又回到了从前的状态。这让我很难理解，为什么世界热闹起来时，人与人之间反倒会变得疏冷。

大船坑的变化，也是令人猝不及防的，先是一条宽阔的柏油马路通了进来，将村子从头至尾贯穿。推土机和挖掘机轰隆响着，将大半个村庄拆掉，然后是，成片的工业区和出租屋争先恐后地冒了出来。村子开始沸腾，天南地北的口音、五湖四海的生活习性，被外地人带了进来，街边的饭馆里，飘出来的是全国各地的味道。这些变化，似乎就是一夜之间的事，容不得我们去适应、去思考。

当然，在这个瞬息万变的时代里，也有固守不变的人，比如我师父。在这股全深圳人都忙着建出租屋，疯狂积攒物业的浪潮中，这个谢氏麒麟舞的传人，其实是有条件发家致富的，他只要把屋前的练功场铲掉，在上面建几栋出租屋，即使发不了大财，但至少也可以保证小康。师娘提出过这一想法，可师父硬邦邦的一句话，就将她堵死了：想都别想。师父就像块顽固的石头，任谁劝说，都岿然不动。因此，大船坑的人一个个富起来了，师父家却愈发地显得清贫。对此大师兄很疑惑，认为师父迂腐。我却看得清楚，师父身为修道之人，甘于清贫，才是一种更高境界的修行。更何况，那块练功场就是他的命，他必须以此来坚守麒麟世家的称号。

9

不久之后，我有了加入谢家班以来最隆重的一次演出。这时的大浪，已经不是以前的那座小镇了，无论是经济还是人口，它都可以比肩内地一座中等城市的规模。镇上最大的一家民营企业开业，老板是潮州人，生意做得很大，财大气粗是看得见的，一出手，就在大船坑隔壁的上岭排村，买下了大半个村子的地，建了个工业园。潮州人讲究风水，开园之日，是要热热闹闹庆贺一番的。俗话说，入乡随俗，在大浪，自然是少不了麒麟舞的。当然也就得请谢家班了。但谢家班是麒麟世家，班子出场，是有着严格规定的，按着祖上留下来的传统，只用于节庆喜丧，为企业表演，还从未有过这样的先例。开始的时候，师父一口回绝了。后来这位老板三次上门，到师父家里，礼数有加，给足了师父面子。师父也就半推半就地应承下来。由此看来，我的这位师父也并非那么地顽冥不化，至少在麒麟舞上，他是可以变通的。

　　那一天，师傅召集了二十四名弟子，组成了一支麒麟舞班子，称得上声势浩大。我仔细看了看，除谢家班弟子之外，竟有半数以上是以前的师兄，我一个都不认识。在这里我有必要解释一下。都说三年学徒，两年效力，可事实上，学麒麟舞是条颇为艰难的路，能熬过三年，顺利出师，也就算不负师恩了。至于两年效力，那是旧时的事，师父从未提过。几百年的传承，祖上制定的条条框框太多了，他没法一丝不苟地去履行。更何况，今时不同往日，随着经济的发展，人们的生活越来越丰富，娱乐的方式多了，麒麟舞带给师父的光环，自然也就黯淡下去。此时的谢家班，情况已经不容乐观。我入门时，师父门下一共是十六名弟子，经过三年时间的过滤，这些弟子就像流沙一样，散去大半，后来入门的弟子，远远堵不住流失的缺口。我和大师兄，加上后来的师弟，一共就只有九个人，已经不足以支撑起一场大型的麒麟舞。

我在大船坑的这三年，谢家班的演出已经不多了。师父常跟我们说，这是一个伟大的时代，称得上太平盛世，可是对于传统的艺人来说，却未必是个好时代。这座在政策孵化下破壳而出的城市，经济以爆炸性的速度发展时，文明也完成了一轮新旧的更替。就拿这座叫大浪的小镇来说，小镇人越来越浮躁，很少有人能够静下心来，认真去听一场地方戏，或者观看一场麒麟舞表演。这是师父一直担忧的事。什么是艺术？"艺"是指一个人的能耐，而"术"就是把能耐卖出去。既然艺已经卖不出去了，艺术这两个字也就不再完整，许多的民间艺术，就是这么没落甚至消亡的。师父自己也不知道，大船坑的麒麟舞，还能坚持到几时。谢家班已经陷入了人才凋零、后继无人的窘境。每次接到演出，师父就得叫以前的弟子回来，临时搭成班子。好在师父的威望还在，一声令下，人马立即就齐了。前来捧场的师兄们，有些是冲师父的面子，还有一些，确实是出自对麒麟舞的热爱，尽管不能以此为生，但却以此为乐。

10

晚上的大浪，依然是一片沸腾的状态，市声、人声、车流声、喇叭声、机器声、打桩机的轰鸣声、各种流行音乐汇集在一起，昼夜不息，让这座小镇变成了一个没有夜晚的地方。潮州老板派车过来接人，八辆商务车一字排开，停在练功场上。

也许是许久没有过大型演出，车子一到，这个临时组成的谢家班便有些按捺不住了，师兄们一个个摩拳擦掌，跃跃欲试。师父对弟子们说：着什么急，要沉得住气。他面沉似水，有条不紊地清点着一场麒麟舞所需的兵器、乐器以及服饰和道具，这些都是吃饭的家伙,半点也不能马虎。等东西清点完毕,师父才挥了挥手,一声令下,让大家搬东西上车。

晚会早就开始了,我们是最后一拨赶到的。这位潮州老板也确实阔绰,工业园占地最少上百亩,几十栋厂房和宿舍楼规规整整地排列着。工业园的广场上,已经搭起了一个钢结构的舞台,天蓝色的顶棚上,彩灯闪闪烁烁,成束的激光扫射下来,让人眼花缭乱。场下坐满了上万名观众,将舞台围得密不透风。一男一女两位主持人正在报幕。然后是一轮时装表演,身着奇装异服的模特,鱼贯而出,踏着音乐的鼓点,有序地走着T台。我的这些师兄,眼睛都看直了。师父低声呵斥了一句:有什么好看的。师兄们才恋恋不舍地把目光收回来,跟着师父,绕开人群,往舞台后面走。

台后相当地忙乱,演员们各忙各的,有的在收拾东西准备离开,有的在忙着换装,准备上场。演员席的最前面,空着两排座位,上面贴着谢家班的牌子。看得出来,这位潮州老板,对师父还是很敬重的。

时装表演完后,是几位歌手出场。这时的南方,已经成为中国流行音乐的圣地,如果你也生活在深圳,哪天走在街上,看到一个人觉得面熟,仔细一想,就会发现原来就是你听过的某盘磁带上的一位歌星。这座城市催生了很多歌手,歌手也用音乐装点着这座城市,他们确实具有极强的感染力,伴随着一轮劲歌劲舞,气氛突然就起来了,台下掌声雷动,一波接着一波,似乎永无止息。我第一次感受到了,舞台的魅力,并非来自灯光和鲜花,而是台下的掌声。

等歌手们表演完毕,后台也已经空了。只剩下谢家班的二十几号人。师父吩咐大家,赶紧换衣服。我们知道,该谢家班表演了。

麒麟舞作为最后一个节目,压轴出场。先是武术套路。几位师兄轮番上台,展示了一轮拳脚功夫:拳打四方、饿虎擒狼、龙头凤尾、观音坐莲、鲤鱼戏水、猴子偷桃、海底捞月、扫堂腿、仙女散花、美人照镜等等。然后是另一拨师兄出场,进行器械表演:棍桩、沙刃、凳桩、铁叉对尖、白手对双刀、猴棍、光钯对内尖、二棍、拳伞、单钯、长棍。

我的这些师兄,一个个兴高采烈地出场,回到幕后,却成了霜打的茄子。不用问我也知道他们失落的原因。幕前的掌声,就像被某种东西稀释着似的,一次比一次零落。跟那些时尚的娱乐比起来,传统的艺术,显然已经不受欢迎了。等武术套路表演完后,全场观众基本已经散光。一群工作人员过来,准备收拾场地。我的心一下子就冷了。师兄们更是垂头丧气,空气中弥漫着一股消沉的味道。只有师父仍旧镇定如山,稳稳地坐在那里,手里端杯茶慢悠悠地喝着。

大师兄说:"师父,干脆撤了吧。"

师父定了一下,茶杯在嘴边停住:"你说什么?"

大师兄说:"撤了吧,别浪费时间了。"

"当"的一声,师父把手中的茶杯狠狠顿到桌上,脸瞬间就黑下来了。这个一向心平气和的人,突然间暴跳如雷。在我看来,这有点不可思议。更不可思议的是,师父居然跟大师兄动手了。"啪"的一声脆响,我看到大师兄的脑袋歪了一下,脸上顿时现出五道鲜红的指印。大师兄捂着脸,惊讶地看着师父。

师父说:"说这话就该打!戏大于天,你不知道吗?亏你还是学艺之人,今天这场麒麟舞,天塌下来了,也得给我舞完。"

说罢又吩咐几位师兄,把一套梅花桩从车上搬了下来。看得出来,对这次演出,师父还是很在意的。谢氏麒麟舞中,走梅花桩是看家本领,一般不轻易表演。自从师父不再上桩之后,已经有好些年,谢家班的麒麟舞没有上过梅花桩了。

准备工作就绪,师父叫我:"元旦,你过来。"

我起身,走到师父跟前。

师父抬起头,目光笃定地看着我,说:"一会上桩的时候,把心给我稳住了,别给谢家班丢脸。"

说完又剜了一眼大师兄,说:"你也是。"

大师兄低着头,没哼声。我点了点头,说:"好的,师父。"

我虽然没有表演过梅花桩,但桩上的走步,换位,以及两人间的配合,我跟大师兄已经有过无数次的练习。都说台上一分钟,台下十年功,我虽然没有十年,但也有两三年了。完成一套表演,我还是有把握的。最重要的是,我想起刚学扎马步的那阵子,师父就跟我说过,心稳,脚底下就稳。这时候,我的心是稳的。

锣鼓声响起来了,两只麒麟摇摆着出场。我和大师兄舞一只,另一只则是师父叫回来的两位师兄在舞。大船坑的麒麟舞,有着基本的八道程序——拜前堂、走大围、双麟会、采青、游花园、打瞌睡、走大围、三拜。演出时,八道程序依次进行,将麒麟的喜、怒、哀、乐、惊、疑、醉、睡八种形态,<u>丝丝入扣地表现出来</u>。整个表演的时间,得持续三十分钟左右。一般来说,一只麒麟两个人是舞不下来的,体力上支撑不住,中途得换一次人。但我和大师兄都是血气方刚的年纪,身强体壮,也就省去了换人的环节,我们一口气就舞完了。另一只麒麟换了次人,舞完之后下了场。锣鼓声歇住。

我听到师父在后台大声吆喝着，让人赶紧上梅花桩。师兄们将一套二十根的梅花桩从幕后抬到了舞台上。锣鼓声再次响起。大师兄说了一声：上。我和他一前一后，跃上了一米高的木桩。

上桩之后，世界就从我眼前消失了。我突然间进入了一种忘我的境界。此时的我，已经不是师父的徒弟，不是父亲的儿子，也不是那个叫谢元旦的人，而是一只有着生命和灵魂的麒麟，在九天之外的云霄里，以欢快的步伐，跳出一种魔性的舞蹈。后来我反复观看过这次表演的录像，自己也被那只在梅花桩上的麒麟惊艳到了。在这二十根木桩上，麒麟忽开忽合，伸缩无定，如行云流水，变化多端，活而不乱。我几乎可以肯定，这是我此生最成功的一次表演。

等梅花桩走完，锣鼓声歇住了。我和大师兄下了桩。把麒麟脱下来后，我突然发现，不知什么时候，那些散去的观众又回来了。放眼望去，场下全是惊讶的目光。师父带着全体弟子从幕后出来，抱拳行礼，两眼中泛着潮湿的光。师父说："谢家班全体人员向衣食父母们致敬。"话音刚落，台下响起了雷鸣般的掌声。不知怎么回事，我的眼泪一下子就落下来了。

11

谢家班突然火了起来，这恐怕是师父也没有料到的事。那次工业园演出之后，就经常会有人找上门来，要拜师学艺，都是从外地来的务工人员。师父当然不会轻易收徒，却也没将他们的学艺之路堵死，真有兴趣的，可以在旁边跟着学。自此之后，谢家班的大门，毫无障碍地向着外地人敞开了。练功场上，除了我的师兄弟之外，又多了许多外来的面孔。他们的精神面貌，是我们本土人无可比拟的，一个个脸上都充满朝气，透露着一种对未知事物的渴望。后来我知道，那叫拼搏精神。正是这些外来者，凭借他们的努力和进取，构成了这座城市最坚强的核心。而我们本土人，早已习惯了随遇而安。与这座中国最前沿的城市，他们显然比我们走得更近。

学徒多了，班子自然也就容易搭建起来。谢家班在人才的补给上，恢复了元气。大师兄是个很有生意头脑的人，那次演出的成功，让他看到了市场的方向。在大浪镇，以及周边一带的小镇上，大大小小的公司开张，都会举办开业典礼活动，大到中小型晚会，小到剪彩仪式。这些活动，为麒麟舞提供了广阔的舞台。因此，大师兄向师父建议：麒麟舞要想好好发展，谢家班就得打破传统，走向市场。师父没有明确答应，但也算是默许了。也许他早就有这个意思，只是嘴上不说。我说过，对于麒麟舞，师父并非是个顽固不化的人，在他心里，麒麟舞的传承和发展，比祖上的规矩更为重要。

大师兄也是不负众望，很快就将市场打开了。此后的两年里，我和大师兄成为了谢家班的两根顶梁柱，忙得团团转。我负责班子的培训，接替了大师兄以前的工作，唯一的区别是，我的手中没有鞭子，即使有，也用不上，我没有大师兄那种杀伐果断的本领，对着这些师弟，我无论如何下不去手。大师兄主要负责对外的事务，他为人圆滑，能说会道，谢家班的演出、报价，都是由他一手操办。

师父本就是个闲散之人，有大师兄的打理，他轻松多了，索性什么事都不管，动不动就跑到江西的道教圣地龙虎山去，一住就是好几个月。作为谢家班的班主，我这位游手好闲的师父显然是不称职的。相比之下，大师兄更像是一位班主。当然，他自己也是这么认为的，说迟早有一天，他要代替师父，接管谢家班。大师兄这么说，自有他的底气，作为师父的接班人，他所有的条件都具备，就差娶小师妹这一关了。当然，这也是最关键的一步。师父没有儿子，只有两个女儿，娶了小师妹，入赘谢家，就可以名正言顺地成为大船坑麒麟舞的第十二代传人。

我知道，对大师兄来说，这一切都只是时间上的问题。明眼人都能看出，他和阿影之间，是越来越亲密了，成天出双入对的，怎么看都像是两口子。对此我早已淡然。初到大船坑时，我对这位小师妹，心里的确是很有好感的。可是看到大师兄和她如此亲密，我也就将这份好感抑制住了。我心里有数，无论外貌还是谈吐，我是远不如大师兄的。不可否认，后来我痴迷于武术，也有这方面的原因。心系一处，我才能将注意力从小师妹身上转移。我也确实做到了。对大师兄，我唯有祝福，他是个很有本事的人，配得上小师妹。这一年，在他的管理下，谢家班顺风顺水。种种迹象表明，这个古老的麒麟世家，确实也到了新旧交替的时刻，毕竟，这里是深圳，一天不进取，就跟不上这座城市的变化。

12

一转眼，我到了二十岁，我在大船坑已经过了五年了。这年中秋节的前一天，谢家班去了一趟东莞，参加一家大型公司为庆祝上市而举办的典礼。活动从早到晚，持续了整整一天，谢家班也是接连演了三场，反响非常好。有一家演艺公司的负责人，当场就找到大师兄，想跟谢家班合作，签一份长期合同。没想到大师兄一口就拒绝了，说一碗米不入两家锅。我有些诧异，如此重大的事情，大师兄竟没有征求师父的意见，就擅自作了决定。看来，他显然已经把自己当成班主了。

回来的路上，在大巴里，大师兄与我坐在最后一排。忙了一天，我有点困，把头仰在靠背上，想睡一会。还没睡着，大师兄推了推我，头向我靠过来，压低声音，一脸神秘地跟我说："十六师弟，跟你说个事。"

我说："什么事？"

他说："我和小师妹马上就要定亲了。"

说完，他脸上飞起一片酡红。

我愣了愣，顿时睡意全无。尽管对小师妹，我从心底早已经放弃了。但回想起我初到大船坑的那段时光，那个坐在榕树下盈盈浅笑的女孩，还是让我有些失落，胸腔里就像被谁掏了一把，空荡荡的。我眼前不断闪过阿影的面容，与几年前相比，如今的小师妹，就像一颗到了秋天的果实，已经成熟多了，脸上少了几分羞涩，多了一份落落大方，看上去是愈发漂亮。

我说："祝贺你。"

大师兄说："谢谢。"

看得出来，大师兄很亢奋，尽管他表面想装得若无其事，但心里的喜悦，却是掩藏不住的，要不然也不会迫不及待地跟我分享这一喜讯。下车之后，他走起路来都有点飘，就像是喝醉了。我的这位大师兄，虽说是有些本事，但未免还是锋芒毕露了点。跟我那个老成持重的父亲相比，他显得太年轻了。

回到大船坑，师父在家。这让我有些意外。自从大师兄接管谢家班的事务之后，师父已经完全成为一个甩手掌柜，常年行踪不定，可以说神龙见首不见尾。如果不是有重要的事情要他来决定，我们这些弟子,是很难见到他的。这次回来,一定是为了阿影的亲事。怪不得大师兄在大巴上,会跟我提到他和小师妹的事,这个在生意场上如鱼得水的人,嗅觉一向比我灵敏。师父应该刚到家不久,看上去风尘仆仆,整个人又清瘦了许多,一身素色的道袍罩在身上,被风吹着抖个不停。见到我们这些昔日的弟子,也不说话,匆匆打个照面,就从我们眼前消失了。

晚饭的时候,师父不知又从哪里冒了出来,把我和大师兄,以及几名重要的弟子叫到了家里吃饭。在场的还有师父在大船坑的几位长辈,以及阿影和师娘。师娘和阿影没有上桌,坐在一旁,埋头忙碌着。靠墙的一张长桌上,摆放着一些床单、被褥,以及枕头枕巾一类的婚庆用品,将屋子映得红通通的,透露着一股喜气。

开饭之前,师父先把碗里的酒斟满,举起来,也不敬大家,自己咕咚咕咚就喝了一大碗,然后借着酒劲,站起来说了一大通话:本人才疏学浅,接管谢家班几十年,虽然无功,好在也并无大的过失,总算是将麒麟舞传承下来了。作为谢氏子孙、大船坑麒麟舞的传人,我有责任将麒麟舞发扬光大,但无奈已经志不在此,这些年痴迷于修道,荒废了正业,内心深感愧疚。俗话说,长江后浪推前浪,为了不辱没先祖,谢家班该更新换代了。在这里,我恳请在座的各位长辈,以及谢家班的弟子一同作证——今晚,谢家班将有新的接班人了。说到这里,师父定了定。

大师兄精神一振,马上挺直了身子,等着师父的目光和结果。那样子,就像一棵生机勃勃的禾苗,在等待从天而降的甘霖。师父的目光,也如愿以偿地落到了大师兄脸上。大师兄把身子挺得更直了,隔着几米之远,我都能够看出,他脸上的肌肉因激动而微微颤抖着。可是，师父的目光只在大师兄脸上停留了一会，就滑了过来，落到了我脸上。师父突然说："元旦，吃完饭后，你跟我去祠堂。"

我脑子里嗡地一声响起来。师父后面的话，我一句也没听清楚。我只看到大师兄就像被谁打了一拳似的，晃了一下，那张脸瞬间僵住，变成了惨白色，挺得笔直的身体也松掉了，腰突然间就弯了下来，手中的碗"当"的一声掉到地下，饭菜和碎片溅得到处都是。师父的意思再也清楚不过，在这样的时刻，他叫谁去祠堂，那也就意味着这个人将是谢家班的接班人。所有的人，包括我自己，都感到十分意外。师娘和阿影也愣住了，表情在脸上凝住不动，我看不出她们是喜悦，还是失望。

接班人一定，小师妹的婚事基本上也就定了。我先是一阵惊喜，但随后而来的，则是惶惑不安。我就像是一个被冷落已久的弃儿，突然得到了关爱，不知如何去接受这种从天而降的幸运。

大师兄内心的失望，是可想而知的，他脸上的表情看上去就像一头饥肠辘辘的狼，看着一块到了嘴边的肉，又飞走了。师父刚宣布完毕，大师兄就起身离开了，就像个纸人一样，摇摇晃晃地从门口飘了出去。师娘赶紧放下手里的活，拔腿追到门外。过了一会，又气喘吁吁地返回来。

师娘说："没见到人，不知跑哪去了。"

师父淡淡地说："随他去吧。"

师娘说："你考虑清楚了？"

师父面容一凛，把碗重重地蹾到桌上："谢家班的事，什么时候轮到你一个妇道人家来插嘴了？"

屋子里的气氛凝固起来，墙上的钟表嘀嘀嗒嗒，清晰地走着。

过了好一会，师父才开口打破沉默："开饭吧。"

桌上这才又恢复了热闹。大家开始喝酒吃饭，你一句我一句地跟我说些话，都是些祝福的言语。我木讷地回应着，一颗心越跳越快，始终平静不下来，饭菜吃进嘴里，也是没有半点滋味。

13

吃过饭后，师父遣散众弟子，只留下了几位长辈。师父先是带着我，来到堂屋里的神龛前，烧了一炷香，拜过谢家的十位祖先的灵牌。然后再叫几位谢家的长辈和我一道，到了那座专门供奉麒麟的祠堂。

交班仪式很简单，几位长辈在旁边作为见证，师父在那个巨大的麒麟头上，刻上了我的名字。我看了看，这个麒麟头的顶上，原本有四个名字，再加上我，就是五个。也就是说，作为谢氏麒麟舞的图腾，这个麒麟头，已经辗转传了五代人了。我的名字刻上去后，本来还有些仪式需要完成，师父嫌麻烦，省略掉了。看来他修道的境界又高了一层，不仅生活越来越简单，连仪式也简化掉了，认为没有必要去履行那么多的繁文缛节。

交班仪式一完，我和师父将几位长辈送到门外。再回到祠堂里时，师父又从箱子里把那本家谱拿了出来，取来笔墨，在我名字的旁边，写下了一行字：谢家班第十二任班主。然后将家谱合上，放进箱子里，锁好。这一刻，我有些恍惚。我似乎又看到了祖父，从家谱中走出来，对着我开怀而笑。

师父说："好了，我们走吧。"

我问师父："就这么简单？"

师父说:"你觉得简单?"

我点了点头,如此重大的一件事情,师父操办得确实过于简单了,以至于我觉得这一切并不真实,就像是在做梦。

师父说:"光写这几个字,确实是简单,就是笔一挥的事,但找到你这个人,我可是花了二十几年的时间。你知道我为什么选你吗?"

我摇了摇头,说:"不知道。"

我确实是想不明白,所有人都看好大师兄,为什么师父却偏偏选中了我。跟大师兄比起来,无论在麒麟舞的技艺上,还是在管理能力上,我都差一大截。尤其是人情世故,我就是一张白纸。

师父说:"等你活到我这把年纪,你就会明白了,一会你去找找你大师兄吧,找到了好好劝劝他。"

我说:"好的,师父。"

"还有,明天回家一趟,跟你父母商量一下你的亲事,父母之命,媒妁之言,还是要有的。"说完,师父背着双手,转身往荔枝林外走去。我目送着一个清瘦的背影,在夜色中,就像团云雾一样,轻快地飘出我的视线,消失在了小路拐弯的地方。

师父走后,我没有回宿舍。我沿石凹水库的长堤,走了很长一段路,不知不觉就到了水库的南边。从地图上看,这座水库就像个瓜瓢,三面宽,一面窄。南边就是窄的地方,看上去就像瓢的把。在"瓢把"水岸相接的地方,有块半月形的草地。天气好时,经常会有人过来,在草地上撑把伞,坐下来钓鱼。大师兄不会钓鱼,却也喜欢来这里,经常带着阿影过来,一坐就是小半天。

我从堤上下来,顺着一条小路,拐到了草地上。大师兄果然在。

月光很好，这座小镇的夜晚，已经被越来越混杂的灯光污染，我很久没有看到过这么纯净的月光了，水库阔大的水面上，看上去就像镀了层银。大师兄的影子，就掉在这层银上。我走过去，在大师兄身边坐下。我说："大师兄，没事吧？"

大师兄转头看我一眼，笑了笑，说："没事。"

我不知怎么安慰他。我们就这样沉默着，坐了一会。后来大师兄站起来，拍拍我的肩膀，说："回去吧，真没事，谁让我是你师哥呢？"

这一刻，我心里莫名地有些感动。几年的朝夕相处，我和大师兄之间，有着一种说不清的关系和情感。他既是我的授业师父，也是我的师哥，同时又是麒麟舞的搭档。可他的性格中，似乎又有一些复杂的东西，让我捉摸不定。我有时会觉得他离我很近，有时又会觉得，他离我很远。

14

中秋节是客家人重要的节日，在这个万家团圆的日子里，大船坑以及周边几个村子的客家人，就像是一个大家庭那样，联合在一起，他们正在准备一场盛大的长桌宴。外面很早就热闹起来了，我也决定早点起床。我得回一趟家，跟父母吃个团圆饭，再商量一下和阿影的婚事。太阳迟迟升不起来，窗外的晨光很稀薄，放眼望去，辽阔的天际线里，只有此起彼伏的楼房，没有山水和田园了。我常会有这样的疑惑，为什么这座城市越长越大，而属于我们的空间，却是越来越小。

起床后，我跟父亲通了个电话。电话里，父亲十分惊讶，他说万万没有想到，我这个闷葫芦儿子，平时不放一个屁，学了几年麒麟舞，倒真学出点本事来了，居然还能弄个老婆回来。父亲真是一点没变，一开口，就是一股实用和功利的味道。这些年，我与他的交流越来越少了。当然，最主要的原因是，他压根就没给过我多少交流的机会。每次回家，匆匆打个照面，寒暄几句，就不见了踪影。这个在事业上顺风顺水的男人，就跟师父一样，变得神出鬼没。只不过，师父是在修行，一步步远离红尘和世俗，活得越来越清心寡欲，而父亲却是一头扎进了世俗里。

在电话里，父亲跟我约好，他开车过来接我，让我等着。因为过节，师兄弟都回家去了，我没有晨练，坐了一会，便觉得手脚不适，就走了一段路，从大船坑出来，到了几个村子的交界处。这地方有个供村民健身的广场，每当有村子联合起来举办活动时，就将器材拆下来移开。现在，那些器材已经拆掉了，广场上搭起了一座舞台。晚上的时候，几个村子会各派出一支麒麟队，参加一年一度的麒麟舞比赛。大船坑自然是主角，有谢家班出场，每年都是毫无悬念地拿下第一名。舞台的旁边，搭了个黄绿两色的棚子，棚顶挂着一圈大红灯笼，节日的气氛迎面扑来。棚子里面，是张由一百张桌子拼成的长桌。围着长桌一圈，摆了数百个座位，场面称得上浩大。各类食材的味道交织着，弥漫在清晨的空气里。

我走到棚子里，找张椅子，坐了下来，等父亲的车从我们那座小镇过来。坐了一会，听到一阵熟悉的脚步声，从身后向我靠近。我回头一看，是阿影，应该是昨天晚上没睡好，她的两只眼袋下垂得很明显，脸上透露着一股憔悴。她走到我身边。我拖过一张椅子，让她坐下。她没有坐，就那样站着，两只手搓来搓去。

她说:"师哥,跟你说个事。"

我说:"什么事?"

与她四目相接时,我的脸唰地一下就红了。未定亲时,我与这个小师妹,还能坦然相对,定亲之后,我就再也没法从容面对她了。

阿影也是羞红着脸,一副欲言又止的样子,话到了嘴边,就像是让什么东西给粘住了一样,吞吞吐吐说不出来。她犹豫了一会,最终还是说了:"师哥,你能不能……不要答应这门亲事。"

"你说什么?"一时间,我有点蒙。我抬起头,愣愣地盯着她。她转过脸去,避开我的目光。她说:"你又不是不知道,我喜欢的……是大师兄。"

这话就像一盆冷水,向我迎头浇了过来。我心脏一紧,感觉整个人就像失重一样,先是被一股力量甩上云端,然后又从云端直直地坠下来,一下子掉到了谷底。我坐在那里,脑子里嗡嗡响着,思绪乱成一团,失望、屈辱、不甘、愤怒、绝望等诸多情绪交织在一起,在心里反复冲撞。

等这阵子混乱过后,脑子才慢慢恢复了清醒。小师妹点醒了我。她说的是事实。我知道,她跟大师兄,才是般配的一对。我与她之间,无任何感情基础,即便有,也只是我单方面的好感。况且,这种好感,就像一阵微风拂过水面,很容易就平息了。如此一想,我心里马上就有了决定,我想告诉小师妹时,她已经走了。也许,她早就算准了我会答应,所以才觉得没有必要等我明确的答复。

我往那边看了一眼,小师妹已经走到了大船坑的路口,一个人影从旁边闪了出来。这身影我太熟悉了,是大师兄。由此看来,小师妹跟我讲的这番话,应该是早就和大师兄商量好了的。大师兄跟上了小师妹，两个背影挨在一起，走向了那条通往水库旁边的路。他们走得很慢，就像电影里正在切换的镜头，从我视线里一点点淡出。

15

小师妹走后，我又坐了一会，天渐渐亮了起来。一对中年夫妇推着一辆三轮车过来，将一个早餐摊子卸到路边，两人合力忙了一会，支好摊子。烟火味升起来，一群早起上班的员工，迅速聚集到了摊前。我从椅子上起身，又走回了大船坑。

师父正在晨练，像座钟一样，两手捏成诀，端坐在蒲团上。也许是体力不支的原因，不知何时开始，师父已经不再倒立了。我私下里尝试过这个奇异的姿势，头下脚上之后，头部迅速充血，脑子一下子变得昏昏沉沉的，但坚持几分钟之后，脑子会越来越清醒。这时候，我眼睛里看到的是一个颠倒过来的世界，比起平时我所看到的正常世界，似乎要更加让人感到安稳，同时也更加真实一些。

我叫了一声："师父。"

师父睁开眼睛，说："怎么还没回去？"

我说："跟您说件事。"

师父说："你说。"

说实话，我有点难于启齿，但又不能不说。我纠结了一阵子，才鼓起勇气，我说："我没打算娶阿影。"

师父，说："你的意思是，你也不打算接班？"

我说："是的。"

师父脸瞬间黑了下来，我能感觉到，这一瞬间，有一团火在他胸腔里迅速燃烧。也许是因为常年修道，性格中尖锐的部分，已经被磨平了，师父并没有爆发。他只是沉默了一阵子，动了动双腿，想像往常一样，从蒲团上一跃而起。尝试了几次，却没有成功。我走过去挽他，他将我的手甩到一边，双手撑在地上，有点狼狈地站了起来，没有说话，脚底下飘飘忽忽的，往屋子里走去。

我跟了上去，怯怯地喊了一声："师父。"

他说："你走吧。"

我又喊了一声："师父。"

他猛地停住，转过身，抬起手来。我站在那里，一动不动，准备迎接他的耳光。我想，师父若是狠狠打我几下，我心里肯定会舒坦一些。然而他的手并没有落到我脸上，只是在空中停留了一会，然后变个方向，指着大船坑外面的那条路，低喝一声："滚！以后别再叫我师父。"

我瞬间如遭雷击，久久回不过神来。比起挨师父几个耳光，这声低喝，可要让我难受多了。师父的声音虽然不高，却异常地决绝。我分明感觉到，他的低沉的语气中，有着一种切割般的力量。随着这一声低喝，他与我之间，已经恩断义绝了。

过了一会，父亲的车到了，停到练功场上。父亲从车上下来，看我一眼，进了屋，想找师父说几句话，没找着，就跟师娘打了个招呼，又回到练功场上，发动了车子。我恍恍惚惚地上了车。

在路上，父亲问我怎么回事。我一个字也没说。我不知道该向他说些什么。阿影的事，我已经平复过来了，毕竟在师父宣布接班人之前，我一直也没对她存有过希望。让我难受的是师父那一声低喝。虽然我知道，迟早有一天，我终究会离开师父、离开谢家班的，但我没想到，我会是在师父的驱逐下离开。

16

　　回到观澜镇后，父亲走的是条新路。我看过小镇的规划图，这是一条未来的环线，还没修好，只绕着小镇画了半个圈。一路过来，车窗外尽是些陌生的景象。这个生我养我的地方，是越来越让我觉得生疏了。尽管我不是游子，在大船坑生活的这五年，我会隔三差五地回来，可是小镇变化实在太快，我始终难以记住它确切的模样。

　　到家之后，父亲把我从车上扔下来，连家门也没进，就跑去忙他的事情去了。我此时的父亲，在事业上热情高涨，在亲情方面，却是越来越淡漠，不但疏远了与伯父之间的关系，就连我这个儿子，与他之间，似乎也只剩下了血缘。我在大船坑的这几年，觉得自己就像团空气那样，存在于父亲的世界里。我的麒麟舞学得如何、与小师妹的婚事成与不成以及我回不回来，对父亲来说，其实一点都不重要。他压根就没有时间去思考自己是否尽到了一位父亲的责任。

　　母亲又老了一些，白发顺着两鬓开始往上爬，她变得更加温和恭让了。每一位客家女人，从年轻到衰老的过程，都可以写成一部传统的持家史。母亲带我上了楼，麻利地收拾好楼上的房间，和我简单聊了几句，就下楼去了。我倒在床上，扯过被子蒙住头。想睡一会，却无论如何睡不着。家里的房子在几年前已经推翻重建，父亲专门从一家建筑公司请了个设计师，将新家设计成了一栋独门独院的别墅。父亲新建的这个家，比之前大了很多，也气派了很多，却感觉空荡荡的，全然没有了之前的那股子热气，就如同父亲身上的变化，钱多了，地位高了，人情味也就少了。

但深圳就是这样,这座瞬息万变的城市,推着你马不停蹄地向前奔跑,连衡量得失取舍的时间也不留给你。别人看上去,觉着你累,对你自己来说,却是一种享受。这样的时代,造就了不少商业天才。我父亲就是其中之一。村子里实行股份制后,父亲终于放弃了坚守土地的原则,他并不是顽固不化的人,相反,他比很多人要变通得多。父亲会根据时代的发展来权衡利弊。机会到来时,父亲决不放过。当这座城市开始产业升级,由三来一补向金融和高科技转型时,父亲说服村民,将村子里富余的土地,以合作入股的方式,卖给了一家实力强大的地产公司进行开发。我们这个村子,从边缘之地,摇身一变,成为了小镇上的商业区。比起当初建工业园,村民们显然获得了更高的回报,我们村也因此成为小镇上比较富裕的村庄。村民们对父亲,自然是敬若神明。这是父亲村官生涯中最为灿烂的一笔,当然,也是绝唱。

我之所以这么说,是因为我在大船坑的第四年,父亲便已经辞去了村股份公司董事长一职。让我感到意外的是,父亲恰恰是在自己最风光的时候,选择了急流勇退。父亲常说,做人要懂得居安思危,人这一辈子,就像爬楼,爬得越高,就越没有安全感,没有人能在高处站一辈子。直到几年之后,我才明白父亲的这句话。后来那位接替父亲的村官,在风生水起之时,因经济问题,被抓了。名利场上,变数太多,常在河边走,哪有不湿鞋啊,父亲早就看透了这一点,所以才让自己提前上了岸。这个没有多少文化的人,在思考问题时,似乎总能比人先行一步。

父亲虽然不当村官了,但他早就为自己铺好了退路。辞职的前两年,父亲开了家物流公司,利用当村官积攒的人脉,将生意迅速做开,只用了几年的时间,就完成了从村官向商人的华丽转身。在我们这座小镇上,比父亲有钱的人多的是,但是在父亲看来,那些靠着卖地、收租发家致富的,再有钱,最多也就是个土豪。他则不一样,他有自己的生意。确实,在本土人中,很少有人能像我父亲这样,跟上这座城市的节奏。父亲眼中的深圳,跟我们眼中的深圳不一样。我从大船坑离开的那年,父亲的生意已经做得很大了,除物流公司外,又开了一家贸易公司,后来又开了一家房地产开发公司,在小镇的中心地带,租了三层写字楼,员工有好几千。管理几家公司,显然比管理一个村子更加复杂,父亲一心扑在生意上,一年之中,有一半以上的时间在外出差,国内国外不停地跑,很少有回家的时候。就算是偶尔回到家里,对我这个儿子,也是不闻不问。

因此,从大船坑回来之后,我就像个孤儿一般,除了母亲,没人管我。我每天就是吃饭、睡觉,早晚练练功,闲得整个人都快发霉了。母亲很着急,说我这么闲下去,终究不是个事。她让我去找找父亲,让他在公司里给我安排个事做。说实话,我不愿意找父亲。父亲疏于管我,也有好处,至少培养了我精神上的独立。我不像那些富二代一样,以为只要靠着父亲,就有了一切。我从不觉得父亲就是我的天。但我也不想让母亲失望,所以还是去了父亲的办公室找他。

父亲问我:"你想上班?"

我说:"是的。"

父亲问我:"你能做什么?"

这个问题把我难住了,我想了很久,却无法回答。我能做什么呢?除了麒麟舞,我一无所长。

我说："你看着办吧。"

父亲说："看着办？我怎么看着办？你连一个谢家班都混不下去。"

如果说师父是把刀子，在我心上割出一道伤口，那么，父亲就像一把盐，撒在了这个伤口上。自此之后，我再也没求过父亲任何一件事。时间一长，我也就慢慢习惯了，无所事事的日子，未必就不好。我像个自闭症患者一样，活在一个孤单、自我封闭的世界里，虽然单调，但也干干净净、没有世俗纷扰。

17

时间过得飞快，一晃又是两年过去。转眼间，到了一九九七年，七月一日，迎来了香港回归。这个日子，有着里程碑式的纪念意义。整个深圳一片沸腾，天空中从早到晚绽着灿烂的烟花。这天晚上，我伯父从香港回来了。这个在外漂泊了几十年的男人，在举国欢庆之时，回到了阔别已久的故乡。

父亲依然忙于他的生意，我伯父回来，也只是匆匆一见，连饭都没吃一顿，就将伯父扔给了我。第二天，我带着伯父，在小镇上转了一天。重返故乡的伯父，在满地的高楼间，就像一个迷路的孩子。几十年的变迁，将他记忆中的故乡早已经彻底抹去。在这座陌生的小镇上，他是那样仓皇、无助。偶尔走到一处熟悉的地方，或者遇到了熟悉的人，就会热泪盈眶。这样的故乡，伯父是待不下去的，他只在我家住了两天，就匆匆回了香港。临走之前，伯父对父亲说，为什么不让元旦组个麒麟舞班子呢？

发迹之后的父亲，对伯父早已不再言听计从，但这件事，他却放在了心上。他看重的不是麒麟舞，而是文化产业的前景。父亲认为，这座创造了很多个世界第一的城市，要想真正走向世界，最终还是得依靠文化。历史上所有的盛世，繁华落尽之后，能够留下来的，也是文化。

有生以来，父亲第一次认真地为我办了一件事。他在小镇的边上，租下了一栋独门独院的厂房，让我在那里办个麒麟舞班子。父亲出手真是阔绰，这块场地，单论面积，比起师父的谢家班来，要大了许多。

场地装修好，父亲要我去大船坑一趟，找师父说一下，要搞麒麟舞，就得挂谢家班的牌子。我拒绝了。师父那里，我是断不敢去的。离开大船坑之后，我再也没有回去过，也没有联系过谢家班的任何人，与师父之间，就像刀切断了一般。劝不动我，父亲后来只好自己打了个电话过去。让我感到意外的是，师父二话不说就同意了。

就这样，我们这座小镇上，又有了谢家班。开业那天，大师兄过来了，依然是满脸的微笑，让人觉着温暖。他吩咐人从车上搬了个麒麟头下来。一看我就知道，是师父亲自制作的，神态活灵活现，稳重中带着一丝憨态，就像是为我量身定做。在麒麟舞中，制作麒麟头是最重要的一项技艺，只传历代班主。这也是我的一大遗憾，师父宣布我为接班人后，还没来得及将这项技艺传授于我，我便离开了。

大师兄走过来，紧紧握住我的手，这位谢家班的第十二代传承人，看上去比几年前稳重了许多。他说：“师弟，恭喜你啊，你祖父后继有人了。”他的手比以前更加温暖，也更加有力。只是一别几年之后，我们之间已经没有多少言语。寒暄几句之后，大师兄就走了，他让我有时间就回大船坑看看，这是师父的意思。

我站在门口，目送着大师兄远去，内心的喜悦难以言表。说实话，我并不在意自己是否继承了祖父的衣钵。对我来说，最重要的是我知道，随着这个麒麟头的到来，师父又重新接纳了我。我又可以名正言顺地舞麒麟了。这项承载着我五年青春年华的民间技艺，让我从颓废中又活了过来。

班子开起来后，父亲派了个运营总监过来，负责运作和管理。按着父亲的意思，班子先是打破传统，进行企业化。所有的成员，包括我在内，全部与公司签订劳动合同，根据自身能力和对公司的贡献拿工资。开始的时候，我是抗拒的。但是没过多久，我便接受了这种新的形式。

比起传统的师徒制来，企业化的管理模式确实要更加合理、更加有效，在选人用人上，也更加灵活，合适的就留下来，不行的直接淘汰掉。他们也不叫我师父，叫老板。一般来说，通过招聘进来的成员，都有着不错的曲艺功底，唱念做打，样样能来，练功时，一点就通，根本不需要有人鞭策，像梅花桩这样的高难度项目，对他们来说也并不是什么难事。最难得的是，这些科班出身的成员，思维比我还要活跃、超前，在麒麟舞中，除了继承传统之外，他们还推陈出新，创作出了另外一些项目，比如爬天梯、过刀山，钻火海等。有了这些创新项目，加上谢氏麒麟舞的传统底子，我的这个麒麟舞班子，很快就声名鹊起。

18

如父亲所料，经济发展到一定程度后，文化开始受到重视。在这座城市里，读书月、晚八点、市民大讲堂等公益性质的文化活动，层出不穷地涌现出来，慷慨地向着大众敞开。生活在这座城市里的精英们，就像一群嗷嗷待哺的孩子，通过阅读和听各类讲座，如饥似渴地吸收着现代文明和知识，眺望那扇通往未来世界的窗口。我们这些本土居民，则在找回记忆。很多村子开始修建宗祠、编村史，以精神的形式，对过去的家园进行重建。对我们来说，这是至关重要的，哪怕这个家园是建立在纸上，或者是影视资料中，有了它，我们就不至于像我伯父那样，有朝一日站在小镇上，回望脚下的故乡时，眼中空空荡荡。

作为客家文化的名片之一，麒麟舞也受到了前所未有的重视。很多小镇上都建起了自己的麒麟博物馆，每个村子，几乎都有一套麒麟舞班子。众多的班子涌现出来，一方面，带来了麒麟舞的繁荣，另一方面，也难免造成一些混乱。班子和班子之间，为了谁是名门，谁是正宗，争得不可开交。

这一年，市群众文化艺术馆牵头，联合各区的文化馆和小镇上的文化站，举办了一次麒麟舞比赛，规模盛大空前。深圳所有的麒麟舞班子，基本上都参加了。先是在各自的小镇上进行一轮初赛，再到区里进行复赛，最后，由每个区选拔出几支队伍，参加全市的总决赛。我和大师兄带着各自的班子参赛了。我代表观澜镇，大师兄代表大浪镇，都是正宗的谢氏麒麟舞，凭着梅花桩的项目，几乎没有什么悬念，两支班子一路过关斩将，顺利进入了市里的总决赛。

总决赛在市民广场举行，三十二支队伍，先是通过小组赛决出十六强，再进行两两对决。经过几轮激烈的淘汰赛之后，大浪和观澜这两个镇，迎来了最后的对垒，同时，也是同门之间的冠军之争。

这天父亲也来了。百忙之中，他能够抽出时间，这是我没有预料到的事。当然，他也没有想到，这个在他眼中一事无成的儿子，有一天会站在聚光灯下，为老谢家争光。财大气粗的父亲在赛场旁边的一家酒店里，包了整整一层楼，供班子成员就餐和午间休息。我们也确实需要。上午接连着赛了四场，队员们都有些累了。然而，他们虽然疲惫，却一个个信心百倍，因为父亲向他们承诺过，拿下冠军之后，将有一笔丰厚的奖金。

我也累了。吃过午饭，我就进了房间休息。刚躺下来，有人敲门。我起床开门，是大师兄，依然是一副笑眯眯的样子，嘴里连声说着："恭喜恭喜，没想到啊师弟，你这是青出于蓝而胜于蓝了。"他走过来，一把抱住我，表现出一种前所未有的热情。但是，两个男人之间的拥抱，多少让我有些不适应。

就在我尴尬着的时候，大师兄附在我耳边，轻声说了一句话："师父也来了，他说你这是欺师灭祖。"说完就走了。

我瞬间呆住。大师兄这句话就像把刀子，将我的记忆切开一条缝，与师父相处的那些时光，从缝中涌了出来。在大船坑的那几年里，我与师父之间，虽然一直淡淡的，但每一个细节，都充满了温情。

到了下午，父亲叫我，让我好好准备一下，迎接最后的决赛。我告诉父亲，不比了，我退出。这个突如其来的决定让父亲感到震惊，同时也极为恼火。

"为什么退出?"父亲质问我。

"这是我自己的事。"

有生以来,我第一次敢于与父亲正面顶撞。

"你个仆街!"父亲被我激怒了,他的粗话连同一个巴掌向我扇了过来。我毕竟是习武之人,父亲出手虽狠,在我眼中看来却略显迟缓。他的手刚到面前,便被我条件反射似的抓在了手里。我没想着要使力,可父亲的脸瞬间就歪了。我赶紧松手。父亲握住手腕,脸上一片铁青,退到一边。这个强势了一辈子的男人,似乎也有软肋。

"随你吧,今后你是死是活,我都不会再管你了。"父亲手一挥,怒气冲冲地走了。

我坐了一会,听到一阵锣鼓声响起来,大师兄的班子,已经上了舞台。我打算去通知队员,收拾东西回家。刚出门,有人迎面走来。是师父。不用问我也知道,定是我父亲将他叫来的。这让我十分诧异,也让我有些激动。我有好些年没见过他了。师父须发皆白,脸上却光洁红润,这个刚到知天命之年的男人,已经活成了一副鹤发童颜的样子。我赶紧将师父请进了房间。

师父说:"把门关上。"

我把门关上了。

师父招了招手,说:"你过来。"

我走过去。师父抬起手,对准我的脸就是两下。我一动不动地挨着,没去躲避。这两个耳光落到脸上,我的眼泪一下子就出来了。那种火辣辣的感觉,不是疼,而是一种满满的幸福,顺着脸庞,往全身蔓延。这两个耳光,将师父与我的距离,一下子就拉近了。

师父说:"清醒了没有?"

我说:"清醒了。"

师父说:"这世上,有些东西能让,有些东西,绝不能让。"

我说:"知道了,师父。"

师父说:"一会儿上桩,给我稳住了。"

几年前,我第一次上梅花桩时,师父说的也是这句话。

我说:"好的,师父,我给您磕一个吧。"

师父说:"舞完了再来磕。"

师父走到椅子边,坐了下来,说:"去吧,我休息一会。"

我振作精神,走出房间,召集班子成员,走向了决赛现场。

锣鼓声响起来了,麒麟摇晃着出场。到了舞台中间,我没有犹豫,跟搭档交流了几句之后,直接就跃上了梅花桩。在桩上,我们一气呵成,稳稳地完成了八个步骤的表演。下桩之后,我们又接着表演了上刀山、钻火海两个项目。这是我们留到最后的杀手锏,在麒麟舞的表演中,前所未有。不出我所料,表演完后,台下掌声雷动。但我没有等最终的结果,也不需要结果。对我来说,是否夺冠,已经不重要了。

从台上下来,我马上回了酒店。师父不见了,他的行踪还是那么地飘忽不定。在他坐过的椅子上,放着一本谢家班的家谱。我翻开一看,是空白的,从头至尾,一个字也没有。我突然间明白了,这些年,虽然没有联系,但师父从未放弃过我。现在,他以另外的方式,把一个全新的谢家班,又交到了我手中。

我双膝一弯,对着这本空白的家谱,跪下去,虔诚地磕了三个响头。

1

小镇画师

1

  门推开时，从外面涌进一片潮湿的光亮。我转过头，门口站了个人，举着雨伞，肩上斜挎一只淡黄色的帆布包，宽大的衣衫罩在身上，空荡荡的。他太瘦了，就像是纸扎成的，有种显而易见的单薄和轻飘，以至于走路也悄无声息。外面在下雨。他身后的天空垂得很低，仿佛随时要掉下来，将他压得更瘦一些。看到他的瞬间，我觉得门是被风吹开的，而不是由他推开。他的力气也许还没有风大，在雨天阴沉昏暗的光线里，他就像根竹竿那样，在门口细细长长地立着，一眼就能让人看出，他病着。

  见到我，他有些诧异，目光游移不定，就仿佛在打量一个天外来客。我叫了声师父。您回来了，我说。他愣了愣，像是受到惊吓似的，连连摆手，说，千万别这么叫，早就不是你师父了。说话的瞬间，他已经认出我来。我说，一日为师，终身为父，这是老理。

他摇摇头,说,这年头,不兴老理了。然后指了指我身后,你别站着,你坐,快请坐。我转头看了看,两条竹凳摆在墙角,色泽十分陈旧,面上有磨出来的光亮,脚都歪着,像是要散架,也不知是否还能坐稳。

我说,好的,师父,我这就坐。他又是一愣,说,记性不好,还是故意这么搞?让你别叫师父。我把竹凳搬过来,坐下了。凳子吱吱作响,摇摇晃晃的,却仍然坚韧。还是手工打造的物件好,牢靠,经得住岁月摧残。就跟小镇上的人一样,简单,粗糙,却有着顽强的生命力。

他说,叫老宋就好,别师父师父的,听着不踏实。我说,好的,师父。他叹了口气,知道拗不过我,妥协了,不再纠结称呼,两个手指头钩了钩,把眼镜拉下一点,目光从横梁上越过来,在我脸上打量着。不错,比以前粗实多了,气色也好,他说。说完又把眼镜推了上去。

我说,是的,师父,一向记着您的话,吃得多,睡得也好。他说,脾性还是没改,跟当年一样,没个正形。我说,那也是您教的。他笑了笑,我可没教过你这个。我说,您没教过,这不假,我还不能自己学?他又笑了笑。笑的时候,脸上是一把把的皱纹,拥挤着,显得十分地杂乱和铺张。跟记忆中有点不一样,他很喜欢笑,也许是想以此来掩饰脸上的病容。

我说,您先进屋。他低头看了看,发现自己还在门槛外站着,像个来客,我倒像是这间屋子的主人。

他把雨伞收起来,抖掉水滴,进了屋。走到墙边,把肩上的帆布包拿下来,和雨伞一道挂在墙上。屋子里很暗,他视力不好,摸索一阵子，找到开关。灯打开了，墙边亮出一个旧式的洗脸架来，上面搁着只搪瓷脸盆，边沿脱了漆，很有年代感，一块雪白的毛巾挂在架上。他取下毛巾，擦了把脸，在衣服上也仔仔细细地擦了擦，但是没什么意义，也许是想把雨天的潮湿擦掉。他是个非常注重仪表的人，衣衫虽然破旧，却一尘不染，有种洗得发白的洁净。只是过于朴素，终究遮挡不住身上的潦倒之气。他把毛巾洗了又洗，拧干了，再抖平，挂回架上。

什么时候到的？他走到我面前，抄起另一条竹凳，垫到屁股底下。他的脸被灯光照着，愈发地显得憔悴、苍老。我有点心酸。我说，上午就到了。他瞥了眼墙上的挂钟，脸上露出歉意来。这挂钟也算是老物件了，我认识他那年，就挂在墙上，现在还在嘀嘀嗒嗒地走着，神奇的是，这玩意儿如此老旧，竟还能走得准确。他说，久等了，我给你泡杯茶吧。我说，您坐着就好，茶我已经泡好了。我起身把茶端过来，递到他面前。他接在手里，双手捂着，没有喝，像是在取暖。捂了一会，他盯着我的眼睛看了看，说，茶还是热的，你最多等了五分钟。我说，师父就是师父，门儿清，什么事情都瞒不过您，我和您前后脚进的屋。

他说，还是叫老宋吧，听着踏实。我说，好的，师父。他脸一板，说，叫老宋。我说，好的，老宋。这就对了嘛，他说。他咧嘴笑着，皱纹更多了。他把茶杯举到嘴边，喝了起来，嘴巴里咂出一种声响，就好像有很多种滋味掺在里头。你父亲怎么样？喝了两口，他把杯子放下来，问我。我说，还不错，能吃能睡，每天早上去公园里打两趟太极拳，回家喝二两枸杞酒，晚上还要慢跑两公里，力气多得用不完，就是找不到老婆，处了好几个老太太，都吹了。他瞪我一眼，没大没小，老子的玩笑你也开。我说，这不是玩笑，人之常情嘛，你不支持他找个老伴？他说，说说你自己。我说，我就算了，没什么可说的，比他吹得还要勤快。

他忽地站起来。我往后仰了仰，以为他要踢我。他说，紧张什么？三十多岁的人了，我还能踢你？想踢也踢不动，老了，腿脚大不如从前，不过我还真得说你两句。我说，您说，我听着。他转身走开，进了房间，出来时，手里提着瓶酒，放在桌上。在碗柜里翻了一阵子，想找杯子，没找着，家里就两只杯子，被我拿来泡茶了。他找东西的样子十分忙乱，就好像对这个家是陌生的，并不比我熟悉多少。

我说，就拿碗喝吧，更痛快。他点点头，取了两只碗过来，到桌前坐下。他说，要是有合适的对象，就把婚结了算了，年轻的时候心野，玩一玩还说得过去，到了这年纪，该有个正形了。

我说，我也想结啊，但是没办法，是她们甩的我。他把碗蹾在桌上，说，少扯淡，你饿了吧？我说，酒也不顶饿。他有点尴尬，说，家里没吃的了，一个人，很少开火，要不我去外边买两个凉菜回来？我说，别，有酒就行了，我还不饿，出门时带了只烧鸡，在路上垫过两口，您要是饿，包里还剩半只，要不要拿出来？

他说，那就拿出来吧，别捂坏了，浪费。他的喉结耸了耸。我把包打开，烧鸡拿出来，荷叶打成的包，有股淡雅的清香。我知道他喜好这口，进小镇时，那家店子还在，就买了两只。品质还跟以前一样，确实是好。我把荷叶解开，两只烧鸡油汪汪地亮出来，一股奇异的香味弥漫在屋子里。我听到一阵咂嘴的声音，他已经在咽口水了。他说，这就是你吃剩的半只？我说，再怎么不懂事，也不至于带半只鸡来看师父。他乐了，忍住没笑，说，三十多岁的人了，就不见长大，嘴里没句正经话。

我说，那也得分人，在别人面前，该长大还得长大。在师父面前，长不大也不算丢人。他说，又忘了？叫老宋。我说，好的，老宋。他把酒瓶拧开，倒了两个半碗。喝酒吗？他问我。我说，您都已经倒碗里了，还多此一问。他说，记得你以前是不喝的。我说，以前是不喝，现在天天喝。他说，那也不好，得有个度，喝多了伤身，我的手现在已经坏了，拿起笔来就抖。我说，那地方不坏就行。他说，也坏了，总提不起劲。说着突然反应过来，脸一板，骂了句：狗日的，没大没小。这句粗话一出口，多年前的那个老宋又回来了。我的记忆瞬间就被洞穿，往事翻涌而来。我鼻梁一酸，眼眶热了。眼泪要掉下时，我扭过头去，看着外面的雨天。

2

认识老宋那年，我十六岁，个子已经不小了，还在继续往高里长。上一年还与父亲齐肩，转过年来，又高了一截，目光抬起来，很轻松就越过他的头顶，以至于那段时间我总有种错觉，以为他成天弯着腰，或者叉开两腿站着。这是青少年时期的我，身高十分显眼，智商却成反比，学习成绩差得一塌糊涂。能够将九年义务教育混完，没被开除，完全是父亲的功劳。

父亲在县城里有点名气，是信用联社的主任，手里握着贷款权，腰杆比一般人挺得要直，看上去满脸和气，圆头圆脑，很有几分财神爷的样子，长得也胖，肚子总是往前腆着，一根皮带吃力地勒在上面，就像是怕他要逃跑似的。那些年，家里进进出出的人不少，大包小包拎着，这是看得到的。看不到的也有，用橡皮筋扎成捆，装在黑色塑料袋里，欲盖弥彰，却反倒显得扎眼。但父亲从来不收。君子爱财，取之有道，他们那一代人，没条件把书读好，但有家风和祖训约束，凡事都有底线。

　　实话说，作为一名国家干部，父亲称得上清廉，偶尔收点烟酒，也并非自己所愿。那年头风气就是这样，给人办事，不收点什么，会让人觉得你脑子有问题。再说了，有我这么一个儿子，那些东西在家里也放不了多长时间，收下之后，转手就送到我的那些老师、班主任、教导主任、校长家里去了。那时小城里流行港片，遍地是录像厅，周润发和郑伊健火起来的时候，我就想着，有朝一日要成为他们那样的人，带着一班小弟，饮马江湖，快意恩仇。小学五年级，我就开始逃课、打架。父亲就像个消防队员，我把祸闯到哪里，他就灭到哪里，很多时候甚至能抢先一步，在我犯事之前予以制止。必须承认，在处理人际关系上，父亲很有一套，比本职工作干得要好。无论我闹出什么事来，他都能找到方法来疏通，将后果化解到最小。我也更喜欢这一时刻的父亲，有求于人，他才会弯下腰来，让人觉得和蔼可亲。

　　在那座小城里，我也有点名气。初中三年，除了吃饭和睡觉，其余时间几乎全用来打架了。打过打不过，我都打，总之最后赢的一定得是我。很多高年级的男生，平时牛气哄哄，见了我也得敬畏三分。高中自然没能考上，依然是父亲找的关系，让我进了学校。但是只读了一年，因为我想让名气变得更大一点，最好能盖过父亲，于是就在课堂上，提起一只扫帚，把罚我站的一位老师打了。校长跑来了解情况，我正在气头上，哪里会听他的啰唆，多说了几句，语气不太好，我立马又把扫帚拎起来，对着他的脑袋挥了过去。我感觉并没有打中，却看到他身体往后一仰，就像受到了重击似的，捂住脸，夸张地栽倒在地上。

这次的事情有点大，父亲也没能摆平。当天晚上，他拽着我，上校长家赔礼道歉。东西拎得比平时要多，但没什么效果。进屋后，校长斜躺在沙发上，茶也不倒。没等父亲开口，便从沙发上起来，将礼品和父亲一起送出门外。确切地讲，是被推出来的。父亲脸上不太好看，青一阵白一阵，我从未见他如此尴尬过。我们走的时候，校长倒是不失礼数，穿着拖鞋追到门外，握着我父亲的手，说，这孩子本性不坏，只是心思没有放在读书上，你想办法给他转个学校，或者干脆辍学，去干点别的事情也许更好，反正你路子广。说话时，他脑袋上缠着绷带，就像颗滑稽的蚕蛹，偶尔斜着眼睛看我，目光里有种冷冷的敌意，就好像农民在打量一条害虫。

父亲说，孩子还小，不懂事，您担待着点，开除不是小事，这么着，您先缓一缓，学校里不是要扩建操场吗？我找人来办，需要多少钱，您给个数。校长一听，立马松开我父亲的手，说，知道你有本事，但这不是钱的事。父亲说，我知道，那就看在交情的分上，给个面子。校长说，你这面子太大，我恐怕是给不起，孩子嘛，该教育还得教育，总这样惯着，不是个事，迟早会成为害群之马。父亲就像被什么东西刺了一下，脸色一变，敛住笑，说，你这话说过了，屁大点事，怎么就他妈的害群之马了？我自己的孩子，什么样我心里清楚……父亲的情绪激动起来。可是没等他说完，校长已经进了屋，"砰"的一声就把门关上了。楼道里陡然一黑，亮出一条门缝来，父亲的后半截话顿时停住，就像是被卡死在了那线光亮里。

回到家里,父亲怒气未消,把手里的东西"砰"的一声掷在地上,瓶瓶罐罐从袋子里蹦出来,碎了一地。我一下子警惕起来,退到墙边,双手攥成拳头,摆出防守姿势。我说,你骂我两句可以,千万别动手啊。

父亲说,动手你又能怎样?对老子你也敢回手?我说,我不是那意思,你是我爹,我哪敢回手?父亲说,那你是什么意思?我说,我骨头硬,怕你打到身上手疼。父亲斜我一眼,气顿时消了。他坐下来,问我,真打校长了?我说,没有,我又不傻,打的时候,手底下收着劲。父亲说,我看也没打着,那人我早年就认识,从文工团出来的,就是个戏精,下次再有机会,手下别留情。我说,爸,你什么意思?他说,操他妈的,什么东西,这种鸟人就是欠揍。

他这么一说,我的戒备就解除了,发现自己的担心有点多余。事实上,父亲从未对我动过手。小时候,他还会板起脸来训我几句。母亲去世之后,他连在我面前说话都不会大声了。这大概也是母亲临终所嘱。

母亲走的时候,我还不太记事,只记得她一副苍白的样子,躺在医院里,身上插着针管,就像个纸人,把我叫到床前,说了很多话,我一句没记住。她的声音实在太轻了,就跟身上的力气一样,细若游丝,还没进到我耳朵里,就飘走了。不久之后,她被人从医院抬出,装上一辆灵车,送到殡仪馆去了。那天晚上,有月亮出来,父亲指着小城边上一座高耸的烟囱,说,那是你妈,到天上去了。我抬头望去,洁白的月光下,缕缕轻烟盘旋着上升,梦幻一般。那时我还小,不明白父亲的意思。但是自那以后,母亲在我心里就成了一缕轻烟,摇摇晃晃地升上天空,让人联想到嫦娥奔月的故事,有种神话般的缥缈。如今回想，那也许是一生之中，父亲对我最好的引导，将本该由我与他共同承担的悲伤，以一种浪漫的方式，从我心里化解，自己则默默承受。在我成年之前，对母亲的事，父亲再未提过。母亲生前的物件，也尽数藏匿起来，不在家里留下痕迹，以免勾起我的记忆。偶尔我问起关于母亲的事，他便十分紧张，总是敷衍几句，就把话题引开，或者干脆避而不答。说实话，父亲的担心有点多余，母亲虽然不在了，但我从未觉得有什么缺失，因为父亲足够称职。只是这样的称职并不能使我感动。就像所有的溺爱一样，会让人麻木，乃至反感。久而久之，父亲这两个字，在我眼里，就成了一个单方面奉献的名词，具有悲壮甚至是悲剧色彩。

第二天一早，父亲又出去了，还是为了我读书的事，他不死心，想再找找关系。趁他出门之际，我把书本拿出来，一本本撕掉，在煤气灶上点燃了，家里顿时烟雾缭绕，有种终结的味道。我似乎看到了母亲，在烟雾中轻盈地飘着，向我露出赞许的微笑。直到烟雾报警器响起来，我才打开抽油烟机，把烟雾吸走。中午的时候，父亲从外面归来，仍然是碰了壁，脸色很难看。他个子本就不高，脖子缩着，显得更矮了。走进门来，见满地灰烬，赶紧拿个拖把出来，将家里拖了一遍。他问我，你烧的是什么？我说，书。他愣了愣，说，书跟你有仇吗？我说，有没有仇的，你还不知道？父亲放下拖把，点了根烟。平时他是不抽的，哪里经得住烟雾的刺激，吸一口就呛住了，连连咳嗽。但他没有扔掉，也没再抽，就夹在指间，让烟自动燃着。

过了一会，父亲的眼睛有点湿，像是要流泪，但我认为是被烟呛的。目光与我一撞上，他迅速把脸扭开，擦了一把，再转过脸来，眼里的湿意已经不见了。他问我，你真不想读书了？我说，这还能有假？天地良心，我这脑子，再读下去也只是浪费生命，根本就学不进去。父亲说，关脑子什么事？搞起歪门邪道来，你比谁都聪明，我看你就是不用心。我说，你说对了，我的心用不到书里去。父亲叹了口气，走到阳台上，望着外面的小城，不再说话。这时候，有阳光从西边照过来，明亮的光线里，他那张圆脸失去了红润，显得特别沮丧。楼下是条马路，俯瞰下去，无数的人头在晃，他们都是些像父亲一样的人，守着这座小城，把一辈子稳稳当当地打发过去。这不是我想要的生活。我的叛逆也来源于此，从本质上讲，也是青春期的一种心理暗示。从那时起，我便对这座小城以及小城里的生活深感厌倦，想要逃离。

那天下午，父亲就那样站着，很长时间没有说话，只是点烟，一根接着一根地点，也不抽，让烟自动燃着，就像是用于计时的道具。他沉默的时间有多长，就意味着对我有多么失望。但失望之余，父亲也清醒了。一盒烟点完，父亲开口说话了。他说，人各有命，我也不逼你了，不读书也行，但你总得学点什么。我说，学什么？他说，这个得你自己来想，想好了告诉我，总之，要有个一技之长，今后才能在社会上立足。我说，我想不出来，学当总统行吗？父亲说，你好好说话。我说，都什么年代了，还一技之长，摆个摊都比一技之长要强。我什么都不想学，就想去广东打工。父亲说，打工这事，你就别想了，门都没有。说完他进了卧室，门关得很响。很多年里，他都保持着一名公务员的习惯，每天都要睡午觉。

我也知道，打工这事绝无可能。我是那个时代里一种十分诡异的产物——独生子。从生下那天开始，就注定与父母难以分离，就像他们身上的器官，或者财产，只能独占，不可分享。父亲也许有过一万种想法，来规划我的人生，但我敢肯定，没有一种是为我出远门而准备。这是他的底线，我再怎么叛逆，也动摇不了。再说了，即使父亲允许，母亲如果泉下有知，也断不会答应。我不怕父亲，对母亲却有几分敬畏。尽管在我记忆里，她只是一缕青烟，飘在天空，没有确切的模样。但比起那些具体的面孔来，这似乎更接近我内心母亲的形象。在我看来，母亲这个角色，就应该优雅，而不是系着围裙，忙碌于柴米油盐之中。

午觉没睡多久，父亲就起床了，披着衣服出来。应该是没有睡好，脸上明显挂着一层疲态，仿佛要掉下来似的。脸也没洗，就坐到沙发上，为我谋划未来的出路。说来说去，都是些当时的热门行业，比如修车、装修，或者开挖掘机。总之，父亲也不知道我能干什么，就按着我的身高来判断，认为体力活最适合我。父亲说这些时，我毫无兴趣，也不搭理他，手里捧着游戏机，玩俄罗斯方块。后来他说到他的一位老师，是画画的，要是我对学技术不感兴趣，就去学画画，学好了，他再想想办法，让我回学校把书读上，或许可以考个美院，学不好也无所谓，凭他的关系，以后把我搞进文化馆工作是没问题的，这样至少有口饭吃。

我问他，那跟上学有什么区别？他说，区别大了去了，最起码不用上课，也没有老师和校长给你打。我说，他不是老师吗？父亲说，以前是，后来没教书了，再说了，你也打不过他，他是练家子，三五个人一起，也近不了身。我说，真的假的？我立马关掉游戏机，扔在沙发上。父亲愣了愣。我说，给我根烟，你接着讲。父亲说，毛都没有长齐，抽个卵的烟。但还是给了一根，让我只抽着玩，别往肺里吸。然后又开始讲。讲到那人因为画人体，被人举报，最终进了监狱的时候，我把烟掐掉了，我说，爸，我去。也许是我应允得过于爽快，父亲有些意外，他说，你不好好想想？我说，已经想好了，我什么时候过去？他说，你想什么时候过去？我说，尽快，明天都可以，他的事，你再跟我讲讲。父亲喝了口茶，接着又讲。

3

一个星期之后，父亲把我送往小镇，用单位的车子，一辆桑塔纳，司机也是从单位叫的。父亲坐在后座，监视着我，全程保持高度警惕，就像在押解一名犯人，生怕我中途跳车逃跑。我也确实干过这样的事情。有次离家出走，我沿着国道，一路搭顺风车，好不容易跑到了邻县，可是不到半天，父亲就开着车把我抓了回来。快到家门口时，趁他不备，我拉开车门就往下跳，结果掉进路边的排水沟里，被翘起来的井盖别住脚踝，差点把腿弄折。那以后，每次坐车，父亲都会陪在后座，谨慎地盯着我。开始是保护，后来变成习惯，仿佛不在我旁边坐着，就没有安全感。当然，跟我没什么关系，是他自己的安全感。其实父亲有点多虑，我虽然叛逆，却有自己的原则，答应了的事情，就决不反悔。这是从港片里学来的，我敬佩的那些大哥，都一诺千金。我也得像他们一样，言而有信，吐口唾沫出来，就是钉子。

小镇不远，但路不好走，车子离开城区，便开始颠簸。等翻过了丘陵，进入山区，路况就更差了。公路陡然抬升起来，一个接一个的拐弯，绕得头晕。从半山腰翻过之后，上坡变成了下坡，依然是很多的拐弯。但是视线好了很多，往下俯瞰，山路折来折去，就像根盘着的肠子。车速始终提不起来,只能慢慢蠕动。到小镇上时,已是下午。太阳被群山遮挡着,天色不是很明朗。暗青色的天空下,小镇安静地躺在一块盆地中,四面都是山,只有一条河从山间清亮地蜿蜒出来,将小镇以及两边的高山分开,通往外面,往下游奔流十五公里之后,在县城与资江汇合。镇子不大,站在高处,一眼就能看全,两条街道一老一新,对峙着挂在河边。

进了镇子,父亲让司机放慢车速,千万别按喇叭,以免惊着老人和小孩。走过一座拱桥,车子拐进老街。沿着青石板路往前,两边是些陈旧的木房子,屋檐搭在一起,压得很低,个头高一点的,比如我,伸手就能够着上面的瓦。临水的那面,是清一色的吊脚楼,有人站在家里,打开窗户,把吊桶啪地一声扔到河面,再双手交错拉扯绳子,把水从河里打上来。街上坐着一些老人,身子靠墙,脑袋一歪一歪地打盹。此外就是妇女,手里择着菜,或者织着毛衣。见车子过来,老人和妇女赶紧起身,将凳子拎在手里,挪到一边,让出路来。等车子过去,又放下凳子,坐回原来的地方。

他家在老街尽头,一座颓败的院子,青砖黑瓦,马头墙高耸出来,似乎想将整条街上的木房子压住,却无能为力,因为实在太破败了。四周有围墙围着,但形同虚设,因为很多地方已经倾圮,露出犬牙交错的豁口,几个小孩在豁口里爬进爬出,笑声清脆。房子虽然破败,占地面积却不小,能看出曾经的风光。门是开着的,门槛很高,父亲腿短,不得不提起两条裤管,像跨栏一样,艰难地迈过。

正门进去是个天井,一块四四方方的光亮从顶上照下来,使院内显得比外面要亮堂些。他坐在一张竹凳上,笔和颜料凌乱地散在脚边，整个人看上去瘦削，修长，腰和背都弯着，就像张拉满的弓。身上是件粗布夹克，洗得十分干净，领子往外翻着，袖口和胳膊部位有不同程度的磨损，露出浅色的线头。他的视力应该很差，戴着一副圆框眼镜，镜片厚如瓶底。我们进门，他也不理，盯着摆在膝盖上的一只瓷瓶，全神贯注，一笔一笔地画着。我看了看，他画的是只猴子，模样已经出来了，抱着个桃，栩栩如生，就像是要从瓶上跳下来似的。

父亲叫了声老师。他头也没抬，画笔点几下，停住不动，就好像是在思索下一笔的落点。父亲说，您身体还好吧。他这才回应，说，别叫老师，早就不是了。然后又是沉默。跟父亲他不怎么说话，也许是没有共同语言。父亲同样如此，打过招呼之后，就不出声了，像根木头一样，杵在他面前。院子里一片沉寂。过了好一阵子，父亲才动起来，把带来的烟酒和礼品摆在桌上，又从兜里掏了只信封出来，放在礼品下面压着。他看了一眼，把手里的活停下，站起来，说，你这是干什么？父亲说，没什么，就是点心意，总不能空着两手来看老师。他说，东西你可以留下，钱拿走，别骂人。父亲说，那哪能行，就当是交学费了。他说，什么学费，这里是学校吗？我也不是老师。钱不拿回去，我可就要往外面撵人了。他板着脸，表情和语气都很硬。父亲不敢说话了，别看他平时一副官样，到了这位老师面前，也只能唯唯诺诺。

他看了看我，又坐下来，在瓷瓶上勾了一笔，对父亲说，你可以回去了，孩子我收下来，不是冲你，冲他，这孩子我看着顺眼。父亲松了口气，赶紧把信封捞起来，塞在我口袋里，就像逃跑似的离开院子，站到门外去了。我听到打火机被拧燃的声音。父亲在点烟。每次紧张，或者烦闷时，他都会把烟点上。抽了一会，父亲在门外叫我。我站着没动。他抬头看我一眼，笔停下来，说，出去送送吧，该有的礼节得有，你今年多大？我说，十六。他说，那也不小了。说着又低下头去，开始画。跟我说话，他的语气倒是温和，即使是把教训的意思表达出来，也不让人反感。不像我的那些老师，犯点小错，从他们口中出来，也会让你觉得自己不可救药。我琢磨着，如果每个老师都像他这样，也许我就不会那么厌学了。

我走到门外，父亲已经抽完了烟，坐进车里去了。车窗开着，一颗滚圆的脑袋伸在外面。我问他，你有事？他说，没什么事，就是交代你几句话。我说，你讲。父亲说，别惹事，跟他好好学。我说，我记着了。他说，还有，钱该花就花，别省，没有了就去镇上的信用社，找周主任，就说是我儿子。我说，这个你放心，我亏谁也不会亏着自己，镇上有回城的班车吗？他说，问这个干什么？班车有，一天两趟，上午和下午，别坐那个，想回家就打电话，我来接你。我说，用不着，还是自己坐车比较踏实。父亲瞪我一眼，脑袋缩进车里，把车窗摇上，示意司机开车。

我回到院子里。他还在画着。猴子旁边，又多出一棵桃树来。他换了支笔，蘸上颜料，在枝头上点几点，瞬间就有几片叶子挂了上去，桃树顿时变得生动起来。我有些诧异，这支画笔在他手里，似乎有种神奇的魔力，勾勾点点的，就让一只瓷瓶脱胎换骨，焕发出了不一样的光彩。我叫了声，师父。他说，别这么叫，师父这两个字太重了，叫老宋吧。我说，好的，老宋。他说，嗯，这样好，听着舒服。我说，听说你会功夫？他抬起头，眼镜往上推了推，谁说的，你爹？我点点头，是的。他说，别听他鬼扯，哪有什么功夫，年轻时学过几路拳脚，都是些花架子。我说，别那么谦虚，等你有空了，也教我两手。他问我，学那个干什么？我说，锄强扶弱，劫富济贫。他说，武侠小说看多了吧？我说，开玩笑的，强身健体行吗？为祖国的体育事业做点贡献。他说，你是不是很无聊？我说，有点。他说，以后无聊的日子还长，你拿张凳子过来，在边上坐着，看我画。说完又把头低下去，目光粘在瓷瓶上，继续画着。

我搬了张凳子，在他旁边坐下来，看着他画。笔一动，他立马又进入了忘我状态，不说话了。他的眼里只有画，周围的一切，包括我，似乎都显得多余。有时画着画着，他突然停下来，对着某处细节，端详一会，然后思索良久，才描上两笔。落笔的时候，他总是屏息凝神，小心翼翼的，仿佛生怕惊着了笔下的事物。看他画上一会，我就感觉出来，对他而言，画画不只是工作，也不只是热爱，而是一种深入到骨子的痴。

4

他叫宋一北，是名乡村画师。照相技术普及之前，在乡间，画师是一种最不可或缺的职业，主要工作是给人画遗像。从某种意义上来说，也是生命以另一种方式的延续——他所画的那些人，会挂在墙上，与子孙后代一起，目睹家中的兴衰与荣辱。我到小镇上的那年，他四十五岁，其貌不扬，甚至有些潦倒。可是不知为何，一见到他，我便有种说不出的亲切。据父亲说，他是大学生，毕业于一所知名美院，在他们那代人里，算是知识分子。毕业后当了中学老师。我父亲读高中时，他是班主任，教语文，兼几个班的美术，书教得相当不错，课余时间，喜欢画画，主要是肖像，偶尔也画人体。后来被人举报，一伙人冲进他家里，搜出一批人物裸体画来，立马就把他押往广场，绑到一根灯柱上，接受众人的唾骂与殴打。那时他年轻，又有武术底子，几次下来，好些人都被打废了，他跟没事似的，只受了点皮外伤。后来出事，也是因为年轻气盛所致。跟他一起挨批的人里，有个女人，是县文工团的舞蹈演员。一天晚上，有人摸黑过来，把女人从灯柱上解开，抓住头发将她拖进了一条巷子。他知道那人想干什么，就想办法挣脱绳索，追到巷子里，把那人的一条腿打折了，也把自己打进了监狱。被打的那人来头不小。不久之后，还是在那个广场，对他进行了公开审判。唯一的证人是那女人，出于自我保护，她作了伪证，一口咬定他是诬陷，根本就没有巷子里那回事。于是他成了罪犯，被判八年，关了六年。出来后，那场风波已经过去了。学校里请他回去，继续当老师。他拒绝了，原因是进过监狱，觉得自己不配为人师表。他也不想再待在城里，就回到小镇，成了一名乡村画师。还是小镇上好，平静、宽容。在城里，他是个劳改犯，头上会顶着一块一辈子也撕不掉的标签。在小镇上，他就是老宋，每天读读书，写写字，偶尔给人画张遗像，挣口饭吃，他喜欢这份职业，与死者打交道，比跟活人相处要踏实多了。后来小镇上有了照相馆，快门按下去，闪光灯一闪，就把一个人的样子装进去了，比在纸上画起来要迅速得多，也更省钱，毕竟时间决定成本。这样新鲜事物一出现，很快就取代了乡村画师的工作。这一行上手也快，买台相机回来，咔嚓几下，就是个摄影师了。老宋因此断了生计，最潦倒的时候，我父亲出手帮了他。那些年，很多单位开始改制，国营企业私有化，县瓷器厂被人承包下来，老板从父亲手里贷了笔款，作为回报，给了老宋一份工作，在大件瓷器的坯胎上画画,他不想去小城上班,就让他待在家里画,工资按件计,足不出户,却比上班挣得还要多,生活不成问题。但他似乎并不领情。父亲把我带到小镇上的那天,他对我的态度尚可,对父亲,却冷若冰霜,就好像父亲上辈子欠着他什么似的。但父亲并不在意。他是父亲这辈子能够无限容忍的两个人之一。另一个是我。

5

父亲让我学画画,是为了我的前途。这也是我们这代人的宿命,一生下来,就被前途两个字套牢了。家庭条件好的,要努力读书,让条件变得更好;条件不好的,则要通过努力读书来创造好的条件;乡下的孩子,那就更需要努力了,只有把书读好,才能跳出农门。那时候,学习成绩就是衡量一个人是否有出息的唯一标准。当然,现在也同样如此。而我是个异类,前途两个字对我来说,过于沉重,也过于渺茫。如果努力学习的目的,只是为了像父辈那样,在小城里有份体面的工作,那我宁可选择当一名差等生,来换取青春期的快乐和自由。

说实话,读书我一窍不通,但是在画画方面,我是有些天赋的。刚进初中那年,有位玩得好的同学,家里藏了本《金瓶梅》,插画版的。我没事就跑去他家里,跟他躲在房间,偷偷翻看。后来有一天,被他父亲发现了。当时我俩正看得入迷,没注意到有人回来。他父亲推门进来,看到儿子满脸亢奋,沉浸在一堆裸体中,立即就像疯了一样,暴跳如雷,把我那位同学从床上拖下来,当着我的面,甩手就是一记响亮的耳光。我同学脑袋一歪,栽倒在地,半边脸颊顿时肿了起来,五道鲜红的指痕印在上面。打过这记耳光,这位暴怒的父亲仍不解恨,又把儿子拖到客厅里,狠狠打了一顿,那本书也被他扔在煤气炉上点着了。等他发泄完愤怒,才想起我这位同谋还在家里,就把门打开,让我马上滚蛋。我也火了,让他说话客气点。他嚷嚷着想跟我动手。我赶紧冲进厨房,拿了把菜刀出来。他立马偃旗息鼓。

  自此之后,那位同学跟我再无来往。对我来说,这没什么,青春期的友谊,本来就浅,就像坛新酒,得经过时间的沉淀和发酵,才有质感。只是可惜了那本书,就那样毁于一位粗鲁的父亲之手。以后我再想看,就只能凭着记忆,在纸上画出来。开始的时候,画得乱七八糟,时间一长,对线条熟悉了,有了一定的构图能力,就画出了几分形似。有次上美术课,老师布置课堂作业,别的同学都画蓝天、白云、星辰、大海、山水,或者动物和花花草草。我觉得太普通,没什么意思,就按着自己的意愿,画了一张古代的人物裸体。画完之后,感觉还不错,就交给老师。结果老师扫一眼,就像见到了鬼似的,大惊失色,脸一下子黑了。他愣了愣,反应过来后,一巴掌就从我手里把那张画拍掉了,然后伸脚踩住,就像是将某种羞耻踩在脚底,来回拧了几下,半天才捡起来,作为物证,揉成一团塞进口袋里。

  放学之后,我被留堂。美术老师要我做检讨,我坐在那里,没理他。他搞不定我,就把班主任老师叫了过来。班主任拿起那张画,看一眼,就把我带进了办公室里。他觉得事态很严重,这样的东西在校园里出现,实在是有伤风化,就打电话通知了家长。二十分钟不到,我父亲提着礼品,气喘吁吁跑了过来,一副诚惶诚恐的样子。

班主任说什么,他都回答是是是,忙不迭地点头,就像鸡啄米似的,让人觉得有问题的不是我,而是他自己做错了什么事情。父亲这副谦卑有加的样子,让班主任老师的气顿时就消了。鉴于父亲态度诚恳,班主任没给我处分,只口头警告,讲了一番大道理之后,将那张画交给父亲,说,你自己看看,这孩子思想有点问题,继续下去,会很危险,你做家长的得好好管管。父亲又是连连点头,说是是是。他接过那张画,看也没看,就塞进了口袋里,然后把礼品留在桌上,拽着我,将我从办公室牵了出去。

离开学校时,天色已晚,小城笼罩在夜色中。路上黑着,路灯被闲得无聊的人用弹弓打掉了,没有几盏还能点亮。父亲把车开到了县政府前面,找到一处有灯光的地方,踩下刹车,把车靠在路边,摇下车窗,拿出那张画来,举在灯光下,认真看了一会,突然发出一声赞叹:天才啊。然后转过脸来,很认真地问我,你就是为了这张画留的堂?我说,当然,我可没有打架。他说,这堂留得好,留得光荣,留出一个天才来了。我说,爸,你要是想骂我,就痛快点,不带拐弯的。他说,我为什么要骂你?好赖话你听不出来?我说,你什么意思?他说,是真画得好,比我有水平多了。我说,听你这话,我以后还能再画?他说,怎么不能?你只管画,别让老师看到就好。我惊讶地望着父亲。对这张在老师眼里是毒瘤的画作,他竟如此肯定。说实话,这出乎我的意料。也许是我身上少有优点,偶尔闪光,便让他激动不已。

后来回想,那张画作其实相当稚嫩,然而对我而言,却有着不可取代的意义,它代表了我青春期的审美。之所以被老师诟病,是因为它源于性意识的觉醒。那是一个谈性色变的年代,对一个青少年来说，任何与异性相关的行为，哪怕正确，也非常脆弱，很容易就被冠以危险两个字，为道德伦理所扼杀。父亲不拘一格，实在难能可贵，他维护了我的审美。这一点，他比很多家长做得要好。后来跟老宋相处久了，我们无话不谈的时候，就把这事说给他听。他也夸赞父亲，说父亲别的不行，当爹还有个样子。他很少评价我父亲，印象中，那是仅有的一次，针对的也不是本人，而是父亲对艺术的理解，与他有着共鸣。在老宋看来，这世上最纯净，也最优雅的美，就是女性的胴体。那些谈性色变的人，是他们自己心里不干净。

6

老宋也是个另类。有时想想，在我们身上，其实有很多相似之处。我们一样的不理世故、不随波逐流，也不屈从于自己的时代。就连身高和体形，也是一样瘦瘦长长的。见他的第一面，我就莫名地喜欢他，感觉面前就像坐了面镜子，能够照出我人到中年以后的模样。父亲走了之后，我没有任何的不适，反倒比在家里还要自在。唯一不习惯的是，他不喜欢说话，总是沉默着，让我们之间的氛围既随意，又冷清。他坐在瓷器面前，自己也像件瓷器。

那天下午，他画的是猴子拜寿图。先是寥寥几笔，勾出轮廓，再换成细笔，描出细节，然后又换了更细的笔，勾勾点点的，让细节逐渐丰满起来，猴子也就活了。看了一会，我有点无聊，就问他，我能帮你什么忙吗？他说，别说话，你安安静静的，就是帮了我最大的忙。屋里有书，有画册，你自己选，要是都不想看，就去外面转转，收着点脾气，这地方不比城里，没人认识你爹，乡下人粗糙，打起架来手下没个轻重。我说,这个你放心,我不怕事,也不惹事,但是如果有人打我,我一定会打回去。他问,你喜欢打架?我说,就跟吃饭一样,一天不打都不行。他说,真话假话?我说,假话,谁没事会喜欢打架?脑子又没坏。他说,这话在理,年轻人有点血性是好事,好勇斗狠就不好了,伤人一千,自损八百。我说,这道理我懂,你什么时候能教我两路拳脚?他说,你还是喜欢打架。我说,你当年学拳难道是为了打架?他说,你先把画学好,拳脚的事,以后再说。我说,学拳脚跟画画有什么关系吗?他说,事不同,理是一个理,你能学好画,也就能学好拳脚,否则一样都学不了。

　　我觉得他说得有理,就没再纠缠,进了书房。门推开的瞬间,我有些诧异。他家里虽然破旧,书房却称得上雅致。地上铺着一层杉木地板,用油漆刷成了光亮的老红色。四面墙壁,有三面摆着书柜。里面全是书。诸子百家,哲学经史,古今中外,应有尽有。书柜里放不下的,就用纸箱装起来,整整齐齐地码在墙角。转了一圈,我有点眼花缭乱,书实在太多了,又杂,不知看什么好,就随手抽了本画册出来。是芥子园的花卉草虫谱,以前在新华书店见过,印象中,好多年都摆在一处偏僻的角落里,无人问津。小城人活得粗糙,没有那份闲情逸致,这类脱俗的书,基本卖不出去。我也没什么兴趣,草草翻了几页,就扔在一边。我走出书房,问他,有裸体的吗?他说,你喜欢那个?我说,你难道不喜欢?他看我一眼,沉思了片刻,放下画笔,从凳子上站起来,在身上拍了拍,拿过一块白色毛巾,把两只手仔细地擦干净了,弓着腰,走进书房。

　　我跟在他后面,他伸手拦住,说,我来找,你别进来。说着把门掩上了。我只好在门口站着,听屋子里的动静。他在挪动纸箱。

不用看我也知道，他翻找的一定是珍爱之物，才会压在箱底。过了一会，门开了，他拿了本画册出来，将翘起的一个边角小心翼翼地压平整，又在封面上吹了几口，才递到我面前。他说，翻的时候注意点，这版本现在买不到了，弄坏一本就少一本。我说，我向你保证，把自己弄坏也不会把书弄坏。我接过画册，很沉，摸上去有种密实的质感，纸质比普通书籍要好很多，应该是早年收藏的版本。我打开一看，是本明代的春宫图，立马被吸引住了。他提醒我，说，看的时候，注意线条和轮廓，主要是神韵，别当成裸体来看。我说，好的。后面他再说什么，我就听不到了，注意力全到了画上。

不知不觉间，厚厚的一本画册翻到了底，最后一页看完，我仍意犹未尽，但有些撑不住了，头低得太久，有股酸疼，像某种坚硬的物质一样，卡在颈椎里。我揉揉脖子，听到骨节松动的声音，抬头一看，他不在院子里。有微风吹进来，从河面上带来清凉的水汽。院子打扫过了，画笔和颜料收了起来，十几只画好的瓷瓶靠墙摆着，这是他一天的工作。他什么时候出去的，我毫不知晓。我也没注意到天色已晚。出门之前，他把灯打开了。外面仍在下雨。

我把画册合上，小心翼翼地将边角压平整，放在桌上摆好。这时候，有股烧鸡的香味，跟着一阵脚步声一起，从门外的老街上飘过来。我走到门口，往外面看。夜色中，昏黄的灯火从两边的木房子里溢出来，将青石板照亮。一条瘦长的影子映在光亮里，晃动着往前走来。他回来了，手里拎只塑料袋，脚底下很轻，每迈出一步，都小心翼翼，仿佛生怕惊动了什么。这是一种奇怪的警惕，并非来自环境，而是受过去某种记忆的驱使，从他谨慎的脚步声里，似乎能听到当年那场风波的回音。有些事情尽管已经过去，但造成的伤害是永恒的，不会随时间的流逝而从他生活中远离。

进了院子，他才放松警惕，步子也变得踏实了。饿了吧？他问我，将手里的那袋东西举起来晃了晃，说，出去买了点吃的。我说，闻着很香，是烧鸡吧？说着肚子里咕噜几声，我的确是饿了。刚才沉迷在画册里，不知饥饿，闻到香味，顿时感觉腹中空荡，身体也有了反应，头昏眼花的，手脚无力。马上开饭，他说。他拿了几只盘子出来，把塑料袋打开，里面是几个泡沫盒，装了四五样菜。他一样样取出来，用盘子盛好，摆在桌上。这是我到小镇之后，在他家吃的第一顿饭，出人意料的丰盛。一只烧鸡、一碟花生米、一盘酱牛肉、一碟拍黄瓜、一盘腊猪脸，此外还有剩下来的半碗干鱼，他也拿了出来，将桌面摆得满满当当。

我感觉有点奇怪，屋子破落不堪，四面来风，餐桌上却显示出一种殷实和富足，似乎与环境格格不入。他说，随便吃点。我说，这已经不随便了，大鱼大肉的，日子过得很不错啊。他说，你头一回来，也不能太寒酸，以后就没这待遇了，有什么吃什么，你得有个心理准备，这里不比城里，只有粗茶淡饭。我说，我不挑，我爸那人粗糙，把我当猪喂大的，做的菜要多难吃有多难吃，弄熟了就算成功。他说，那也比我强，我从不开火。说着往厨房的方向望了望。

这点我早就注意到了，他家里没有烟火味。厨房门是关着的，几串风干的红辣椒挂在门两边，已经干透，失去了食材的色泽和质地，就像些标本。但是对我来说，开不开火都没什么影响。吃喝我从不挑剔，否则也不会长这么瘦。我问他，画画来钱吗？他说，怎么说呢，肯定不如你爸，但也饿不着肚子，你学画是为了钱？我说，不是，是为了我爸，读不好书，再不学点什么，他那关过不去。他说，你倒是实诚。我说，实不实诚的我不知道，但我从来不说假话，性格就这样，改不了，连狗都嫌。他说，话不能这么讲，在你这年纪，我比你还实诚，你若真想把画学好，这性格倒是好，有几分率性，做人如果目的性太强，心就容易往歪里想，笔下的事物也是走形的。他说了些高深莫测的话，我听不明白。但他夸我性格，让我十分意外。在小城里，我走到哪里，就被人嫌到哪里，除父亲之外，没人拿正眼看过我。

他拿了两只酒杯出来。桌上有酒，我父亲送来的，两瓶剑南春。他拧开一瓶，倒了一杯，另一个杯子空着。要喝点吗？他问我。我说，不喝，这玩意儿辣口。他说，啤酒呢？我说，也不喝，就跟猫尿似的。他笑了笑，伸过手来，把那只空杯从我面前移走。我说，别拿走，不喝酒，我可以喝茶，以茶代酒，也是一样。他说，喝茶的话，你自己去泡。说着把杯子推回给我。

我撕了只鸡翅，叼在嘴里，起身泡了杯茶，坐回桌上。他说，不喝酒，这点倒不像你爸。我说，我爸也不喝。是吗？他有点惊讶，说，他不喝？难道我记错了？我说，你没记错，以前是喝的，我妈走后的那几年，他就是个酒蒙子，天天烂醉如泥，经常喝到深更半夜被人抬回家里，后来当了主任，就把酒戒了，毕竟管钱，喝大了容易出事。他点点头，说，这倒是，人跟钱扯上关系，就得收敛点。他喝了口酒。他喝酒也跟别人不一样。我们这地方，酒风豪放，无论白酒还是啤酒，杯子举起来，就是一口见底。他却跟尝毒似的，嘴唇轻触着杯子的边缘，一点点抿着，嘴里嗞嗞有声，让人觉得从酒里面也能品出一种享受来。

其实他不胜酒力,两杯之后,镜片后面的目光就开始浑浊了。到第三杯,手已经不听使唤,筷子飘飘忽忽,夹不住菜,总戳到盘子外面去。我问他,你还行吧?他点点头,说,这才到哪里,我这酒量,没有半斤以上,打不住。他对自己很有信心,但说话已经含混不清了,舌头就像打了结。我把那盘烧鸡挪个位置,推到他面前。他定定神,终于夹起来一块。但还是没能吃上,刚送到嘴边,手一抖,又掉到桌上。他有点尴尬,放下筷子,眼神迷迷糊糊。你是不是困了?他问我,然后指了指房间的方向,说我要是困了的话,就先去睡觉。

我确实困了,坐了一路的车,又看了几个小时画册,身体和眼睛都十分疲惫。我说,好的,那我先去睡。他说,去去去,去吧。我拧开热水瓶,倒了杯开水,端给他时,发现他已经歪着脑袋趴在了桌上。他睡着了,酒杯依然紧紧攥住,我使了好大劲,才从他手里掰下来。

外面还在下雨,夜色里,雨丝纷乱地交织。屋檐下挂着清晰的滴水声,将小镇衬托得格外空旷、寂静。来小镇之前,我听父亲说过,小镇上总是下雨,一年到头,很少有阳光朗照的日子。离开小城时,经过一个商场,父亲特意停下来,给我买了个电风筒,以便衣物受潮时使用。但是说实话,小镇上雨水虽多,湿气却并不重。因为有风,从河面过来,把两岸的街道吹得清清爽爽。到了夜间,风更大,空气中渐渐有了凉意,我想把他挪到房间里去,试了试,很沉,挪不动,只好让他就那样趴着。进房间睡觉之前,我找了条毯子,给他披上了。

7

在小镇上，时间是模糊的。日子安安静静地走着，一晃就过去了。我记得父亲送我到小镇上来的那天，还是秋季，小镇铺着一层金黄的落叶。转眼之间，那些落叶就被北风席卷干净了，雪下了起来。这时我才知道，冬天来了。

我喜欢小镇上的冬天，雪下得热烈，一夜之间，就堆积起来了，放眼望去，天地间已是茫茫一片。在小城里，我很少见到雪景，虽然照样会下，但无论晚上下得如何努力，第二天一早，便消融在脚印和车轮下面。偶尔积起稀薄的白色，也是昙花一现，来不及停留，就被环卫工人扫走了。我记忆中，小城里的冬天是残缺不全的，干燥中带着一丝凌乱，看不出这个季节的特性。但是在小镇上，冬季是如此鲜明。积雪野蛮生长，无人清扫，一层压着一层，在小镇上堆出一种洁白和厚实来。天气也冷得彻骨，风一吹，屋檐下就挂下一排晶莹的冰柱。这才是冬天该有的样子——宁静，肃杀，凛冽。白天的时候，小镇安安静静，就仿佛被冻住了，晚上反倒热闹起来，北风呼啸着，把门窗推出咣唧咣唧的声音。偶尔传来喀嚓一声巨响，那是有树枝被积雪压断了。

这样的数九寒天，老宋仍一如既往，准时睡觉，准时起床，只是比往常多了道取暖的程序——洗漱完毕之后，他会在院子里生起一炉炭火，把双手烤热，让冻僵的指关节恢复灵活，把凳子也烤热，再坐下来，开始画画。我也不再外出，因为实在太冷，离不开炉火。整个冬季，我就像只冬眠期的穴居动物，蛰伏在老宋身边。他低头画他的画，我则看着他画。但也只是看看。因为画笔握在手里，他便不再言语，整个人是痴的，眼里只有画，周围的一切，对他来说都是空气。有时我无聊了，想找他说说话，往往我说上半天，他才心不在焉地敷衍一两句。大多数时候，院子里是沉寂的，就仿佛是为了配合冬天的荒凉。奇怪的是，我并不觉得枯燥。

我想，应该就是从那个冬天开始，我对画画有了不同的认知。老宋虽然没教我什么，但他手里的画笔，以及对画画的那种痴迷，却潜移默化地影响着我。不知何时开始，翻看画册时，发现春宫图已经索然无味了，我的兴趣转向了唐代的壁画，宋代的工笔，明清的山水，扬州八怪的梅兰竹菊，以及八大山人的花鸟。芥子园的那套画谱，起初是没什么兴趣的，后来也喜欢上了，并认可了它的经典，越看越入迷。又过段时间，我开始看一些西方的油画，从中西两种画风的对比中，体会技法和表现上的差异。等我把老宋的藏本翻完，中外美术史的脉络也差不多清晰了。再看老宋画时，脑子里不再空泛，有了线条和色彩的影子。见他画到精彩之处，我仿佛手里也有支笔，会跟着他落笔的节奏以及轨迹，不由自主地点点画画。

有一天，他注意到了我手上的动作，把笔放下来，问我，你带画板了吗？我说，带了的。他说，拿出来试试。我说，试什么？他说，看我画了这么久，可以动动笔了。我愣了愣，有种受宠若惊的感觉。我不喜欢被人管束，但长时间的冷落，比有人管束还要让我难受。来小镇之前，父亲给我买了套画具，装在一只箱子里，到小镇之后，老宋一直没教我什么，便扔在床底下，从未打开过。若不是他突然提到画板，我压根就想不起来。我进到房间，找出那只箱子。因闲置太久，上面蒙了层灰。我拿块抹布把灰尘擦掉，打开一看，里面全是画具。父亲毕竟是老宋的学生，上过他的美术课，准备的东西还挺齐全，该有的都有。我把画板拿出来，又挑选了几支型号不同的铅笔，用卷笔刀削好，回到院子里。我说，准备好了。

他点点头，让我把画板支起来，在他旁边坐着。他问我，来这里多久了？我说，三个月吧，不对，应该有四个月了。他说，时间不算短了，天天让你看着我画，有什么想法没有？我说，想法没有，就是有点无聊。他点点头，说，那就好，无聊是难免的，你爹交代过我，说你性子急，得磨一磨。我说，已经磨好了。他说，我看也没他说的那么急。我说，我爸的话也不能全信。他说，你画两笔试试。我问他，画什么？我以为他会像学校里的那些美术老师一样，讲些基本知识点，让我练习线条，或者对着某个雕像的头部素描。但是他什么都没讲，只让我自由发挥，随便画，脑子里想到什么就画什么。草草交代几句，又不说话了，低下头去，继续画他的画。

我集中精力，把目光落到画板上，想动笔时，却力不从心。翻看了几个月的画册，加上在他身边耳濡目染，我非但没有收获，反倒不如从前。以前想到什么，随手就能画出来。懂的东西多了，心里有了几分敬畏和谨慎，同样的事物出现在脑子里，比以前复杂了许多，也抽象了许多，很难凝聚成形，勉强有了几分样子，稍一晃神，又散掉了。我盯着画板，思索良久，笔迟迟未动。他说，画不下去？我点点头，说，脑子是空的，不知如何下笔。他说，这也正常，我有点着急了，这样吧，你在院子里找找看，如果有感兴趣的东西，就照着画。

我四下看了看。跟刚来时相比，院子里有些变化，围墙又塌下一块，多了个豁口，上面积着雪，砖头的缝隙间，有杂草长出来，已经干枯。我打量了一会，脑子里慢慢有了一幅画的雏形。便坐下来,开始动笔。我初中时学过美术,有素描底子,临摹一样东西并不难,不到半个小时,就画好了。拿给他看。他瞄了一眼,说,构图能力是有的,但路子不对。我说,哪里不对?他说,即使是临摹,也不能完全依样画葫芦,那样会把东西画死。我说,这话我没太明白。他说,我的意思是,你得有自己的想法。我说,懂了。我想了想,又加了几个小孩进去,长在缝隙间的那丛杂草,也稍微改了一下,让它弯向一边。如此一来,画面便多了几分动感。

这次他停下笔,认真看了一会,说,路子是对了,但还远远不够,画画动的不仅是手和眼睛,还有这里。他指了指自己的脑袋。我说,那就难办了,我脑子笨。他说,谁说的?我说,老师。他说,扯卵淡,这世上就没有笨的人,只看你用不用心。说完他让我换张纸,再画一遍,速度放慢点,画的时候,多想想与画无关的东西,真正的作品,功夫不在画里,在画外。我问他,什么意思?他想了想,大概也难以说出个所以然来,便没有解释,只说这是先人的道理,可意会,不可言传,他一时也跟我讲不明白。总之,冰冻三尺,非一日之寒,画画这事,没有别的窍门,就是多画,多想,熟能生巧,等你画多了,也就把什么都弄懂了。

我换好画纸,重新开始画。还是同样的内容,跟第一遍相比,速度却慢了许多。每一笔落下去,都十分地滞重和迟缓,就仿佛有种无形的力量在笔尖坠着。还没画到一半,天已经黑下来了,院子里亮起了灯。不知什么时候,他出了趟门,把吃的东西买回来了。他说,先收起来,该吃饭了。我说,还没画完,再等会儿。他说,明天再画吧,不急于一时,人是铁,饭是钢,没有什么事情比吃饭更打紧。我看了一眼墙上的挂钟,八点半,小镇已进入夜晚,老街安静下来。我听到河水在潺潺流动,就像是河流在夜色中发出的低语。我确实饿了,站起来,眼前一阵发黑。定了定神,我把画板收好,开始吃饭。

8

自那以后,我每天都要画上一两幅。小镇上的群山、天空、公路、河流,以及河中驶过的船只、挂在河两边的街道、街上的房子、青石板路,等等。但凡我见到的,或者想到的事物,都被我搬到了纸上。

等我把大半座小镇画下来时,冬天已经过去了。冰雪消融之后,小镇披着一层淡淡的新绿,精神抖擞地苏醒过来。被封闭了一冬的小镇人,又以慢吞吞的节奏,回到了以往的生活里。而我的习惯,却停留在了冬天。不知何时,我已经跟上了老宋的生活节奏,生物钟也和他调整到了一致。我每天早睡早起,大部分时间,都待在院子里,很少外出,除了吃饭睡觉,就是画画看书。我也像老宋一样,一头扎进由线条和色彩构成的世界里,有了几分痴迷。

我画得越来越好,老宋对我的要求,也越来越高。每次画完,他都会提些意见,让我一遍遍修改,直到他满意为止。有时他在旁边看着,只要有一笔不到位,便踢我一脚,力道恰到好处,让我从凳子上跌出去,又不至于伤着。我也乐意接受这样的惩罚,爬起来拍拍沾在身上的灰,坐回凳子,接着又画。这时的老宋,俨然有了几分师者的样子。只是无论如何,他都不允许我叫他老师,就好像这个受人尊敬的称呼是道陈年的旧伤,隔着几十年的时间,依然触目惊心,随时会穿越过来,像刀子一样扎痛他的神经。他也不让我叫他师父。在他看来,师父这两个字比老师更重,除了授业解惑,还包含了一个"承"字。照相馆在小镇上出现的那天开始,他就已经清醒地意识到了,乡村画师这一职业,已不可传承,也没必要传承。就像他画过的那些遗像,无论生前如何风光,结局也只能注定是消亡。

除了老师和师父,我叫他什么都可以。比如老宋,宋老,甚至直呼其名,他也毫不介意。他看上去清高,古板,其实骨子里是随性的,只是在属于自己的一小块领域里,保持着高度的独立和严谨,因此让人觉得难以接近。他也并非沉默寡言,之所以不爱说话,只是没有共同语言。随着我绘画水平的提高,他和我之间有了交集,交流便多了起来。有时画着画着,画到得意之处,他会停下笔来,让我看看。看过之后,问我画得如何,是不是比以前要好。我按着自己的理解,如实评价。他若觉得我说得对,就点点头,继续画下一笔。若是与他的看法相左,就会纠正我的错误,说我没看明白,然后把道理一条条摆出来,直到我服气为止。

有次他画完一只瓷瓶,突然停下笔来,说,你也停一下。我说,什么事?我把笔放下来。他指了指面前的瓷瓶,说,你来这里,画两笔试试。我有点蒙。我问他,我能行吗?他说,行不行的,我说了也不算,你得试试才知道。说着他站起身,把凳子让给我。我坐下来,接过他手里的笔。他抱了只新的瓷瓶过来,将画好的那只挪到一边,当样品,让我照着画。我看了看,是幅童子拜寿图,两个扎冲天辫的小孩,喜气洋洋地抬着一只寿桃,构图十分简单,却把我难住了。以前画的是平面,陡然换成瓷瓶,难以习惯弧面带来的差异,视觉和判断都失去了准头,笔落下去,总是歪着走。画上几笔之后，我有点着急，脑门上沁出冷汗来。他说，你别紧张，刚开始画的时候都会这样，这是技巧上的问题，不难解决。然后言简意赅，讲了几点用笔的关键之处。他讲大道理时，总是模棱两可，我难以理解，可是讲到绘画技巧，却浅显易懂。这让我确信，他以前站在讲台上的时候，一定是位优秀的老师。我一边画，一边琢磨他讲过的要点，很快便掌握了其中的窍门，笔也就走正了。

画完以后，我看了看，自我感觉还不错，虽不如他，但也有几分接近了。可他只看了一眼，就觉得不好。他说，天赋是有的，也有几分灵性，就是画得太像。我说，这话怎么说，画得像不好吗？他说，画画重要的不是形，而是意。我问他，什么意思？他说，简而言之，就是自我意识的表达。我说，你又把我绕糊涂了。他说，糊涂也没关系，理论方面的东西，听听就好，能理解就理解，理解不了也无所谓。学画靠的是三分天赋，七分努力，有些东西别人可以教你，还有些东西是教不了的，得自己去悟。我说，那得悟到什么时候？他说，画画是一辈子的事，不急于一天两天。如果你只想考个美院，专业上已经够了，但若是想画出点名堂来，再画个十年八年，也只能说是摸着了这一行的门槛。

我说，这门槛有点高，十年八年，我都儿女满堂了。他说，还想儿女满堂，你以为旧社会啊，懂计划生育吗？我说，说笑的，儿女满堂，谁养得起，我爸生我一个，都后悔当初没把我扔进马桶里淹死。他说，不扯卵淡，说正经的，你喜欢画画吗？我说，喜欢，但也只是喜欢，没想过要画出什么名堂。我以为他会对我的回答失望，但是没有，相反，他给予了赞扬，说很羡慕我的心态，他自己就不行，有些道理想得明白，却活不明白。就比如画瓷画这事，心里是不愿意的，为生计所迫，也只能接受。画了半辈子，还是离不开稻粱谋，这一点，你比我要好。

我说，为稻粱谋也没什么不好，凭本事赚钱，天经地义，不为五斗米折腰的人，毕竟也是少数。他说，艺术这东西，沾上一个钱字，也就俗了。我说，依我看，艺术两个字应该拆开来理解，艺是手艺，术就是把手艺卖出去。他说，你从哪里学来的歪理？我说，相声里听的。他说，你还喜欢相声？我说，我爸喜欢，天天听，他开着电视机的时候，我可以不看，但不可能把耳朵捂住，所以就顺带着也听过几段。他瞪我一眼，低下头去，开始画画，不说话了。每次聊天，话题里出现我父亲，他总是立即避开，就仿佛是个雷区。父亲也是如此，不愿面对老宋，或者说，他害怕面对。把我送到小镇上之后，他便再也没有来过。

9

父亲再次来到小镇时，我在老宋身边已经待了两年。不经意间，我成年了，身体有了些变化，嘴唇和下巴上多了层胡须，用剃须刀刮掉，过几天又会长出来。我总是不由自主地想去抚摸，那种青涩的粗糙感，带给我的是一种关于成年以及成熟的心理暗示。画画的时候，我不再那么专注了，晚上做梦，总梦到在学校的情景，醒来便会想起那些漂亮的女生。但也只是想想。这两年，我待在小镇上，很少回那座小城，无法与梦境里的人事发生真实的接触。父亲也没怎么管我，我在老宋身边，他很放心，此外，他工作也确实忙，偶尔打个电话过来，不是在会议中，就是在饭局上。电话里总是充斥着一片混乱和嘈杂，说不上几句话，就匆匆挂了。

必须承认,在工作上,父亲成绩不错。当然,这离不开运气,外加同行衬托。那几年海南开发,兴起一轮狂热的投资潮。县城里的几大银行都把资金抽调出来,拿去那边去炒房地产,指望一夜暴富。只有父亲不为所动。他不是个喜欢冒险的人,多年来坚守中庸之道,不求有功,但求无过。这样的坚守是消极的,却也成就了父亲。没过多久,那轮开发潮就退去了,新的经济特区也失去热度,没能再现深圳奇迹。大多数投资血本无归,不少行长跳了楼。他们就像层灰暗的底色,以自己的失败,把我父亲衬托出来。我到小镇上的第二年,父亲迎来了人生的高光时刻,被调到县政府,当上了县财政局的局长。虽然还是管钱,但一个是贷款,一个是拨款,一字之差,身份和地位截然不同,说话做事,比之前的那个小主任要有底气多了。

新的岗位,给了父亲极大的工作热情。上任之后,他就像只工蜂,忙得不亦乐乎,对我无暇顾及。等三把火烧过,工作和人际关系都理顺了,才想起我来。他觉得把我放在小镇上,虽然省事,终究也不是长久之计。于是打电话过来,跟我商量,说我年龄已经不小,该想想今后的出路了。我说,出路这种事情,你帮我想就行了。他问我,你是想找个工作,还是想做点生意?我说,我无所谓,你看着办。说完就把电话挂掉了。过一阵子,他又打了过来,说想来想去,还是觉得我开挖掘机最好,现在小城里的发展是日新月异,到处都在搞基建,每一铲挖下去,都是钱。

这就有点过分了。两年前,他为我规划人生时,就认定我是体力劳动者。没想到我学了两年画之后,在他心里的定位,仍然没有半点改观。我不排斥体力劳动,但我十分讨厌挖掘机,总觉得它张牙舞爪的样子十分难看,象征着暴力和攫取。我说,我怎么离不开挖掘机了?那还不如让我回学校读书。父亲一口应允,好,这可是你说的。说完重重地松了口气,生怕我反悔似的,立马就把电话挂了。这时我才意识到,他说了一大堆,其实是在引导我把读书这事说出来,他好一锤定音。虽然我个子比他高,但是在心计方面,我压根不是他的对手。

放下电话,父亲就开始活动了。这一次,他绕开校长,直接找到县文教局局长,请了顿饭。为了我的前途,把多年来的酒戒也破了。那天他喝了不少。喝酒时,一个劲儿地拍那位局长马屁,说他领导有方,带出了一支优良、高素质的人民教师队伍,全县的校风校纪,那是好得不能再好。把局长拍舒服了之后,又特意表扬了两年前把我开除的那位校长,说他是位尽忠职守的好同志,有担当,有原则性。对我的事情,却只字不提。搞得局长相当纳闷,酒喝痛快了,好话也听了一大堆,却不知我父亲如此隆重地请他吃饭是出于什么目的。过了两天,出于礼尚往来,局长回请父亲。父亲这才顺嘴提了一下我被开除的事情。局长立马心领神会,一个电话过去,就让那位校长调走了。新来的校长很给父亲面子,立马将处分撤销掉,恢复了我的学籍。这也意味着,我在老宋身边学画的日子走到了尽头。

两天之后,父亲就来到了小镇上。这次没带司机,车子也换了,桑塔纳变成银灰色的别克。这辆新车就跟新的职位一样,让父亲更有自信了。两年前进小镇时,他还保持着低调,让司机别鸣喇叭。这次自己开车,喇叭按个不停,老远就听到一阵嘟嘟的声音,沿着老街过来,如同一种告示,或者炫耀。但是到了老宋面前,父亲仍然没有底气，进了院子之后，身上的自信立即收敛，毕恭毕敬地站着，就像小学生做检讨一般，向这位曾经的老师问好。

老宋还跟两年前一样，只顾埋头画画，让父亲的问候变成徒劳，就仿佛在对着空气自言自语。父亲自觉无趣，便简明扼要地说了几句，把要接我回去上学的意思表达出来，退出了院子。过了一会，门外传来打火机的声音，父亲又在抽烟。每当情绪波动，或者内心无法镇定时，他都会抽烟。

我问老宋，我要不要出去看看？他这才把手里的笔放下来，朝门外看一眼，问我，这事你是怎么想的？我说，我还没想过，听您的。他说，讲什么卵话，门外站着个爹，怎么就听我的了？我说，一样的，您也是爹，一日为师，终身为父嘛。他说，别扯卵淡，说正经的，你已经成年了，有些事情得学会自己做决定。我说，我要是能做决定，还要师父和爹干什么？他说，你真听我的？我说，当然，那还能有假。他说，那跟你爹走吧，留在我这里，没什么出息，只会断了你的前程。我赶紧应允，好的，师父，听您的。他剜我一眼，说，应得这么爽快，你早就想好了吧。我说，是的，书读少了，画来画去，上不了道，再说了，师父学富五车，徒弟却是文盲，这有点说不过去吧。他点了点头，对我的理由表示认可。

其实父亲打来电话时，我就已经做好了选择。倒不是为了前程，而是我确实想读书了。两年的学画经历，让我逐渐意识到，画画并不是一件动动手，就能做好的事情，除了精湛的技艺之外，还需要足够的知识储备来支撑。我想，这也是老宋让我离开的原因。但是看得出来，他还是不舍，心里有点乱。我瞄了眼墙上的挂钟，时间还早，但他已经无心再画下去了，索性把画笔和颜料收了起来。在我印象中，他在这个时间点收工，还是第一次。他走到洗脸盆前，把双手仔细地洗干净，用毛巾擦干，站在那里，沉默着。我说，我都要走了，您不再教我点什么绝招吗？他说，扯卵淡，我哪有什么绝招。我说，从背后踢我那一脚，就很绝。他意识到我在开玩笑，不耐烦起来，让我收拾行李，快点滚蛋。说着他的脚又踢了过来。

我赶紧闪开，跑进房间，看了看，其实没什么可收拾的。来的时候，带了好几个箱子，都是父亲为我准备的，其实大多数东西用不上。两年过去，该扔的都扔了，只剩下一些换洗的衣物。我随便清理了一下，卷成一团，塞在一个包里，拎着出了房间。我说，师父，我走了。他嗯了一声，看着我，嘴角动了动，想说点什么，又没说出来，就挥了挥手，说，走吧，快走。

我说，好的，师父。我出了门，刚走几步。他又追了出来，把我叫住，说，对了，以后别叫我师父。我说，为什么？他说，也没教你什么东西，受不起这两个字。我说，您教我的已经很多了。他说，都是些皮毛，没什么卵用的。我说，那也得叫师父，两年时间，还不值一声师父吗？他说，不值，顶多也就是爷儿俩。我说，好的，师父，我记住了。他说，你还叫？记性被狗吃了？我说，好的，老宋。我还想说点什么的时候，他已经进了院子，砰的一声，把门关上了。

10

再次回到校园，我像是变了个人，生活起居，言行举止，都规矩了许多。我不再逃课，也不再打架闹事，与老师和同学相处，也十分融洽。我突然发现，生活就是面镜子，你以善意面对，它回馈的也是善意。与老宋相处两年，我最大的收获，并非是绘画上的进步，而是从他身上，学会了克制和隐忍。这是父亲没有预料到的。面对我的变化，他没有感到欣喜，反倒很不适应，就好像他这一辈子的职责，就是为我息事宁人。这时我才体会到了，为人父母有多么不易。尽管我已经改变，但作为父亲的那份责任和警惕，依旧像副枷锁似的，沉重地套在他身上。

更让父亲感到意外的是，我开始正儿八经地读书了。因为中断学业两年，我比其他同学更有紧迫感，也更加努力，上个洗手间，手里都拿着书本，总想着要争分夺秒，将那些荒废的时间追赶回来。高三的时候，成绩慢慢赶上来了，从倒数到了中游，但也没能继续往前进步。这是天赋使然，在我家族里，从我开始，往上数五代，也没几个值得一提的读书人。因此，对我的成绩，父亲疑虑重重。他似乎习惯了我次次拿着倒数回家，试卷上的分数稍稍好看一点，便认为是源于作弊。这让他十分不安。在父亲看来，作弊比打架要严重多了。打架只是脾气问题，而作弊则关乎一个人的品行，等同剽窃。有好几次，我考试的时候，看到父亲躲躲闪闪，猫在教室外面，像个侦探一样，窥视着我在考场里的举动。他压根就不相信我能把书读好，就像不相信一匹骡子能下出崽来。他没想过我本质上也许就是匹马。

直到高考完毕，我接到录取通知书，父亲才彻底相信了，我的进步，确实是来源于自己的努力。当然，也有运气，这点不可否认。那一年，大学招生开始并轨，通往象牙塔的门槛瞬间降低了许多。我报的是南方的一所美院，文化成绩勉强过了录取线，专业成绩也只是平平，可谓涉险过关，跟那些学习成绩优异的同学相比，实在微不足道。然而在父亲看来,我已经是家族中最有出息的人了。

　　大学四年一晃而过,除了谈过一场恋爱,分过一次手之外,其他方面乏善可陈。虽然读了不少书,也听了不少讲座,还看过一些大型的画展,学会了操着满嘴的理论,侃侃而谈,将自己伪装成科班出身的画界精英。可实际上,在绘画方面,我非但没有进步,反倒失去了判断标准。这是一个大师辈出的时代,决定作品命运的,与作品本身并无多大关系,而是取决于名气、人脉、商业炒作等外在因素。每次班级组织看画展,我都是乘兴而去,败兴而归。因为我发现,有些价值不菲的作品,细看之下,其实是在装神弄鬼,作者名气很大,却连基本功都不具备,就仿佛披着一件皇帝的新装,明明空无一物,却被某些权威人士倍加推崇,冠以种种盛誉。这时我会想起老宋,与这些大师相比,他是那么的卑微,可是他身上的工匠精神,却是大师们所不具备的,同时也是这个时代共有的缺失。他的坚持和淡泊,有如明镜,映照着一个时代的浮躁和功利。等我想明白了这些之后,对画画便彻底失去了兴趣。

　　毕业后,我回到小城,在父亲的安排下,进了一家机关单位上班,朝九晚五,旱涝保收,过着一种让小城人羡慕的生活。但这不是我想要的,因为这样的日子过于安稳,缺乏层次。如果我安于现状,那么,从父亲身上,就可以把我的一辈子看到底了。我坚持了不到半年,就辞去工作,跑到深圳,投奔了一位同学。他在大芬村画油画,很自由,收入也不错。我原本打算跟他一样,也当名画工。可是画了没几天,我就发现,画画不如卖画有前途。于是打电话给父亲,让他想想办法,给我弄笔钱。父亲问我,要多少?我说,要不少。他说,不少是多少?我说,最少十万,你要是想多给,我也不反对。

父亲吓了一跳，立马紧张起来，说，出什么事了？要那么多钱？我说，你就不能盼着点我好？能出什么事，就是想做点生意。他松了口气，说，做个卵的生意，你就不是那块料，你要还当我是你爹，就听我一句劝，赶紧回来，老老实实上班。说完就撂了电话。我以为彻底没戏了。小城里的单位，是父亲帮我找的，花了不少人力物力，我却连声招呼也没打，就辞掉了，他对我的失望可想而知。可是半个小时之后，手机传来振动，我打开一看，是银行发来的信息，钱已经到账。

事实证明，我在经商方面，比读书要有天赋多了。当然，运气也好。那时大芬村的油画刚起步，还没形成规模，画行不多，就那么十几家，零散地分布在城中村的角角落落里。经营方式也传统，以零售为主。我正好踩在一个临界点上，刚把画行开起来，大芬就迎来了前所未有的机遇，几位香港的画商发现了这个地方，就把画行捆绑起来，进行资源整合，让油画从零售变成了批发，源源不断地走向国外。市场一下子就打开了，画行也一家接一家地开起来，很快就形成了规模化的产业，大芬也成为油画村。借着这股东风，我的生意越做越大，开始只有一间门面，不到两年时间，就扩大到一整层楼。又过几年，我干脆把画行扔给我那位同学，在香港开家公司，专做油画贸易，在这个行业里，算是有了一席之地。

对我在商业上的成绩，父亲一直没什么感觉，他一生都在与钱打交道，麻木了，我赚得再多，对他来说都只是个数字，远不如仁义二字金贵。他时常提醒我，做人要饮水思源，多想着点你师父。开始的时候，我记着父亲的话，隔三差五，就会给老宋寄笔钱。但他从来不收,每次寄过去,一分不少地退回来。有次寄得多了点,他马上打电话过来,说,心意我收下了,钱断断不可再寄。我说,您别那么见外,徒弟请师父喝个酒也不行吗?他打断我,说,听我说,别插嘴,懂点规矩,都大老板了,别人说话的时候你也这样?他的语气严肃起来。他说,我这一辈子穷困潦倒,没什么值得称道之处,但一个人再穷,也总得有几分骨气,君子不受嗟来之食,这点尊严请你留给我,往后若是再寄钱,你我之间的情分也就断了。然后挂了电话。他是个说到做到的人,自那以后,我再也没给他寄过钱,联系也渐渐少了。

跟父亲不一样,我们这代人,已经彻底物质化,离开钱,便找不到合适的情感表达方式。人是善于遗忘的动物,我也不例外,慢慢地,我对老宋也就淡忘了,偶尔想起来,也只是浮光掠影一般,从脑子里迅速闪过。这方面,父亲比我做得要好,他和老宋之间,虽然也无联系,却一直在通过打听,关注着他的状况,偶尔还会利用一下职权,暗地里帮他解决些生活上的困难,比如购买农村医疗保险、农村养老保险。对老宋来说,不算锦上添花,却是雪中送炭。在我看来,父亲对老宋的关照,已经超越了师生之谊。难能可贵的是,他能够一直坚持。

有一天,父亲打来电话,让我赶紧回趟家,说出大事了。语气十分慌乱。搞得我立马紧张起来。当时正在陪客户吃饭,我挂掉电话,连单也没来得及买,就离开饭局,在路边打了辆车,直奔高铁站。十万火急地赶到家里,却发现什么事也没有。父亲好端端的,能吃能喝,比以前更加红光满面。原来他说的大事与自己无关,指的是老宋。他告诉我,你师父病了,癌症晚期。

我吃了一惊，倒不是因为老宋的病，而是惊讶于自己的遗忘。这位曾经与我朝夕相处两年之久的师父，父亲若是不提，我竟想不起来了。在深圳待的时间长了，我也跟那座城市一样，越来越没有人情味，记忆仿佛成了张筛子，不管重要还是不重要的人，都能从中漏掉。父亲说起老宋的病时，我也只是稍有触动，旋即就恢复平静。也许是年岁渐长，见多了生离死别，已经麻木。父亲让我到小镇上看看他，最好能把他接出来，到省里找家医院看看，也算是尽了孝，他说师徒一场，是几辈子才能修来的缘分。我这才来了。原本说好一起，半路上，父亲却找个借口，下了车。他还是不愿面对老宋，或者说不敢面对。他和老宋之间，就像系着一个死结。父亲一生都在努力，却无法解开。

11

十几年过去，小镇变化很大。就跟中国无数的小镇一样，在热火朝天的城镇化建设中，已褪去了当年的乡土之气。银行、超市、网吧、顺丰、圆通、电信、移动，等等，这些现代的元素和符号，小镇上一样不少。街上的人也多了，熙熙攘攘的，拥挤着，小车和摩托车不停地鸣着喇叭，缓慢地穿过嘈杂的人群。楼房更密集了，也更高了，头使劲仰起来，才能看到小镇边缘的山峰。原有的两条街道旁边，又长出七八条街来，将小镇连成棋盘的结构。高速公路也通进来了，穿过雪峰山脉，从小镇边缘擦过，又穿山而去。不时有拉着集装箱的货车飞速驰过，空气中传来马达的轰鸣和震动，让人恍如隔世。很显然，小镇已不复昔日的宁静。

老街还在，但也只剩下名字了。曾经的古朴荡然无存。木房子全部拆掉了，换成了三四层高的楼房，青石板也消失不见，一层水泥僵硬地覆盖在上面。唯一留存下来的，只有老宋家的院子，在老街尽头，就像个句号，宣示着它作为建筑物的使命即将终结。而老宋是对这种终结的最后坚守，就如同这座院子本身，孤零零的，与小镇上的变化保持着遥远的距离。一进门我就发现，他家里还是十多年前的样子，家具未曾添减，摆放位置也未曾变化，只是更加陈旧了，风吹进来，桌椅和门窗便抖出一种残破的声响。这样的环境里，他的衰老和疾病，似乎也显得合情合理。如果我没记错，他今年六十岁，花甲之年，但已是一副老态龙钟的样子，明显要超出实际年龄许多。他的头发全白了，也几乎掉光了，剩下稀疏的几缕，仍梳得整整齐齐，一根根清晰地贴在光亮的头皮上。他的胃口也大不如从前，吃起东西来，就像试毒一样。一只烧鸡，只夹了只腿到碗里，吃到一半，就把碗筷放下来。我说，您多吃点。他说，饱了，现在的日子不比从前，饭菜里油水足，随便吃几口就能饱。

　　他没有再动筷子，只喝酒，慢慢抿着。我也喝酒，对他的病，只字不提，毕竟关乎生死，我有所顾忌。喝到五分，酒劲上头了，才鼓起勇气开口。我说，听说您病了。他愣了愣，酒碗停在嘴边，咳嗽一声，把碗放下。他说，你听谁说的？我说，我爹。他叹了口气，说，多少年了，他还是这德性，嘴跟裤腰带似的，你别担心，没什么大碍。我说，还没什么大碍？情况我都知道了，我今天来，就是要接你去省城，找家大医院看看。他说，这是你的意思，还是你爹的意思？他伸了伸脖子，又想咳嗽，到了嘴边，赶紧伸手捂住，就像吞药似的，将那声咳嗽强行吞了下去。我说，我爹的意思。想了想，又补充一句，也是我的意思。

他说，有这份心意就足够了，这情我领，省城就没必要去了，路途太远，颠来颠去的，受不了那折腾。我说，不折腾的，现在通了高铁，也就是个把钟头的事，车上眯一眯就到了。他说，个把钟头我也不去，小病不需要治，大病也治不了。我说，现在医学发达了，什么病都能治好。他说，能不能治好，我比你清楚，到了我这年纪，也算是尽人事，知天命了，走了没什么遗憾的。我说，您太消极了，好死不如赖活着啊。他说，这不是消不消极的事，你别说了，来，喝酒。他端起碗来，抿了一口。

我也端起碗，继续喝着，没再劝他。从理性上来说，像他这种情况，即使去了医院，的确也改变不了什么，只会徒增痛苦。而且我也知道，我是劝不动他的。十几年的时间，小镇可以改变，他的身形和容貌也可以改变，但是骨子里的东西改变不了。他还是那样的性格，尽管腰背已经佝偻，但偶尔挺直时，就会有一种坚硬和倔强往外散发。只是精气神不如从前了，多说些话，目光里便露出倦意来。他喝了口酒，把碗放下来，问我，你还画画吗？

我说，偶尔也画几笔，当休闲，太忙了，没什么时间花在上面。他说，忙些什么呢？我说，什么赚钱就忙什么。他说，你倒是实在，这样也好，这年头，活着也就是奔个钱字，不画是对的，别学我。我说，我倒是想学您，像您这样活着，多洒脱。他说，也就剩下洒脱了，你别笑话我。然后又端起碗来，不说话了，只喝酒。跟以前一样，离开画，他便很少言语。我也不想聊画，就陪他喝着。酒确实是好。小镇变化再大，总还有些东西保留下来，比如说烧鸡，还有酒，小镇人自己酿造，纯手工，没有勾兑味道。喝了一会，就把寒意驱散了，身上热了起来。我把外套脱下，放在一边。

这是湘中的十月，小镇已进入深秋，雨一场接着一场下，越下越寒冷。从院子里往外看，雪峰山被浓雾圈着，只有几座山峰冒出来，积着雪。雪光反照下来，让小镇上的夜晚也显得明亮。他只穿了件单衣，不时被风吹着，抖出一种空荡和瘦弱。但是我看得出来，他即使病着，抗寒能力也仍然很好，也许跟早年习武有关。我想找件衣服出来，给他披上。他说，不用，多少年都是这样，单衣单裤的，习惯了，你想睡觉了吗？他看了一眼墙上的挂钟。

我说，还早，在深圳，十二点以后才算到晚上。他说，这里也是，年轻人越来越没起居规律了，深更半夜，还在闹腾，这年头，日子是越过越好，吃穿不愁，却反倒没以前觉得踏实。我说，是这么回事。他说，你是不是无聊？我说，还好。他放下酒碗，说，要是真无聊了，就给我画张像吧。我有些诧异。我说，画像干什么？他说，不干什么，就是考考你。我想了想，那年从小镇上离开时，走得过于仓促，作为师父，他确实欠我一场考试。我说，好，我试试，您要不要换身衣服？他说，不必了，你画头像就行。说着他起身离开，进了书房。过了一会儿，拿了套画具出来，很熟悉，很快我就辨认出来，是我当年用过的那套，他竟一直保存着。我有些意外。我说，这东西您还收着啊。他说，一直收着的，这不，又用上了。

我把画板架好，夹上画纸，坐下来，开始画。这些年，我很少动笔，笔到了手里，有点生疏。他把凳子挪到我对面，坐下来，说，别紧张，随意画。他这么一说，当年学画的记忆扑面而来，我瞬间找到了支撑，手上有了定力，稳住了。这时的老宋，似乎也不一样了，眼睛里有了光彩。我恍惚间觉得，坐在我面前的，并不是一个病入膏肓的老头，而是那个精力充沛，痴迷于作画的乡村画师。

画了几笔，我便找到手感。毕竟是熟悉的人，落笔时成竹在胸。按照比例，我迅速勾勒出他的面部轮廓。到了细节描绘时，他不时离开凳子，凑过来看上两眼，然后指点几句。我说，当年您要这么用心，我就不是现在这水平了吧。他说，这话你说反了，当年我教你，恰恰用的是心，你是个好苗子，可惜时间不允许，没来得及栽培，你就走了。现在我再想教你，也教不动了，人一老，万事皆衰，心力早就没有了，也就只能用嘴巴说说。我说，您别这么讲，姜子牙八十岁才出山，跟他比，您就是个小伙子。他说，别扯卵淡了，认真点画，看你的运笔，还没完全丢掉。

我不再说话，认真画了起来。约摸半个时辰，画好了。毕竟在他身边待了两年，有过强化训练。美院的那几年，虽说把画画的兴趣丢了，但有些东西是永远也丢不掉的，他教我的那些技法，早已形成肌肉记忆，刻在手上了。实话说，单从基本功来论，我还是比较扎实的。画出来的老宋，与真人基本上达到了一致，每一寸肌肤，每一条皱纹，都很精准。可是看来看去，却总觉得不对，具体是哪里不对，又说不出来。我也不想细究，就在明暗交界处，稍稍修改了一下，随意补几笔，交了差。

他看了看，没说好，也没说不好，只说了一句，我收下了。就把画像取下来，小心翼翼地抚平，镶进一个画框里。我注意到他的动作有些失调，画框拿在手里，抖个不停。他加了把劲，想稳住，却无能为力，反倒抖得更厉害了。他确实是老了。他叹了口气，说，我有点困了，先去睡，你把桌上收拾一下，要是不想动，就放在那里，我明天来收。我说，我来收，您只管去睡。

他进了房间,把门关上,五分钟不到,便有轻微的鼾声响起来。这让我不得不佩服,身患绝症,竟还能睡得安稳。他压根就不在乎生死。我把碗筷收好,洗干净了,放进碗柜里,桌子也擦了一遍。再看门外,不知什么时候,雨已经停了。看上去明天将是晴朗的一天,天上有疏朗的星子,围着一轮明月。入夜之后,小镇开始喧嚣。不时有摩托车鸣着喇叭,从门前驰过。河对岸的那条街更是热闹,KTV里的音乐、夜宵摊上的嚷嚷声、行酒令,杂乱地交织在一起,构成了小镇上的夜生活。跟十几年前相比,小镇多了些欢快,也多了几分躁动。我怀念以前的宁静,但是我也明白,如今的小镇,虽然有点混乱,却更接近现实,也连接着未来。

12

两个月之后,我才明白,老宋让我给他画像,并不是考试,而是临终之前,他对我的告别,以及所托。他跟我说过,这辈子最大的遗憾,就是为别人画了一辈子像,到头来,却画不了自己。问原因。他想了许久,才跟我解释,说人有自恋心理,画自己时,不可能做到客观,即便把皮相画出来了,骨相也是画不出来的。这也是画人物的关键,每一笔,每一画,都不能只停留在表面,否则再如何形似,画出来的也只是具空洞的皮囊。这道理我是懂的,只是技艺疏浅,无法达到他的要求。那天晚上,我画完之后,总觉得哪里不对劲,原因就在于此,我仅仅画出了他的外表。

他离世那天,我有种奇怪的预感。一早起来,便莫名忐忑,总觉得有什么事情将要发生,或者已经发生了。果不其然,稍晚一点,父亲打来电话,语气很沉重,他告诉我,老宋走了。只说了这一句话，父亲就把电话挂了。他心里的哀伤，隔着千里之遥，我也能感觉出来。我既不惊讶，也没有太多悲伤，因为有足够的心理准备。那次去小镇时，我就看出来了，他的手再也握不住画笔，这意味着，他的生命中最重要的部分，已离他而去。以我对他的了解，离开了画，即使年岁活得再长，对他来说也只是苟延残喘。他是个骄傲的人，允许自己过得潦倒，但不允许没有念想，空洞地活着。

放下电话，我即刻出发，赶上午的高铁，四个小时之后抵达小城。到了家里，父亲不在，他已经到小镇上去了。我赶紧出门，打辆出租车，直奔小镇。恰逢赶集，小镇乱成一锅粥。满眼是攒动的人头，像群工蜂似的，忙碌不止。时代不一样了，如今的小镇，再也没有人像十几年前一样，坐在街边闲聊了。出租车一进来，就被死死塞住。我下了车，步行前往。刚进老街，就听到一阵哀乐，穿过嘈杂和混乱，从老宋家的方向传来，瞬间就将我推入一种悲凉的情境里。我想起在他身边学画的日子，当昔日的温馨从记忆里穿越而来，和此刻的永别交织在一起时，我心里的哀伤已不可遏止。

葬礼早就开始了，灵堂搭在院子里。靠墙的一边，用砖头垫高出来，架上一层木板，再铺上地毯，就是他接受悼念的场地，两排白色的花圈摆在两边，遗像是我画的，斜立在正中间的一张桌子上。台下坐着一支鼓乐队，男男女女十几号人，都穿着油渍斑斑的白色礼装。大部分时间，他们闲散地坐着，男的抽烟，或者打盹，女的聊天，嗑瓜子，有人进来了，才像大梦初醒似的，懒洋洋地操起手里的乐器，吹吹打打闹上一阵子，然后又复归闲散状态。父亲应该是遵老宋所嘱，才将丧事操办得如此简单。他生前孤僻，死后也不喜欢热闹。

如他所愿，场面确实冷清，追悼的人寥寥无几，偶尔进来一个，也只是放挂鞭炮，说几句话，就转身离去。守灵的人也少，我数了数，除去鼓乐队，加上我和父亲，一共只有七个。另外五人都是男的，年龄跟父亲相仿，从言谈判断，也是老宋的学生。他的亲戚朋友一个没来。事实上，我在小镇上的那两年里，从未见过有什么亲戚跟他往来。在我们这个县，宋是大姓，亲戚肯定是有的，只是当年的牢狱之灾，割裂了亲情和血缘，让他成了孤家寡人。因此，父亲既是学生，又充当孝子，穿着一身素色孝装，跪在灵前，怀里抱着骨灰坛，接受众人的安抚和哀悼。记忆中，这是父亲与老宋走得最近的一次，但两人之间的那层芥蒂，似乎仍然没能消解。画框里的老宋，表情冷漠，眼神警惕，一副拒人于千里之外的样子，仿佛时刻都在担心当年的遭遇会卷土重来，对他的人生和命运再次无情地篡改。而父亲脸上，也仍保持着以往的敬畏之色，就好像怀里抱着的不是骨灰坛，而是生前的老宋。

父亲毕竟为官多年，大半辈子都在参加会议，或者主持会议，组织能力和动员能力还是值得赞扬的。即便是一场葬礼，在他的主持下，也条理清晰，井然有序。每当鼓乐停下来，父亲便叫出一个名字，立马就有位学生过来，跪在灵前，对着遗像进行哀悼，吐露一些多年以来难以启齿，此刻才有勇气说出来的心里话。我断断续续听着，过了一阵子，便大致明白了，参加葬礼的这几位学生，当年都参与了对老宋的殴打，有的下手还挺狠。听着听着，我便觉得这座院子有了一种教堂般的沉重和肃穆，而这场葬礼，似乎也成了一次集体的忏悔。

傍晚时分，赶集结束了，小镇终于不再拥挤，但喧闹还在继续。

这是小镇向现代化迈进的必然结果,噪音永无休止,就像个无所不容的器皿,越来越浑浊,并已经失去了自净能力。再晚一点,天黑下来,葬礼也结束了。鼓乐队先行离去。老宋的那几位学生帮着清理完场地,坐下来,抽了轮烟,也走了。院子里顿时变得空荡起来,只剩下我和父亲。父亲留下是为了给老宋守夜。这是小镇上的习俗,一般来说,亡者在晚上是不能出门的,天太黑了,看不清方向,万一走错地方,到了那边,就找不着回家的路了。明天一早,父亲会把路线走一遍,给他指认明白了,再将骨灰葬到小镇上的公墓里去,他的一生也就画上了句号。

歇了一会,父亲找了块红布出来,将骨灰坛包好,再将遗像挂在墙上,左右移动几下,挂端正了,又拿了块毛巾,把玻璃和画框擦拭出一种明亮的光泽来,让他的老师如生前一般,保持着朴素和洁净。我突然发现,一幅遗像的作用,除了保存死者遗容,还可以让一个人的死亡显得庄重,也更加具有仪式感。这也是乡村画师的价值所在,尽管失去传承,但谁也不能否认这一职业的神圣。擦完画像,父亲把毛巾洗了洗,擦了把脸。他问我,你不走吗?我说,今晚不走了,我陪陪他。父亲点点头,说,不走最好,顺便也陪陪我,现在一年到头都见不着人,会赚钱是好事,但这世上还有些东西比钱更重要。父亲唠叨了好一阵子,我耐心听着,没有插嘴。我知道父亲对我的不满来自哪里。在深圳待的时间长了,我已成为一个彻底的商人,重利益而轻离别,说好听点,是活得理性,说不好听,就是冷血。

我摸出烟来,拿了一根,递给父亲。他摆摆手,说,我不抽,你也最好戒掉,抽多了伤身体。我把烟叼到嘴里,点上火。他又说,别往肺里吸。我说，我晓得了。每次见我抽烟，父亲都会提醒几句，就像某种根深蒂固的习惯，尽管没什么效果，但他乐此不疲。年轻时，我觉得烦，年纪大了，也就习惯了，有时甚至还很享受这样的唠叨。父母的爱，很大一部分就是由琐碎和唠叨构成。

我抽了两口，把烟掐掉了。小镇已进入冬季，下过雪了，但没有堆积起来，我记忆中大雪封门的场景，恐怕是再也看不到了。跟小城一样，小镇上的冬季也失去了特征，变得模糊不清。但还是很冷，旁边就是雪峰山，常年霜冻，稍起点风，就会把寒意送到小镇上来。父亲找来一个电暖炉，摁下开关，坐了下来。他说，你也坐。我说，我不坐，站着舒服点。我确实不想坐，在深圳生活，不是在车上坐着，就是在办公室里坐着，偶尔站一站，反倒是种休闲。

父亲看了看我，把手伸在烤炉前，烤了一会，等手和身体都暖和了，便把目光转向了墙上的遗像。他问我，你画的？我说，是，画得不好。父亲说，这些年没摸过笔了吧。我说，偶尔也摸摸，但是很少，太忙了，没时间。父亲说，也不是不好，只是画得不对。我说，这话怎么讲？父亲走过去，把画像取了下来，举到跟前，仔细看了看，说，具体什么地方不对，我一时半刻也讲不清楚，总之，粗一看哪里都像，往细里看，又哪里都不像。父亲毕竟是老宋的学生，三言两语，就说到了点子上。我说，我也知道有问题，但就是画不好。

父亲说，你坐下来，我跟你讲件事。我说，什么事？父亲嘴唇动了动，话到嘴边，又停住了。有烟吗？他问我。他还是那样的习惯，情绪低落，或内心惶乱，就想抽烟。我搬过一条凳子，坐下来，给他根烟。他向我要了打火机，把烟点上，抽一口，在嘴里打个转，立马吐掉。他抽烟只是装样子，从不往肺里吸，奇怪的是，照样能起到他想要的效果，就好像尼古丁对他来说，不是生理需求，而是心理安慰。抽了几口，父亲已镇定下来，把烟摆在一边，没有再抽。他说，当年的事情，我也有份。我问他，你也动手打他了？他把头低下去，说，那倒没有，但是比动手还要可耻。这时我打断父亲，我说，你别说了。父亲看了看我，目光中有些感激。

　　后面的事情我已经猜出来了。说实话，很突然，但我并不惊讶。早些年，从他面对老宋时的那种尴尬里，我就隐隐看出，他和老宋之间，有难以化解的矛盾，他此刻的坦白，只不过是对我猜测的验证。我走过去，拍拍父亲的肩膀，说，都过去了，谁还没个犯错的时候。父亲说，你不必安慰我，有的错误，一旦犯下，就得一辈子背在身上。说着说着，眼眶湿了。他赶紧转过脸去，避开我的目光。有颗眼泪掉了下来，滴在画像上，闪出一片晶莹的光亮。再看时，画框里的老宋，眼睛变得温润了，就仿佛是父亲的坦白，使他受了感动。

　　我顿时醒悟，知道问题出在哪里了。我走进书房，找了找，那套画具还在，我拿了几支铅笔出来，从父亲手里要过画像，卸掉画框，在眉眼之间，改了几笔。父亲一看，顿时激动起来，说我这么一改，就对味了，让他想起当年的老师，才华横溢，又那么阳光、温暖。这才是真实的老宋。我把画像镶回画框里，挂到墙上，看了看，确实如父亲所言，画框里的老宋，微笑着，一脸的宽容，目光里全是暖意，就像是在告诉我们，他早就看淡了一切，也原谅了一切。

小镇蛇居人

1

　　接到他的电话,我确实有些意外。我们有八年没见面了。上次见他,是我外公去世,他从北京赶回小镇参加丧事。那时他的状况不错,手里有一家工厂,生产手机配件,最大的客户是诺基亚,生意如日中天,赚了不少钱。那年回小镇时,他俨然一副暴发户嘴脸,身上每个毛孔都往外冒着"钱"字。车子刚抵小镇,他就拉开车门跳下来,让老婆开车,在身后缓缓跟着。他抓着个手包,和那辆黑色宝马一起,沿着镇上的主道,徐徐而行,见到老人和小孩,毫不犹豫就发两百块钱。那副财大气粗的样子,就像块磁铁,将半座小镇的人都吸到了他身边。他拍拍手中的包,对簇拥在身边的那群人说,谁肯去他父亲的灵前磕三个头,立马发五百块钱。

　　在我们这座小镇上,金钱向来都有着神奇的魔力。他刚把话放出来,便出现了令人匪夷所思的一幕:一伙人排着长队,浩浩荡荡闯入我外公的灵堂，一个接一个地跪下来，像孝子一样，把脑袋虔诚地往地上磕，灵堂里顿时响起一片咚咚之声。我们这些亲属，反倒被挤在一边，就仿佛是些局外人，脸上挂着莫名的尴尬。只有他沉浸在自己的杰作中，脸上洋洋得意。他翘着条腿，悠闲坐在桌前，就像个财神爷似的，面前是几沓崭新的钞票，每当有人磕完头经过桌边时，就哗哗数出五张钱，微笑着递过去。灵堂热闹而又滑稽，哭声中夹杂着一堆笑脸，以及对他的盛赞之声。而我外公的离世，似乎变得无关紧要，以至于那场丧事看上去更像是一场喜事，气氛和场面都相当怪异。

　　他是我外公最小的儿子，我的舅舅。外公的生育能力有点奇怪，活了大半辈子，只生下我妈这么一个独女，到了五十岁那年，却奇迹般让我外婆的肚子鼓了起来，并顺利地生下了我舅舅。老来得子，对外公来说，当然是件喜事，但也免不了被人笑话，客气一点的，说他是枯木逢春，后劲十足，不客气的，就说他老不正经。当然，我也是笑话中的一部分，因为外公的老当益壮，我不得不跟一个比我还小一岁的舅舅一起长大。外婆生下他之后，没几年就离世了，从三岁开始，他便由我妈带着，我们形影不离，就像一对兄弟。小镇上的人经常说他是我弟弟，这样的玩笑让我尴尬不已。在外表上，我们确实长得有几分相似，且年龄相近，连我自己都会混淆，难以确定我们到底是兄弟还是甥舅关系。

　　直至今日，对他的长辈身份，我依旧难以认同。对他这个人，我也无论如何亲近不起来。尽管我们身上有着共同的血缘，但我总觉得，我们根本就不是同一类人。今年我四十岁了，在小镇上，我循规蹈矩地活着，就像团惰性气体，除了年龄在增长，四十年来几乎毫无变化。当然，这也是大多数小镇人的活法。我想说的是，我有条件、也有资本这么消极而又安稳地活着。这些年，小镇一天天富起来了，吃穿住行，无须操心。在小镇上，我有一家建材店，两栋楼房，还有几个门面。这点产业，虽然不可能让我大富大贵，但也足以衣食无忧。最重要的是，我满足于这样的安稳。虽然这种安稳在我舅舅眼中一文不值，可那又怎么样呢？这个比我小一岁的男人，与我们这座小镇一直就格格不入。他不止一次对我说过，小镇就是口井，而我们则是井底之蛙，从一天的生活里，就能把我们在小镇上的一生看到底。

这点我必须承认，小镇上的生活就是这样，一代又一代的人，都是这么活过来的。巴掌大的地方，加起来也就不过十几平方公里，如果你翻开一本中国地图来看，你就会发现，这座名叫炉观的小镇，就像一粒微尘，毫不起眼地落在脉络般纵横交错的湖南版图上。作为小镇上最早、同时也是唯一的北漂者，他当然有足够的理由，对小镇人不思进取的生活状态置以鄙夷。

他是小镇上的异类，虽然离开小镇已经多年，但是关于他的事情，在小镇人口中仍在流传。小镇上第一个考上大学的人就是他，文科全省第三，这样的成绩，在我们全县的高考历史上，加起来也数不出几个。大学毕业之后，他顺利地分到了市工商局，成为一名国家干部。刚参加工作那年，他会经常回到小镇，穿着一身笔挺的蓝色制服，腋下夹着公文包，在小镇上四处溜达，见人就递根烟过去，显得彬彬有礼，却又明显高人一等，让人肃然起敬，简直就是我们那一代小镇青年的偶像。可是工作不到一年，他就辞了职，说是要去北京闯荡。在当年，这一举动称得上疯狂，整座小镇的人都为之震惊。多少人梦寐以求的铁饭碗啊,他怎么说扔就扔?那时我外公已经七十多岁了,对他好劝歹劝,无论如何都说不通,这么一位德高望重的老人,差一点就给他下跪。后来外公决定使用武力,哆哆嗦嗦地拿了根棍子,说他要是不回去好好上班,就打折他的腿。他把裤管撸起来,一条光腿伸到外公面前,说,尽管打,看准了,往这里打,狠狠打。我外公捂住胸口,棍子一扔就昏过去了。当然,昏过去也没用,当天晚上,他就坐上了去北京的火车。

我曾经问过他,为什么不去深圳?那地方钱多。他撇撇嘴说:钱算个屁,北京有万里长城,有故宫,有天安门,深圳有吗?深圳就是一块由钱堆成的沙漠,他去北京是为了搞文学,他是个有梦想的人。这点我倒不否认。从小到大,他的脑子就像个万花筒,总是装着一堆稀奇古怪的梦想。上小学时,他就喜欢看武侠小说,看着看着就练上了,腿上长期绑两只沙袋,在学校里沿楼道里的台阶跳上跳下,说这样可以练出一身举世无双的轻功。那时他的梦想,是成为一名侠客。到了初中,他弃武从文,开始写诗。汪国真、徐志摩、余光中等著名诗人,都是他师从的偶像。他每当有了新作,就会站在月光下,高声吟诵,那种慷慨激昂的声音,就像深夜里传来的狗吠,让整座小镇都不得安宁。高中时他又放弃诗歌,爱上了纯文学,并耗时两年,写了一部长篇,企图一举超过《红楼梦》,后来他四处投稿,屡屡碰壁之后,才开始自我否定,一把火就将稿件烧掉了。大学几年,他利用课余时间,把整座图书馆的世界名著都读了个遍,每年寒暑假回家,跟人聊起天来,张口就是一堆外国人的名字,让小镇人眼花缭乱的同时,又不得不震惊于他的渊博。可是,这一切又有什么用呢?他的世界离我们太远了。小镇上的人都说读书有出息，但我认为，他正是读多了书，才把脑子给读坏了，要不然，为什么好好的公务员不做，跑去了北京？

　　北京是什么地方？我去过一次，坐了一天一夜的火车，下了车就找不着方向，感觉双脚一踏进那座皇城，就成了沧海一粟。放眼望去，满地都是接踵摩肩的高楼，让人心里发慌，远不如在小镇上待着有存在感。后来我在几个著名的景点逛了一圈，去全聚德吃了回烤鸭，到德云社听了场相声，确实是很有京城特色，连我这样的粗人，都能闻出一股文化味。可是一回到小镇，北京就从我脑子里消失不见了，唯一留下来的印象，就是人多，风沙大，经常能碰见戴着口罩的人，半张脸露在外面，挂着分秒必争的表情。说实话，从那些面孔中，我也将我舅舅在北京的生活一眼就看到底了。如果那就是北京，那么，比起小镇上的与世无争来，可真是要差得远了。我只在北京待了三天，感觉整个人就像团云一样，在人流中飘着。远离故土的人，大抵都会如此彷徨，没有归属感。这一点，外公比我看得更加通透。我舅舅去北京的那天，外公就指着门外说，北京是什么地方？皇城啊，他以为是个人就能去那里混么？我这儿子，算是养丢了。

　　事实证明，外公所言非虚。我舅舅去了北京之后，便很少回来。当然，他也没有实现自己的理想，搞好文学，而是把自己搞成了一个商人。在电话里，他偶尔也会跟我谈谈北京，可是，从他的言语间，我已经发觉，梦想两个字在他眼里早已一文不值了。我想，这也是他疏于回小镇的原因。这位立志于当作家的男人，虽然赚到了钱，却丢失了理想，也丢失了小镇人的那种纯净。

　　他不但很少回来，电话也很少给外公打。这点我倒是可以理解，两辈人之间，确实找不到什么共同话语。我父亲在世时，我们父子间的相处，也是这种状况，一年到头，说不上几句话。他跟外公之间，就更加没有交集了，按年龄来算，他们之间，差着整整两辈，沉甸甸的两条代沟，实在是难以跨越。他与外公保持亲情的方式，就是把名字写在汇款单上，从北京频频寄到小镇。但我外公根本不需要这些。钱是什么东西？生不带来，死不带去，他要的是儿子。这是外公最为遗憾的事，他老年得来的儿子，成了飘在北京的一粒微尘，在他弥留之际，也未能陪在床前。外公去世之后，我这位舅舅更是音讯全无，从此再也没有回过小镇了。

这次他为何突然回来？我无从知晓。他向来都是个让人难以捉摸的人。八年的时间不算短，可以改变很多东西。小镇已经今非昔比，人们都富起来了，许多原有的生活方式被悄然打破，小镇人的面孔，也慢慢像城市人一样，日趋冷漠。当然，还有我舅舅，也变了许多。电话里，他的声音十分疲惫，透着一股中年男人的消沉之气，全然没有了八年前回到小镇时的那种意气风发。他的声音有气无力，就如同梦呓一般，轻飘飘地浮在我耳边。他说他今天会回小镇，让我到时去高铁站接一下。

我应了声好，再想跟他聊点什么的时候，手机里突然安静下来。他仓促地挂了电话。

2

高铁站在邻镇，与我们这座小镇，相距不过十里。动车一通，南来北往的人，都开始往我们这地方涌，原本安静的小镇，因此变得活跃起来。这得感谢我们的祖先。小镇地处山区，向来闭塞，雪峰山脉横跨全境,造成了七山二水一分田的地理格局。小镇上的居民多为花瑶族,多年前,这支古老的民族为躲避战乱,不远万里,从中原迁徙而来。长期的颠沛流离,所历练出来的,是一个族群的智慧和毅力。自秦汉以来,我们的祖先便开始在崇山峻岭间开荒拓土,他们就像变魔术一般,让这片贫瘠的荒山,慢慢拥有了数万亩的梯田。花瑶人是种植水稻的高手,祖辈们代代传承,在梯田的滋养下,生生不息,从而有了这座名叫炉观的小镇。二十世纪九十年代,小镇突然空了,就像经历了一场飓风,青壮劳动力被席卷一空,都一窝蜂地拥去了广东。没有劳动力,田地便荒芜了,那些如同补丁一般打在雪峰山上的梯田,又变回了荒山。我们都以为,刀耕火种的历史,自此一去不返了。没有料到的是,进入二十一世纪之后,这些梯田又死灰复燃,在一群国内外专家的鉴定和筹划下,被载以秦汉时期的历史,成为一个五星级景区,并拥有了一个富有诗意的名字:紫鹊界。我毫不谦虚地告诉你们,我们的祖先确实很神奇,他们历尽艰辛所创下的杰作,实在是令人震撼。想想都觉得壮观——数万亩梯田浩浩荡荡,从山顶披挂下来,有如天梯,让人不得不去仰望那段开荒拓土的历史。

有了紫鹊界,我们这座小镇,很快就游客如织了,经济也跟着发展,其速度远远超出了我们的想象。高速公路修通了,高铁也修通了,机场正在筹建之中。这些现代化的交通工具,让我们顿生穿越之感,觉得地球瞬间就变小了。就比如说深圳,在以前,是那么遥不可及的一个地方,高铁一通,突然就到了眼前,小镇人早上坐车,去东门逛上一圈之后,晚上还可以悠闲地坐着高铁回来。

从北京到小镇,自然也不再遥远,高铁整天呼啸着,来回穿梭,将京城与我们这座小镇的距离,拉近了许多。他上午才打电话给我,傍晚时分,我便收到他的微信,说他很快就到了。我立马出门,开车去往邻镇。

半个小时之后,我在高铁站接到他。那辆动车刚到不久,稳稳地停在铁轨上,在夕阳余晖中,闪着银灰色的光。从出站口涌出来很多的人,都大包小包地坠着,让人看了就觉得沉重。

等人群稀释了,他从一片空旷里移了出来。他走得很慢,身上没什么行李,就一只牛仔包,松松垮垮地甩在肩上。人也松松垮垮,胡子从脸上胡乱地爬下来,一直挂到下巴,就像只刚从洞穴里爬出来的冬眠动物。

我从不以貌取人,但我认为,一个人的装扮,多少可以反映出他的境况。他的这副形象,与他在电话里呈现出来的状态完全匹配。

经过出站闸门时,门口的保安似乎扫了他一眼,或许并不是在看他,但我能感觉到,他被那种审视的目光弄得很不自在。

我迎上去,递了根烟给他,他摆摆手,拒绝了。我们便往广场外面走。他一直在我身后跟着,脚底下轻飘飘的,就像个魂魄,走路没有半点声响。从出站口到停车场,有好几次,我转过身来看他。他始终低头弯腰,不与我对视,就仿佛面前有股强大的引力,让他的目光不堪重荷。

到了车前,他才抬起头,散漫地将高铁站扫视了一圈。我明显注意到,他的眼神里有种恍惚。我心想,也许是近乡情怯吧,这些年乡村的变化确实很大,经济发展带来的种种变迁,难免会让他觉得有些陌生。

我拉开副驾驶室车门,让他上车。他犹豫了一下,没上。

"我坐后面。"他说。他退后两步,拉开后门,闪身坐了进去,把牛仔包扔在脚边,身体软绵绵地斜靠着,就像某种无脊椎软体动物,瘫塌在座椅上。

"舅妈呢?"车子发动之后,我问他。

他没说话,用手捂住嘴巴,小心地咳嗽了两下。一种低沉而又嘶哑的声音,从他胸腔里挤出来,回旋在车内。他拿了张纸巾,慢慢地擦拭着嘴角。

我将车子开上了公路。

此时的小镇已经入冬,远处的梯田上,覆盖着积雪,雪线层层叠叠地铺下来,在山上画出明晰的脉络。在雪线之上,是阴沉灰暗的天空。小镇的冬天总是这样,蒙着一层灰色。我猜想,他之所以回避谈起舅妈,一定是有什么难言之隐。但我克制不住内心的好奇。我又问了他一遍:"舅妈呢?"

"离了。"他说。

我心里一震,诧异之中,脚底下失误,踩到了刹车。车子猛地顿了一下,他从座位上被弹起,扑过来,像团泥巴那样,糊到了我座椅的靠背上。我提醒他绑好安全带。他没说话,整整衣服,慢慢坐了回去,将安全带斜挂到肩上,摸索着扣紧,身体往后一靠,还是那个疲软无力的姿势。

他离婚这事,着实让我惊讶。我舅妈是个漂亮的北京女人,知书达礼又落落大方,在我眼里,她完全满足一个男人对妻子的所有幻想。也不知他用了什么方法,到北京的第二年,就把她搞到手了。那年从北京回家,他带着舅妈,出现在小镇上。这个光芒四射的北京女人,用她的优雅,压住了一座小镇的破落之气,弄得整座小镇的人艳羡不已。都说女人是男人的半边天,这话一点不假,能娶到这么一位好老婆,他确实是很有面子。尽管在北京的这些年,他很少回家,但每次回到小镇,他必定会将老婆带在身边。在我眼里,他的北京老婆,就像是佩在他身上的一块勋章,牢不可分,两口子之间那种相濡以沫,怎么看都像是一副要共度一生,将爱情进行到底的样子。如此美好的婚姻,竟然破裂了。不过仔细想想,我依然能接受这样的结局。婚姻不就是如此么?得意的时候,夫唱妇随,一旦失意,马上各奔东西。这是电视剧中常见的桥段,但归根结底,它来源于生活。

他确实是落魄了,完全一副失败男人的形象。从后视镜里,我瞄了他一眼。这是一张颓废至极的脸,毫无生机,松垮的表情中,又带着一种莫名的戒备,让我觉得十分陌生,就好像全世界都与他格格不入。尤其是当离婚两字从他嘴里出来时,那种无所谓的语气中,透露着一种绝望到骨子里的冷漠。我觉察到有股寒气,从脚底瞬间涌了上来。

3

从高铁站回小镇,是一条我和他在青少年时期常走的公路。那时我们十五六岁的年纪,正处叛逆期,在邻镇的一所中学上学,交通工具是两辆飞鸽牌自行车。每天清晨,我们从家里出发,两辆自行车颠出一路的清脆铃声。公路的左边曾经是一大片稻田,右边也是一大片稻田,两片稻田与从山顶绵延下来的梯田遥相呼应。金秋时节,稻子饱满时,放眼望去,蓝天白云之下,一座黄金般的小镇,像个聚宝盆一样,匍匐在群山的包围之中,看着就让人踏实,让人觉着有满满的富足感。在小镇的边界，公路开始分岔，一边通往学校，另一边通往县城。我和他的两辆自行车，也在这里开始分岔。我去学校上学，他则骑往县城，去参加诗歌朗诵、文友聚会之类的活动。若是没有活动，则泡在戏厅里，玩那种在当时很流行的街机——拳皇，雷龙，或者三国志。他在游戏方面有着极高的天赋，每一款游戏，玩几次就娴熟了，投一个币可以打通关。到了下午，他精确地掐好放学时间，在路上与我会合，我们一起回家。那时我外公很少管他，当然，也压根就管不上，因为他无论玩得怎么疯，丝毫也不影响到学习成绩，总是稳稳地占住全年级第一的位置。这一点，我至今觉得很神奇。

现在，这条路已不复当年的样子，被拓宽了许多，成为高速公路的一段连接线，两边的稻田，已被密密麻麻的房子侵占，挡住了我们通往梯田的视线。一路上，我跟他聊到这些年来小镇的种种变化，希望以此来引发他的共鸣，使他变得活跃些。但他无丝毫兴趣，一路沉默着，让我的话题陷入虚无，我就像在对着空气自言自语。

出公路尽头，就到了小镇的街区。小镇不大，被群山环绕着，一条小河将凌乱的街区一分为二，商铺和集市沿着几条主要的马路分布，两条老街则对峙着挂在河边，让你既可以看到小镇的过去，也可以看到小镇的今天。我刚把车停稳，还没熄火。他已经拉开车门下了车，拎着牛仔包，就像逃窜一样，低着头，仓促地往家里走，见了人也不打招呼。尽管他的这副形象，已经与八年前那个财大气粗的商人判若两人，但小镇上的人见到他，还是那样热情洋溢。我揣摩着，小镇上的人，大抵是将他当成了来此旅游的外乡人。这些年，小镇的人口结构发生了变化，满地晃动着陌生的面孔，来此旅游的外乡人，比小镇本地居民还要多。他们给小镇带来财富的同时，也让小镇人练就了一种逢人就递笑脸，可是一转身就能将人忘记的本领。

外公的房子在小镇边上，紧靠农贸市场，一栋欧式风格的建筑，独门独院，应该是小镇上最时尚的建筑之一。外公当年染病时，大概是预计到了自己将不久于人世。在生命的尾巴上，他赶紧买了块地，建了这栋房子。房子建成之后，其规模和规格，瞬间就让小镇上所有的人都知道，我舅舅虽然很少回家，但他从北京寄回来的钱，的确不算少。因此，他摇身一变，成为众人眼中的孝子。小镇人，衡量孝顺与否最重要的标准，就是一个钱字，这栋房子，算是外公为儿子挣下的面子。当然，也是他为儿子留下来的遗产。事实上，房子建好之后，我外公没住上几个月，就去世了。他是个非常睿智的老人，终其一生，言语不多，但说出来的每一句话，都像个铁钉一样掷地有声，并且有着准确的预判。房子建好之后，他曾经说过，迟早有一天，我舅舅还会回到小镇来的，北京那地方，他混不下去。

如外公所料，他确实没有混下去。人到中年，他灰溜溜地回来了。这次回来，除了验证外公的预言一如既往地准确之外，也让我明白了一个道理——衣锦还乡，实际上已经是一个过时的名词。就拿小镇上的人来说吧，去到外面闯荡的人，若是发达了，基本上也就一去不返，他们努力去获得城市身份的同时，也会尽可能地与小镇保持疏远。出去之后还能回到小镇上来的，多半是些潦倒落魄之人。这也是故乡的意义所在。我想，故乡之所以不可取代，是因为，这片土地就像父亲一般，具有无所不容的宽厚胸怀，它能接纳你的风光，也能接纳你的潦倒。像我舅舅这样的失败者，在外面混不下去，自然只能回到小镇了。他这副落魄的样子，怎么看都像是在溃逃。

外公生前住在二楼，有套钥匙放在我手里。我带着他上了楼，把钥匙交给他。他打开门，鞋也不换就进了屋。我也跟着进去。屋里的空荡让我倒吸一口凉气。这栋房子一共有四层，一层是两间门面，一间租给了一户外来户，做瓷砖和门窗生意，另一间是个车库，由于没有车辆停放，就堆放着一些杂物，我和他上中学时的两辆自行车，也放在那里面，外公一直没舍得扔。二到四楼，是三套四室两厅的套间，总面积最少有五百平方米，实在是有些铺张。这也怪不得外公，小镇富起来了，家家户户多少都有些钱，小镇就这么大，钱也花不到别的地方去，就都把房子往大里建，往高里建，就像比赛似的，让小镇变得越来越高，也越来越拥挤。

他把包扔在地上，在沙发上坐下来，依旧沉默着，目光就像凝住了似的，长久盯住脚边的一块地方不动。屋子里确实过于宽阔，尤其是客厅，大块大块的地方留出来，显得十分地空荡，与屋外的拥挤形成鲜明对比。窗外的小镇一片混乱和嘈杂，汽车喇叭声、马达声、小贩的吆喝、管乐队的合奏、广场舞的音乐，纷纷扬扬，杂乱地交织在一起，使小镇显得复杂和膨胀，同时，也将小镇人对声音的敏锐吞没。在我们儿时，生活中所有的动静，都亲切而又清晰地萦绕在耳边，哪怕是一声微小的叹息，在小镇的冬天里，也能传得很远。如今，我已很难从声音中分辨小镇人的生活，不过，这样的小镇我早已习惯。我难以习惯的是，他始终闭紧嘴巴，不说话，任噪声从窗外涌进来，在我们之间纷乱地回旋。

我坐了一会，实在是难以忍受这种因沉默而导致的无聊，便站起来，走到几个房间里，看了看。说实话，这房子已经让我有些陌生了，外公去世之后，我就再也没有来过。让我觉得意外的是，虽然常年没有住人，屋里却并没有阴晦之气。这得归功于我母亲，她是个恋旧的人，总觉得生活应该停留在她所怀念的时间和地方。为了让外公的空居保持着生气，这个勤快的女人，会隔三差五地过来这边，将所有的房间打扫一遍。除此之外，逢年过节，母亲还会在餐桌上留出一个空位，摆上碗筷，等外公的灵魂归来就餐。那种庄重的仪式感，让我们恍惚觉得，外公其实一直还活着，他挂在墙上的黑白照片，充满生气，向我们馈赠着温暖的笑容。

我转了一圈，再回到客厅时，他的状态似乎好了些，脸上的疲态稍稍减了几分，坐姿也已经端正了。我在他左侧的沙发上坐下来，渴望他能跟我说说话。离上次见面，已经相隔八年了，我想，任何两个人，在时隔八年之后，都会成为彼此倾听或者倾诉的对象。可是他一言不发。我们就那样无声地坐着。这种长久的静默，让我如坐针毡。我感觉到，在这八年的时光中，有一种无法描述的尴尬蛮横地闯了进来，将我和这个同龄的舅舅，隔开在了彼此的人生经历里。

我掏了支烟，叼在嘴上，还没点着，他已经蹙起了眉毛，表现出明显的反感。我只好把火机放回了兜里。

"戒烟了吗？"我问他。

他没有回答。但他总算开口说话了。他说："要是没什么事，你就回吧，我一个人待会。"

我点点头，起身走了出去。在门外，我把烟点上了。

4

我母亲对他的感情,也有点复杂。在她心里,他既是弟弟,也是儿子。第二天,母亲早早起床,一头扎进厨房里,叮叮当当地忙碌了一个早晨,准备了一桌丰盛的饭菜,让我去喊他来家里吃饭。

我裹上外套,出了门。

小镇上的气温比前几日又降了些,天更冷了,山上的积雪似乎又厚了一些,在雪光的映照之下,小镇泛着一层冷冷的光亮。我们这座小镇,平均海拔一千五百多米,如果天气不是连续放晴,山上的那些积雪,将陪伴我们度过整整一个冬天。

我走到他家门口,敲了敲门,没人来开。我估计他这时还在睡觉,这也是小镇人生活习性的一部分,到了冬季,大雪封山,也封住了山上的梯田,从外地来的游客锐减,这时的小镇人,会像穴居动物一样,将大量的时间,毫无保留地交给被窝和睡眠。我站在门外,点了支烟,边抽边等他睡醒。同时我也支起耳朵,倾听着屋子里的动静。站了好一阵子,我没听到任何声音,只有风,很大,一阵一阵的,从楼道口灌进来,带着冬天的凛冽,回荡在空旷的楼道里。

一支烟抽完,我打他电话,一连拨了三遍,没有人接。我把手机拿出来,看早上的新闻,瞄两眼就放弃了。如今的新闻,变得越来越无价值,明星八卦总是占据头条,内容围绕着婚姻和出轨。我压根不关注这些。

过了一会,我母亲也过来了,做饭的围裙还系在身上。她总是一副永远也忙碌不完的样子。

"你舅呢？"母亲搓着两只手问我。

没等我回答，母亲已经拿出钥匙，把门打开了。母亲是个急性子，动作总是比言语先行一步。

我们进了屋。客厅还是昨天的样子，基本上没动过，保持着一种让人觉得别扭的干净和整洁。这让我有点不太适应。毕竟我是在小镇上长大的人，在我看来，既然是家，就得随意一点，家的样子，得带着一点凌乱，那才是生活本真的面目。这种过度的整洁，让人产生距离感的同时，也使家的感觉荡然无存。

我不禁想起外公荒凉的晚年，这栋房子建好之后，他喜滋滋地搬了进来，可是没住上几天，那股兴奋劲就消失了。他很快又搬了出去，此后的大部分时间，他就在我家住着。他宁可睡在杂物间里，也不愿睡在这栋小镇上最好的豪宅中。外公也有他的软肋，年纪越大，就越害怕孤独和死亡。他对我母亲说，房子太空了，他镇不住那股荒凉之气，尤其是到了晚上，他只要闭上眼睛，就能看到那些故去的老友，在四周频频走动。晚年的外公变得有点迷信，但我完全能够理解。一个老人，怎么能忍受那种空荡和孤独？

我在几个房间里找了一圈，没看到他的人。我想他应该是一早起床，就出门去了。主卧室的床上，被子向一边翻着，一个枕头掉落在地板上。我摸了摸床单，摸到一手的冰冷，就把被子叠好，枕头捡起来放回床上，回到了客厅里。

"他那人，就这样，脚下没个稳的时候。"母亲唠叨着，从厨房里拿了双手套，照例将房子清扫了一遍，就回去了。

我在客厅里坐着，等他回来。

冬日的小镇，苍凉中带着一点沉闷，就像个步入晚年的老人，一切都是慢慢悠悠的。等太阳升高了，街上才陆陆续续有卷闸门被推起。然后是包子馒头的气味、油条豆浆的气味、面条米粉的气味，夹杂在北风里，从门缝中一丝丝渗进来。再然后，就是各种稀稀疏疏的声音，汇集在一起，使小镇变得嘈杂和混乱。小镇上的一天，这时才算是开始了。

我看了下表，十点半。窗外的小镇已经复苏过来，马路开始拥塞，所有的汽车都在鸣着喇叭，催促前方的车辆。我母亲早上为他准备好的那桌饭菜，也已经回锅热好几遍了，每热一次，母亲就会打我一次电话，问他回来没有，就仿佛这顿饭没吃上，他就会忍饥挨饿似的。我想，母亲实在是多此一举，如今的小镇，就跟县城一样，店铺林立，要什么有什么。一顿早饭，随便走到哪里都可以解决，他又怎么可能挨饿？

这么一想，我就觉得没有必要再等他了。我决定先回去。可我刚从沙发上起身，他却回来了。门外传来杂乱的脚步声，门被打开。他带着一阵凉风扑进来，踢掉鞋子，换上拖鞋。见我在屋里，他愣了下，回过头去，朝门外叫了一声，一个男人应声而入。

这人我很熟悉，叫宋一北，是我和他小学时的同学。在小镇上，我们这个年龄段的人，几乎都是他的同学。这家伙最牛的地方，就是别人小学上六年，他却上了九年，且没有一次考及格过。小时候，我们都被大人鼓励着，要努力学习，好好读书，考上了大学才能出人头地。可是成年之后，我却发现一个奇怪的现象，如果以金钱来作为衡量标准，一个人的成就，跟学习成绩好坏的关系并不是太大。宋一北就是个例子，他是我记忆中成绩最差的同学，如今却是混得最好的一个。小镇上的旅游业刚开始，他就搞起了民宿，赚了钱接着又开农庄、贩卖土特产,后来又开酒吧、搞房地产,小镇上的几个楼盘,都是他建起来的。总之,什么赚钱,他就干什么。这些年,只要是能赚到的钱,基本上都被他赚到手了。但他依然过得节衣缩食,脚上永远是几十块钱一双的劣质波鞋,一件皮夹克能穿好几年。别的人有点钱都会去买个车,他骑辆摩托车满世界跑,怎么看都不像个有钱人。这实在是让人难以理解。也许对他来说,赚钱只是一种单纯的乐趣,与消费无关。

这个富翁换上拖鞋,走到沙发前,递根烟给我,打了个招呼:"你也在?"说着就把火机掏出来,双手拢着往我面前送。

我点点头,接过烟,没有抽,顺手别在了耳朵上。他把打火机送到一半,又收了回去,依旧朝我友善地笑着,一副和气生财的样子。

我别过脸,低头去翻看手机,没有理他。说实话,并不是我仇富,只是他的行为让我有点看不起,都上亿身价的人了,还把自己搞得如此寒酸,就仿佛不弄成这样,所有人都会跟他借钱似的。此外,他的长相也确实让人难以亲近,尖嘴猴腮,瘦得就像根竹竿,在我面前晃啊晃的,晃出一种病态。

宋一北晃了一会,又出去了,说要去楼上的两层看看。

"他去楼上看什么?"我把脸转向我舅舅。他依然沉默着,不说话。等宋一北看完房子回来,他才开口。他说:"一口价,三十万。"

宋一北说:"三十万?你确定?"

他点点头,表示肯定。

这时我才知道,他要把外公留给他的房子,以三十万的价格卖给宋一北。这也太荒唐了，完全就是拱手相送，据我所知，外公当年修建这栋房子时，就远不止这个数。现在的小镇，发展越来越快，房子也越来越值钱，三十万并不是什么大数目，充其量也就够在街上买下一间门面。更让我感到吃惊的是，除此之外，他还有个附加条件：宋一北必须找人，帮他在后院里挖一口地窖。他卖不卖房子，这事我暂且不管，当然，我也无需去管，因为我心里清楚，只要我母亲还活着，这房子就铁定卖不了，我母亲是什么人？小镇人给她取的外号是孙二娘。但他要挖一口地窖，我就有点担忧了。我不得不怀疑，他在精神方面是否出现了问题。好端端挖那玩意儿干什么？

全小镇的人都知道，宋一北有一口很大的地窖，那年开酒吧时，请了十几个人，历时两个多月挖出来的，用于藏酒。他也确实藏了很多酒，每一坛都贴年份标签。遇到人傻钱多的外地游客，那些藏酒经常能够卖出天价。宋一北挖口地窖，证明他是一位颇具眼光的商人。可我这个舅舅，刚从北京回来，也要挖一口地窖，这就有点莫名其妙了，他又不做酒生意。

我赶紧走到门外，打了个电话，将他要卖房子和挖地窖的事，告诉了母亲。

五分钟不到，这位脾气急躁的女人便气喘吁吁地跑过来了。母亲一脚抢进门来，二话不说，连推带搡就将宋一北赶了出去。接着就把矛头对准了我舅舅。这个行事极端而又古怪的男人，以前我母亲虽然对他时有责怪，但也从未骂过他。可是这次，母亲再也按捺不住了，连珠炮似的，对着他就是一顿破口大骂："你还有点人样吗？十年八年的不回来，一回来就卖祖产，你怎么不把你爹的骨头从坟里刨出来卖掉？"

母亲的言语怒气中夹杂着恶毒,听起来十分刺耳。但他只是平静地听着,既不生气,也不还嘴。他这副无所谓的态度,让我母亲的怒气根本无处着力,就像往空气里击出的拳头,软绵绵的。等我母亲偃旗息鼓了,他才慢慢悠悠地说:"不卖也行,你给我三十万,房子归你。"

"你疯了吗,要那么多钱干什么?"我母亲问他。

"这个不用你管,"他说,"他都没管过我,你凭什么管?你是我姐,又不是我妈。再说了,就算你现在想管,也已经迟了,小时候你怎么就不好好管?"说完他指了指墙上,那里挂着我外公的相片。我和母亲同时转过头,望向这位已经故去多年的老人,在相框里,他面带永恒的微笑,慈祥地望着一对儿女在争吵。

母亲仿佛被什么东西戳了一下,顿时愣住了。他小的时候,我母亲确实很少管他。这位脾气暴躁的女人,似乎将她的苛严全用在我身上了。我和他一起长大,在我面前,母亲绝对当得起虎妈这一称谓,动不动就棍棒交加,可是对他的管教,却极为宽松,就算他把天捅个窟窿,我母亲也视而不见。仔细想想,这也正常,他从小就没了妈,我母亲自然会给予他更多的溺爱。她万万没有想到的是,这种溺爱会像颗种子,埋在他的成长过程中,结出一系列造成他狂悖性格的后果,此刻他顺手拿过来,便成了对付她最好的武器。

母亲显然被掐住了要害,过了好一阵子,才缓过神来,有点语无伦次地说:"钱可以给你,但仅此一次,我以后要是再管你,就跟你姓。"说完她把门一摔,半跑着下了楼。她去银行取钱去了。在他面前,我母亲丝毫也不敢掉以轻心,在她看来,这个当初连铁饭碗都说扔就扔掉的人,没有什么事情干不出来。

他走到沙发边,坐下来,端起一杯茶,喝两口,又放回桌上,对着我笑了笑,露出一线白得发亮的牙齿。从我到高铁站接到他的那一刻起,我还是第一次见他露出笑脸。但是不知为何,这种突如其来的笑容,反倒让我心里格外地别扭,因为这种笑容里,分明带着一种凯旋的味道。

我突然明白了,他把宋一北带到家里来,装模作样地要卖房,摆明了就是个圈套。他真实的目的,就是为了让我母亲着急,心甘情愿地掏三十万给他。小时候他就这样,看似漫不经心,其实每一步,都在精确的算计之中。我有什么好东西,他从来都不直接向我要,可是过不了多久,这东西就像长了脚一样,自然而然地就归他所有了。他是个城府极深的人。现在依然是。

5

我母亲确实是生气了,从那天开始,她真的就再也没去管他,也不允许我去管,她说这样的败家子,谁管谁倒霉,惹不起,她躲得起。说实话,我也不想管他。人到中年,才知道生活有多么地不易。前些年我父亲还在世时,我总觉得自己是个儿子,头顶上永远有把安全的伞在撑着。父亲一走,守护在我生命面前的那道屏障,突然间就崩塌了,我心里顿时慌了起来。作为家中的独子,不管我愿不愿意,一个家就像块陨石一样,从天而降,咣当一声砸到了肩上,让我慢慢变成了父亲当年的样子。如今的我,上有老母,下有两个小孩,一家子的吃喝拉撒,柴米油盐酱醋茶,要管的事情多了去了。我没有那份闲情雅致,再将时间花在他身上。

当然,我不管他,并不意味着我就可以视亲情于不顾,将他当成空气，再怎么样，他终归是我舅舅，这是无可更改的事实。外公的房子离我家不远，开门便可看到。我时常会留意那边的动静。通过一段时期的观察，我得出一个结论：他的人虽然回来了，心却还留在遥远的北京。他依然保留着在那座城市养成的生活习惯，与邻里之间疏于走动，甚至很少出门，活得极度地孤僻，就像个隐形人。据我对他的了解，这完全不是他本来的性格。我只能将他身上的这种变化，归根于那座城市的残酷。那么张扬和奔放的一个人，被活生生地改造成了一副自闭症患者的样子。

奇怪的是，他虽然很少露面，却经常有一些忙碌的面孔，在他家门口进进出出。从着装上判断，这些人应该都是从外乡来到小镇搞建筑的民工，看上去，他们都很神秘，就像在酝酿着一场什么计谋。我不知他将这些人聚集到一起，到底在干些什么。但无论如何，这些人的存在，让我宽心了许多。因为我知道，在小镇上，最起码还有人跟他来往着，这意味着他还没有孤僻到与世隔绝，这就足够了。

在小镇上，一切都是随意的，不像大城市那样秩序井然。这种松散的生活方式会让你觉得，日子总是跑得很快。春天说来就来了。山上的积雪慢慢化开，梯田一块块亮出来，放眼望去，满山都是明晃晃的水光。从外地来的游客逐渐密集起来，他们晚上住在小镇上，白天爬到山上去拍照。这些陌生的面孔，让我们这座小镇，瞬间就甩掉了冬季的沉闷之气，变得活泛起来。

母亲对他的怨气，在持续了整整一个冬天之后，也融化开了。清明之前，母亲开始张罗给外公扫墓的事。以前他不在家，这些事全由母亲一手操办。现在他回来了，自然就得落到他的身上，毕竟他是外公唯一的儿子。这年代,虽说男女已经平等,但在小镇上,男人依然占据不可取代的地位。母亲虽然怨气已消,却仍旧端着架子,不愿和他碰面,她让我去跟他商量这事。

我去找他,门关着。我拿出钥匙,直接开门进去,几个房间里找了一圈,没看到人。客厅还跟以前一样,既空荡,又整齐。这段时间,母亲没有来打扫过,但他依然让房子保持着清洁。在我看来,这应该是种遗传,因为我外公、我母亲,都特别爱清洁,看到一丝灰尘,就像看到病毒一样。他也一样,哪怕穷困潦倒,也保持着那种近乎于洁癖的习惯,让房子里一尘不染。我打他电话,他接了。

"有事吗?"他问我。还是那种松垮垮的语气,就跟没睡醒似的。

我反问他:"在哪里?"

"还能在哪?在家。"他说。

"我现在就在你家。"我说。

"来后院。"他说。

我挂掉电话,绕到后院。门关着,一堆脚印从马路边延伸过来,凌乱地铺到门前,让我的记忆瞬间出现了错位。外公当年修建这栋房子时,最值得骄傲的,就是这座院子。院中的葡萄架、花圃、假山、亭子,都出自他的精心设计,既有苏州园林的特点,又兼具江南田园的风格。尽管我有好些年没来过了,但仍记得院里院外的一切,那种精致和优雅,充分显示了一位老人的阅历和聪明。

我推开门,被眼前的景象吓了一跳。一幅凌乱的画面迎面扑来,我记忆中的那座精致院子,已经变成了一个乱七八糟的工地,葡萄架被拆掉了,花圃也被拆掉了,假山和亭子也没有了,只剩下满地杂乱的脚印,以及四下散落的泥土。院子中央的地砖被掀掉了,凹出一个方形的洞口,就像一张从地下伸出来的嘴,在对着天空贪婪呼吸,洞口的四周,码着一些家居装饰材料。我终于明白了,这个冬天,他和那伙神秘的民工干了些什么。看来,他和宋一北的那次交易,并非是玩笑,房子虽然没有卖成,他却用我母亲给的三十万,挖了一口地窖出来。也许是他自己也觉得,这件事情多少有些荒唐,所以才避人耳目,白天挖掘,晚上将泥土运往邻镇的垃圾场。他的保密工作确实做得不错,挖了一个冬天,我和母亲竟没有一丝察觉。

　　我喊了一声。他像只地鼠一样,从洞口冒出头来,朝我招了下手。我走到洞口,跳了进去,一股暖烘烘的气息夹带着泥土的湿腥味迎面扑来。顺着一道斜坡下去,是道约摸一米宽,一米半高的拱门。我得半弯着腰,才能通过。拱门后面是个宽阔的地窖,被分隔成了三个房间。从布局来看,这地方明显不是用来藏酒,而是用于居住。主体工程已经结束,装修也进入尾声。绿色的地毯铺上了,看上去就像块初夏的草地;墙纸也贴好了,是那种温暖而明亮的颜色,图案既活泼又夸张;天花板设计成了蓝天白云。整体的装饰风格,浪漫中带着一种童趣,让我想起了霍比特人的房子。这也充分证明了,在他的体内,仍然具有旺盛的文艺因子。

　　他拿过一个蒲团,盘腿坐了下来,又递过一个给我。我接过蒲团,也学着他的样子,两腿交叉盘在一起,坐了下来。可是这种盘腿而坐的姿势,让我非常难以适应,不到一分钟,两条腿就麻木了。我只好又站了起来。让我感到意外的是,这个自从回到小镇之后,就很少开口说话的男人,突然跟我聊起了天。

　　"我姐还好吧?"他问我。
　　"只要你不搞事,她就什么都好。"我说。

他笑了笑，没接话，俯下身去，把掉落到地板上的几点方便面碎屑捡起来，小心翼翼地卷到一张纸巾里。这些日子，他大概就是以此度日。我只好换了个话题。

"你怎么回来了？在北京混不下去了吗？"我说。我盯着他的脸。这是我第一次如此郑重地问他。

他扭过头去，避开我的直视，从筒里抽出一截纸巾，对折两次，团在手里。他的目光有些飘忽，脸上透着那种在城市里养出来的白皙。用小镇上的话来讲，就是缺乏喜色，这是一种病态。他沉默了一会，然后告诉我，确实是破产了，这些年制造业很不景气，员工工资，厂房租金，原材料价格一涨再涨，产品的价格却一跌再跌，利润空间已经压缩到极致。他说做什么都比做实业强，大部分做实业的，能够维持工厂的运作就算不错了。"不亏损就是赚，说出来你都不相信，一个两千平方米的车间，加两千员工，一年下来的利润，还比不过一个网红对着一台手机干一个月，真他妈的，什么世道。"

他的情绪激动起来，话题像把扇子一样展开，言语也恢复了以前的利索。他说不怪别的，只怪这个时代，北京那样的城市，转个身就会变样，三五年就恍如隔世。太他妈快了，他跟不上。属于我们这代人的时代，已经过去了，虽然他并不是个守旧的人，但确实跟不上社会发展的节奏，以传统的经验和思维，去混大数据时代，远不如那些九零后甚至零零后。但是他离开北京，跟破产没有关系。瘦死的骆驼比马大，工厂没了，最起码还有几套房子，出租出去，一个月也能收个小两万块，生活不成问题。他之所以把婚离了，跑回小镇来，是因为北京的雾霾。

"太大了，雾霾来时，十天半月，你根本就看不着天，真他妈受不了。"说到这里,他蹙起了眉头,呼吸也开始变得粗重起来,就仿佛他所说的那些雾霾和风沙,正从那座遥远的北方城市里席卷而来。他将手里团着的那纸巾,移到了鼻子下面。"真的,不是开玩笑,喝西北风你都能喝饱。"

他做了个夸张的表情,说他要是再不离开北京,准得死在那里,所以就回来了。可是回来之后,也很失望。小镇上照样有雾霾,这东西已经像病毒一样,四处扩散,无孔不入了。因此,他不得不挖个洞,住到地底下来。他向我预言,迟早有一天,地球的生态环境会完蛋,新鲜空气将会变成人类最珍贵的物产,到了那时,全世界的人都会像土拨鼠一样,住到地下去。

他说得太夸张了。雾霾这东西,我又不是不知道,电视里看到过。在我看来,那只不过就是起了大雾的阴天,他却描述得跟世界末日一样,这未免有点杞人忧天。我实在是听不下去了,便打断了他,跟他说了下扫墓的事,然后找个借口,逃之夭夭。说实话,在这么一个阴暗的地方待着,我还真是不太习惯,总感觉有些怪异。

从洞里出来,我往天上看了一眼,不知是受了他的影响,还是小镇真的变了,我明显感觉到,挂我们头顶上的这片天空,确实不如以前那么明净。

6

地窖修好之后,他住了进去,并在洞口加了个铁盖,可以从里面反锁的那种。说是为了防水,其实是为了与世隔绝。因为这个盖一加上,他就几乎断绝了与外界的往来。他经常待在地洞里,十天半月的不出来,饿了就点外卖,衣服隔段时间干洗一次,偶尔出来,也是一副躲避瘟疫的模样,脸上蒙着一只巨大的口罩,只露出两只眼睛,让小镇上的人根本就认不出他是谁。

刚开始,他还偶尔会发微信给我,让我帮着买些东西,后来就连微信也没有了。这一点,他得感谢这座小镇的快速发展,因为交通便利,小镇上的物流也繁荣起来,顺丰、德邦、圆通、申通、中通等快递公司,该有的都有,小镇也进入了数码时代,只要有部手机,即使足不出户,也可以满足基本的生活需求。

可是,雾霾真的就有那么严重么?我认为他完全是小题大做。那么多的人,都在同一片天空下呼吸,并且健健康康地活着。也许小镇上的环境确实不如以前,但无论如何,也比在地下住着要好得多。我们不但需要空气,而且需要阳光。我很难想象,在这么一个暗无天日的地方,一个正常人怎么能待得下去。在我母亲看来,这件事情更是荒唐透顶。母亲说他人还没死,就给自己刨了个坟。在小镇人的观念里,只有死人才会住到地下去。然而,母亲尽管内心焦虑,表面却装得异常平静,就像什么事都没发生过。对他住入地下一事,母亲不置一词,并且让我也守口如瓶,说家丑不可外扬。母亲担心,这事说出去之后,我们这个家族会因此受到歧视,因为她已经认定,这个怪异的弟弟,就是个精神病患者,这种病会遗传,影响到子孙后代。

我承认,我母亲的言论有点危言耸听,但他也确实具有精神病患者的核心特征,行为变幻莫测,脑子里天马行空。我记得上小学的时候,他喜欢读武侠小说,读着读着,便对那些隐居古墓,或者是深居山野的大侠产生了强烈的敬佩之情。那时他就对我说过,他的人生目标是,长大以后,成为一名世外高人。如今,他确实做到了，在那个地洞里，他就像位隐侠一样，不问世事地活着。他完全实现了儿时立下的隐居世外的理想。只是，江湖与现实生活毕竟存在着很大的差距。在江湖中，那样的人可以称之为隐侠，而他，只能被我母亲判定为疯子。

当然，即使他真成了疯子，我母亲的担忧也有点多余。疯不疯是他自己的事，小镇上的人个个忙得要命，谁还会去管这些闲事？我们这座小镇，早已今非昔比。以前的小镇，人与人之间，喜欢互相串门，你来我往的，整座小镇就像是一个温暖的大家庭，发生任何一件鸡毛蒜皮的小事，很快就全镇皆知。现在，人人都忙着赚钱去了，人情往来，已经越来越缺乏温度，被简化成了一种互送红包的冰冷仪式。这个移居地下的人，除我母亲之外，没有人会将他放在心上。

7

他重新进入小镇人的视野，是在半年之后。这时的小镇已经到了深秋。我不得不说，在我们这座小镇上，秋天真是一个迷人的季节。秋风从远方送过来，将夏季的酷热吹走，同时也将稻子渐渐吹成金黄色。在山风的摇荡下，数万亩梯田连绵起伏，抖动出金色的稻浪，将小镇装饰成一个童话般的世界。这样的景象，会持续整整一个秋季。稻子熟透了，也无人去收割，丰衣足食的小镇人，早已看不上那点粮食。他们宁愿稻子落入泥土，也要让梯田尽可能保持黄金般的颜色，如此一来，就能吸引更多的外地游客前来。这确实是一种十分铺张的现象。小镇人富裕了，却也丧失了对粮食的尊重，我不知道这是进化，还是退化。

这一天，小镇上来了一伙市电视台的记者，穿着清一色的黄色马甲，有的扛着摄像机，有的拿着话筒。在如今的小镇上，这种阵仗已经很常见了，紫鹊界成为热门旅游景点之后，经常会有来自全国各地的拍摄组，来到小镇上，拍取关于梯田的素材。我必须承认，这些神通广大的媒体人，确实具有包装和美化一个地方的能力。当我们这座小镇和山上的梯田，以纪录片或是新闻的形式，出现在电视屏幕上时，连我们自己都不得不惊叹这座小镇之美。可是这一次，他们拍摄的目标不是梯田，而是去了我外公家的后院，说是要采访小镇上的一位穴居人。

我突然间就想到了他，我的舅舅，这个隐居在地洞中的男人。在这半年多的时间里，他遁入地下，就像人间蒸发一样，从未与小镇上的任何人有过联系。我几乎就要将他遗忘了。我想起前几天，有位熟人突然转了一篇微信公众号文章给我，让我认真看看，题目叫《一个穴居者的日常生活》。我扫一眼就关掉了，压根就没有去看。说实话，我已经很少看微信了，如今的朋友圈里，翻来覆去展示的，全是些鸡毛蒜皮的琐碎的生活，越来越让人觉得空洞乏味；那些公众号文章，也几乎全是标题党，除了博取眼球之外，一点营养价值也没有。因此，一看到这类无聊的标题，我丝毫也没有兴趣去点开。当然，我根本没有想到，文章的作者会是他。

我赶紧打开微信，将几天前的链接翻找出来，点开一看，顿时吓了一跳。这个久居地下的男人，用一系列的照片和文字，向我们展示了一个隐秘而又奇异的地下世界。从他所展示的图文里，我大致可以梳理出他一天的生活——除了吃饭睡觉之外，他在里面打坐、冥想、读佛经、辟谷、冲茶、研习古今各类棋谱、练习书法和二指禅，此外，他大概还在学习一种极利于养生的印度瑜珈。让我难以理解的是，他这种既无聊、又荒唐透顶的生活方式，居然能引发很多人的共鸣。在这篇文章下面，跟着一连串的评论，全是荒诞的赞美之言，说他是什么世外高人、小镇隐士，甚至还有人称他为现代版的陶渊明。我的第一反应是，他真的疯了，这群读者也疯了，在那样一个不见天日的地方待着，该有多么地无聊啊，他怎么就成陶渊明了呢？我决定去看看他。

我赶过去的时候，他已经被人从地洞里请了出来。场面十分地热闹，看稀奇的、采访的，围成一团。他盘腿坐在一圈人中间，蓬头垢面，就像个从原始丛林闯入小镇的野人。几个人架着机器，以不同的角度拍摄着。两个女记者持着话筒，正在对他进行采访。他滔滔不绝地讲述着，内容小到当初挖地洞时的构思以及这半年的生活细节，大到宇宙和未来。他所读过的大量书籍，此时也派上了用场。他以一堆抽象的名词和概念，对环境及雾霾进行了猛烈的抨击，他的谈吐中洋溢着一股浓浓的知识味，十分符合采访的需求。我可以想象，当他的这副形象，配合着他的言论，在电视画面上展示出来时，会是多么地高深莫测，他完全就是一位隐居民间的神秘大师。

采访完后，人群散去，我留了下来。天空阴沉着，将小镇镀上一层深沉的铅灰色，估计一会就要下雨。一场秋雨一场寒，这是小镇入冬前的迹象。他比半年前瘦了不少，一副仙风道骨的样子。让我感到意外的是，他向我发出了邀请。

"进去坐坐？"他说。

说完他转过身，像个纸人一样，顺着那道斜坡飘了下去。我跟在他身后，再次进入了这个地洞。他带着我，在几个房间里转了一圈。与半年前相比，地洞里有了不小的变化。三个房间收拾得干干净净，跟他那副不修边幅的模样形成强烈对比。房间的整体风格没有大变，还是保持着原来的童话色彩，在细节方面却丰富了许多。

第一个房间里多了个榻榻米，被子叠得整整齐齐，挨在靠墙的一个角落里摆着。榻榻米的一头放了张矮茶台，上面摆着一套仿古的陶制茶具，另一头放着瑜珈垫和一个蒲团。蒲团边还有个青铜材质的熏香炉，应该是长期点着，一股檀香的气味随着缕缕青烟，正从炉中渗出来。

第二个房间多了张写字台，台上放着笔墨纸砚，地下码着一堆写满字的宣纸，最上面的一张，是他最近临写的《兰亭集序》。我不得不承认，他的确是个天才。在他遁入地洞开始隐居生活之前，我从未见他摸过毛笔，半年时间不见，他居然已经能够将天下第一行书临得像模像样了。

最后的那个房间，多了一个书架，书架上摆放的书五花八门，既有小说，又有棋谱，此外还有关于养生以及儒释道精神和理论的各类杂书。空出来的格子中，则摆着一些造型奇异的花盆，盆里养着一些喜阴的绿色植物。这时我才知道，他在网上展示出来的，只是冰山一角，他的穴居生活，远非图片和文字可描述。

逛完之后，我们回到第一个房间。他踢掉拖鞋，走到榻榻米上，跪行几步，在茶几前盘腿坐了下来。我仍然难以习惯这样的坐姿，索性就那样站着，听他说话。他告诉我：什么是艺术？这就是他妈的艺术。你把常态的事情，以常态的方式呈现出来，那叫生活；而当你把常态的事情，以不常态的方式呈现时，你就是个艺术家了。这世上的艺术家，要么是天才，要么就是骗子。而他自己，既是天才,又是骗子。当他口若悬河,吐出一些让我觉得陌生的词语时,我就知道,那个性格张扬的人又回来了。但是我也发现,我和他之间的交流,仍跟他刚回到小镇时一样,还是那么地格格不入。只是这时的我们,彼此间互换了角色。他刚回小镇时,我想找他说话,他一声不哼,而这一次,他不断地跟我说着话,我却像个哑巴似的沉默不语。

我能说些什么呢?我永远也走不进他的世界,也理解不了他的想法和行为。我要走时,他挽留我,让我陪他吃顿饭。可是不知为何,我拒绝了。

8

不久之后,那些记者对他的采访,变成了一条条新闻,纷纷出现在网络上、报纸上、电视屏幕上。如果你打开电视机,看到一个披头散发的野人,带着一脸诡异的自信,对着镜头侃侃而谈,那就是我舅舅。他所挖的这个地洞,被誉为世外桃源,而他创造的穴居生活方式,更是被誉为后现代行为艺术的巅峰之作。这个脑子里充满奇思异想的男人,没能通过自己所热爱的文学来实现自己的梦想,却以一个地洞,把自己搞成了一位行为艺术家,从而一举成为小镇上的名人。

外公的那栋房子,在冷清了数年之后,也变得热闹起来。他毕竟在北京混了多年,也经营过多年的工厂,即使曾经落魄过,但作为一位商人,他在商业上的眼光和敏锐,仍然保留在身上。名利名利,有名了,利自然也会跟着来。炒作成功之后,他及时租下了附近的几栋房子,并以外公的房子作抵押,从宋一北手里贷了笔款。

他将那些房子，改造成了一家以后现代生活为主题的客栈，前来入住的客人，只要买张门票，就可以进入他的地洞，近距离观察和了解他的穴居生活。虽然住宿和门票的价格不菲，但因为他在各类媒体中具有很高的热度，顾客一直源源不断。

他很快就富起来了，也恢复了以往的自信和张扬。他买了辆跑车，动不动就召集小镇上的一班青年男女，去往县城，流连于各类娱乐场所。我经常在深更半夜里被马达声吵醒，起床后，必定能看到两条雪亮的灯光，从高速公路上下来，轰鸣着经过我家门前。他的穿着打扮，也十分地引人注目，一身的奇装异服，长发织成很多条小辫子，绑成一束挂在脑后。成为艺术家的他，身上那股嚣张的气焰，比起当年在北京发迹时，有过之而无不及。但我认为，作为一名艺术家，不应该清高一点，低调一点么？对我的疑问，他引用了相声里的一个段子来解释：什么叫艺术？艺是指一个人的专业能力，术就是将这种能力变卖出去。对此我无可辩驳，因为这段相声我也听过，那年去北京时，我在德云社听到的。那时我就发现，虽然相声的本质是引人发笑，但事实上，这种传统的艺术形式对世道人情的洞见，比起那些深奥的人生哲理来，更为直接和有效。当他用相声来解释艺术时，他实际上已经远离了艺术，回归到了生活。

当然，对他来说，客栈的成功，只是个开始。他走向财富的另一座高峰，是因为宋一北。这位小镇上的首富，对于商机的嗅觉，就像条猎狗一样，极为敏锐。我舅舅名利双收之后，宋一北立马就找上门来了，要和他合作一个项目。宋一北出资，在小镇上买块地，我舅舅负责策划和设计，两人强强联手，共同打造中国的第一个穴居人村庄。虽然他们在学历、见识、素养等方面有着天壤之别，但在对商业的认知上，却是相当地一致，所以两人一拍即合，混到了一起。

他们也确实是一对很好的合伙人，一个有钱有胆魄，另一个有头脑有见识。有了第一个地洞的建造经验，我舅舅可谓轻车熟路，他带领着一群民工，只花了两年不到的时间，就将一批地洞打造出来了。我不得不佩服我的这位舅舅，他有着超出我想象的智慧，经他设计出来的这个村庄，让所有小镇人都感到震撼。二十八个地洞，分别以星宿命名，既单独成洞，又洞洞相连。除此之外，他还在地洞间的连接带旁边，设计了一条地下河，叮咛作响，颇有点曲水流觞的韵味，在中心地带，则设计了地下湖、地下园林和假山，简直无所不有。比起地面上的小镇来，这个地下村庄可要漂亮多了。

9

地下村庄建成之后，我们这座小镇，也变得更加地繁荣和热闹。在梯田之外，小镇上又多了一个新的旅游景点，也多了一群穴地而居的人，称为穴居族。外地游客来到小镇之后，神奇地消失在地下，过几天，又神奇地冒出来。而我舅舅，作为穴居族的始作俑者，成为这个景点的形象代言人。他在地洞里生活的照片，被制作成巨幅广告，高挂在小镇上。他当初向我说过的预言，也实现了。这个穴居村庄建起来后，有一部分小镇人，真的就从地上住到地下去了。小镇的旅游产业，也步入了一个黄金时期，小镇上的居民收入、财政收入，翻了一倍还不止。

他和宋一北，可谓名利双收。两人经常携手出现在县里、市里的各类颁奖会议上，然后捧着奖杯和奖状回来。全县十佳创业者、十佳杰出青年，全市十佳创业模范、十佳杰出青年等名誉滚滚而来。这个曾经形同丧家之犬，从北京逃之夭夭的男人，回到小镇之后，又达到了人生的巅峰。而他所担心的雾霾，也早就从他眼中消失了。他动不动就往市里、省城里跑，呼吸着城市里的工业废气和汽车尾气，甚至还抽起了烟。此外，他身边像走马灯一样，变换着不同的女人。

我不知应该为他感到欣慰，还是担忧。他的发迹，来得过于突兀，在我看来，他不像个创业者，而像一位赌徒。对于他的态度，我母亲倒是非常明朗，说他就是赚下了一座金山，她也不会认可，他就是个秋后的蚂蚱，蹦跶不了几天。母亲年纪大了之后，也像外公一样，喜欢对身边的人事，作出种种预判。她总感觉，这个诡异莫测的弟弟身上，藏着一个不定时炸弹，随时都有可能发生点什么意外。后来发生的事情证明，我母亲和我外公一样，具有准确的预判能力。

我们这座小镇是块福地，千百年来，风调雨顺，几乎没有出现过什么自然灾害。可是就在这个地下村庄建成后的第二年，灾难发生了。这一天，小镇突然摇晃起来，紧接着传来几声巨响，一大片尘土腾空而起，就像硝烟一样，将小镇笼罩。

我瞬间意识到，有可能发生地震了。我赶紧跑回家里，将家人转移到了外面。小镇沸腾起来，四处传来哭喊之声。许多人惊声尖叫着，从家里涌出来，纷乱地寻找空地避难，瞬间就把街道和广场挤满了。但小镇只是摇晃了几下，随后就稳住了。镇上的房子并无倒塌，也没有人员伤亡。只是在小镇的边缘，陷下去一大片，远远看着，就像个被陨石砸出来的天坑。那是我舅舅和宋一北建地下村庄的地方。这时我们才明白，不是发生地震，而是这个地下村庄坍塌了。

短暂的惊慌过后，小镇上的人又一窝蜂地朝那里扑了过去。现场一片狼藉，地下村庄的入口和出口，已被泥土封死，隐隐约约能听到从里面发出的求救声。那些有亲属住在地下的人，个个心急如焚，可是在灾难面前，却又束手无策。几个小时之后，一支救援队进入了小镇，一批全副武装的人员从车上跳下来，开始不分昼夜地挖掘。

救援工作持续了两天，陆陆续续救出来数百个人，有本地的，也有外地的。让人惊讶的是，在这数百人中，仅有少数几人遇难，这也再一次显示了他的天才，建造这个地下村庄时，他早就考虑到了地质灾害这一因素，设计了各种安全通道和通风设施，从而最大可能地避免了悲剧的发生。遗憾的是，如此周全的设计，却没能避免他自己的悲剧。

他是最后一个被抬上来的。我和母亲守在灾难现场，每救出一个人，就跑过去看一眼。当他血肉模糊地被一副担架抬出来时，我母亲再也控制不住，放开嗓子，号啕大哭起来。奇怪的是，我内心并无多少悲伤，因为我恍惚中看到，他那张失去了温度的脸，比以往更有生机。他仿佛朝我笑了一下，又笑了一下。